산호와 진주

금아 피천득의 문학세계

푸른사상 현대문학연구총서 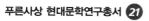 21

Coral and Pearl :
Literary World of Geumah Pi, Chyun-deuk

산호와 진주

금아 피천득의 문학세계

정정호

 푸른사상
PRUNSASANG

혜연과 혜진에게

"금아 현상"을 위하여

글쓰기(문학)의 유일한 목적은 독자들로 하여금 삶을 더 잘 즐기거나 더 잘 견디어 낼 수 있게 만드는 것이다.
                      — 사무엘 존슨, 『리차드 새비지 평전』

인생은 작은 인연들로 아름답다.
                      — 「신춘」, 『인연』(19)

선생님은 다작은 아니었고 말년에는 거의 쓰지 않으셨다. … 선생님의 생활이 수필처럼 담백하고 무욕하고 깨끗하고 마음가는 대로 자유롭게 사셨기 때문일 것이다. 선생님의 천국 또한 그러할 것이다. … 피천득의 『수필』은 내가 집필하는 책상에서 팔만 뻗으면 되는 자리에 꽂혀있다. 글이 안 써져서 심난할 때라든가 뜻대로 안 되는 세상사로 마음이 어지러울 때면 꺼내서 처음부터 읽기도 하고 아무데나 펼쳐보기도 한다. 마음이 가라앉을 뿐 아니라 탁한 마음이 맑아지는 기쁨까지 맛본다.
                      — 박완서, 「피천득 선생님을 기리며」(12)

금아 피천득 선생은 나에게 언제나 해맑은 눈동자와 인자한 미소로 남아있다. 금아 선생은 인간미의 화신(化身), 즉 정(情)의 체화(體化)요, 사랑의 체현(體現)이었다. 피천득은 자신이 선택한 가난 속에서 소식(小食)하셨고 검소와 소박을 기꺼이 선택한 자족적인 삶을 살았다. 그의 시 「꽃씨와 도둑」은 그의 검소한 일상적 삶의 풍경을 가장 잘 보여준다.

마당에 꽃이
많이 피었구나

방에는
책들만 있구나

가을에 와서
꽃씨나 가져 가야지

— 『생명』(133)

도둑이 들어와 보니 학자의 집에 무엇이 있으랴? 책은 필요 없다. 그나마 마당에 꽃들이 피었으니 가을에 다시 와서 꽃씨나 받아가야 되겠다.

삶과 글쓰기에서 피천득은 만족할 때와 그칠 때를 알았다. 그는 어떤 단체나 학회의 장(長) 자리를 맡은 적이 없었고 재물에서 책에 이르기까지 항상 부족한 듯 스스로 선택한 가난 속에서 지냈다. 글도 시, 수필을 전부 합하여 각각 100편 내외로 많지 않다. 그의 삶과 글쓰기는 단순미와 순수미가 언제나 사물의 핵심과 인간의 본질로 향하였다. 인위나 억지보다는 물과 같이 자연스러운 흐름으로 삶과 자연을 조응시키며 혼탁한 현실과 미적 거리를 두는 관조의 삶을 100년 가까이 유지하였다.

여기서 필자가 말하고자 하는 "금아 현상"은 몇 가지 특징이 있다. 우선 피천득이 이상적으로 생각하는 삶의 수칙인 "고상한 사유와 평범한 생활"이다. 다음으로는 고단한 역사 속에서도 지속되는 사람에 대한 정(情)과 사랑을 품은 온유함이다. 세 번째 특징은 지속 가능한 삶을 작동시키는 지혜문학을 지향하고 있다는 점이고, 마지막으로 피천득의 삶과 사유와 문학이 서로 분리되지 않고 통합되는 "지행합일"과 "신행일치"가 이루어지고 있다는 것이다. 물론 피천득에게 이 4가지 특징은 상호 침투적이며 상호 보완적이다. 이 책에서 필자는 피천득의 시, 수필, 번역작업에 대해 다양하게 논의하겠지만 이 4가지 특징을 중심으로 일어나는 "금아 현상"을 궁극적으로 규명하는 것을 목표로 삼을 것이다.

피천득은 무엇보다도 온유(溫柔)한 사람이었다. 모진 풍상과 비극 속에서도 모든 비애를 내면화시켜 그곳에서 정화된 다음에는 따뜻하고(溫), 부드러워지는(柔), 즉 온유해지는 것일까? 감옥에 갇힌 죄수(罪囚)에게 물을 그릇(皿)에 떠서 가져다주는 행위는 약자와 타자를 배려하는 따뜻한 마음이다. 그래서 "따뜻할" 온이 된다. "온유"한 사람이란 남에게 따뜻하고 부드럽게 대하는 사람이다. 이른 봄 나무꼭대기에 겨울잠에서 기지개를 틀며 "창(矛)"모양으로 돋아나는 새순의 형상인 유는 "부드러움"을 가리킨다. 공자의 "온유"는 거의 뜻이 같은 어질 "인(仁)"에서 나온 것이다. 어질다는 것 역시 주위 타자들에 대한 배려와 관심이다.

금아는 또한 멋진 분이었다. 피천득은 "멋"있었다. 아무리 생각해도 우리 시대에 선생보다 멋진 분은 없어 보인다. 우선 그의 수필 「멋」에서부터 시작하자.

강원도 어느 산골에서였다. 키가 크고 늘씬한 젊은 여인이 물동이를 이고 바른손으로 물동이 전면에서 흐르는 물을 휘뿌리면서 걸어오고 있었다. 그때 또 하나의 젊은 여인이 저편 지름길로부터 나오더니 똬리를 머리에 얹으며 물동이를 받아 이려 하였다. 물동이를 먼저 인 여인은 마중 나온 여인의 머리에 놓인 똬리를 얼른 집어던지고 다시 손으로 동이에 흐르는 물을 쓸며 뒤도 아니 돌아보고 지름길로 걸어 들어갔다. 마중 나왔던 여자는 웃으면서 똬리를 집어 들고 뒤를 따랐다. 이 두 여인은 동서가 아니면 시누 올케였을 것이다. 그들은 비너스와 사이키보다 멋이 있었다. 멋이 있는 사람은 멋있는 행동을 하는 사람이다. 그리고 이런 작고 이름지을 수 없는 멋 때문에 각박한 세상도 살아갈 수 있는 것이다. 나는 이 광경을 바라다보고 인생은 살만한 것이라고 생각한다.

— 『인연』(226)

피천득은 "진정한 멋은 시적 윤리성(詩的 倫理性)을 내포하고 있"(224)고 "멋있는 사람은 가난하여도 궁상맞지 않고 인색하지 않다. … 멋은 허심하고 관대하며 여백의 미가 있다."(225)고 말한다. 그는 역사에서 멋진 사람들로, 19세기 터키의 지배를 받고 있었던 그리스의 독립을 위해 몸을 내던진 영국 시인 바이런을 꼽았고 우리나라의 멋있는 사나이로는 "천금을 주고도 중국 소저(小姐)의 정조를 범하지 아니한 통사(通事) 홍순언"을, 멋진 여성으로는 논개, 계월향, 황진이를 예로 들었다. 피천득은 수필 「맛과 멋」에서 멋을 맛과 비교하면서 맛은 리얼(현실)이고 멋은 낭만(이상)이라 불렀다. "맛은 감각적이요, 멋은 정서적"이며 그는 "멋을 위하여" 살아간다고 말하였다.

멋진 사람 피천득의 멋진 생활은 그의 수필 「나의 사랑하는 생활」에 잘 나타나 있다.

나는 나의 시간과 기운을 다 팔아 버리지 않고, 나의 마지막 십분의 일이라도 남겨서 자유와 한가를 즐길 수 있는 생활을 하고 싶다. … 나의 생활을 구성하는 모든 작고 아름다운 것들을 사랑한다. 고운 얼굴을 욕망 없이 바라다보며, 남의 공적을 부러움 없이 찬양하는 것을 좋아한다. 여러 사람을 좋아하며 아무도 미워하지 아니하며, 몇몇 사람을 끔찍이 사랑하며 살고 싶다. 그리고 나는 점잖게 늙어 가고 싶다.

— 『인연』(219~23)

피천득은 잔디 밟기, 아가의 머리칼 만지기, 보드랍고 고운 화롯불 재 만지기, 늙어 가는 학자의 희끗희끗한 머리칼, 아침 종달새 소리, 봄 시냇물 흐르는 소리, 새로운 양서 냄새, 커피 끓이는 냄새, 라일락 짙은 냄새, 봄 흙냄새, 군밤, 호두, 잣과 꿀 등을 좋아하였다. 피천득의 멋은 여기에서 필자가 말하고 있는 "금아 현상"과도 밀접한 관계가 있다. 그의 멋은 범박한 일상을 타고 넘어 비애, 권태, 울분, 초조, 분노를 견디어 내고 일상에서 새로운 평강과 고요한 기쁨을 누릴 수 있는 지혜로운 삶의 장치이다.

올해 2012년은 금아 피천득 선생이 타계한 지 5년이 되는 해이다. 올해도 어김없이 수많은 독자들이 그의 작품집을 찾아 읽고 있다. 그 이유는 무엇일까. 그것은 "금아 현상"에서 오는 것이 틀림없다. 혼탁한 시대를 청아하게 사는 법을 실제로 보여주는 그러한 염결한 삶에서 나온 청정한 서정적 작품들이 잠들어 있는 우리의 혼을 잔잔하게 울린다. 아마도 쫓기는 생활에 지친 우리들에게 위안을 주고, 울분과 우울에 찌든 우리들에게 기쁨을 주기 때문일 것이다. 어린 나이에 양부모를 여의고 고아로서 외로움과 비애감 속에 살았고 식민지배와 혁명, 전쟁으로 요동치던 핍박한 시대를 경험했음에도 불구하고, 선생의 문학이 어떻게 그렇게 평화와 고요함, 그리고 아일랜드 시인 예이츠가 말하는 "비극적 환희"마저 머금을 수 있는 것인가? 거의 종교적인 경지로 승화하는 금아 문학의 비결은 무엇일까? 그 고통스런 역사와 척박한 현실의 한가운데서 그를 지탱해준 그 신비스러운 힘의 원천은 무엇인가? 바로 이런 점 때문에 필자는 "금아 현상"이라고 부르는 것이다.

　피천득은 우리에게 백여 편의 진주 같은 짧은 서정시와 백 편 남짓한 산호 같은 시적 수필만을 남기고 세상을 떠났다. 그의 문학작품은 불안한 시대의 궁핍한 시간들을 타고 넘어 영원회귀에 이르는 단련되고 정제된 맑은 구슬들이며 태양빛 아래 반짝이는 영롱한 아침 이슬방울이다. 금아 문학은 시공을 초월하는 "장대한 보편성"이 있다. 「인연」 등 선생의 수필 몇 편과 번역작품이 중 · 고등학교 교과서에 실린 덕분에 그는 많이 알려져 있다. 그러나 학계나 평단에서는 일부의 학위논문을 제외하고는 피천득을 심도 있게 연구하거나 비평하지 않는 듯하다. 왜 그럴까? 그의 글에 그간 한국문단이나 평단을 지배해 온 치열한 이념성이나 유행하는 과감한 실험성이 없기 때문일까? 혹은 학자들이나 평론가들이 금아의 세계를 별다른 논쟁거리가 없고 단순하고 쉽고 평범하다고 치부해버리는 건 아닐까?

　98세로 가장 장수한 작가이면서도 글을 지나치게 아꼈던 문인이었기에 금아는 문단에서 "이미 언제나" 잊힌 작가인가? 아니면 그저 너무 보편 내재한 존재이기에 우리가 보고도 못 보는 작가일까? 우리는 그동안 금아의 세계를 "산호와 진주"가 아닌 "조약돌과 조가비"로 잘못 보았던 게 분명하다.

　필자는 삶과 글이 분리되지 않고 하나였던 금아 선생을 생각할 때마다 항상 두 가지 아쉬움을 느낀다. 우선 이 삭막한 자본주의 시대에 선생이 몸소 실천하신 삶의 방식을 입으로는 칭송하지만 과연 우리는, 특히 나의 경우, 선생님의 본을 얼마나 실천하며 살아가고 있는가에 대한 자괴감이다. 고단한 세상을 궁핍하게 살아오면서 우리에게 보여준 순수하고 단순 소박한 선생님의 일상적 삶의 모습은 그 자체로 우리에게 감동이며 교훈이다. 나는 금아적 삶의 방식을 더 공부하여 모방하고 따르고 싶다. 결코 쉬운 일은 아니지만 말이다.

두 번째 아쉬움은 선생은 몇 편의 수필로 비교적 널리 알려지기는 했지만 선생의 시와 수필을 사랑하는 일반 독자들을 위한 금아 문학입문서가 없다는 사실이다. 금아 선생을 당대에 직접 만났거나 배운 사람들이 다 사라진 후에도 선생의 문학을 이야기하는 소책자라도 있어야 하지 않겠는가? 이것은 응당 우리 세대의 몫이 아닌가 한다. 이에 필자는 선생의 좋은 제자는 아니지만 선생님께 직접 배웠다는 것을 빌미로 어떤 형태로든지 금아에 대한 논의나 해설을 남기고자 감히 펜을 들었다. 금아 탄생 100주년이던 2010년 이후로 금아의 삶과 문학 전체를 조망하는 일이 더욱 많아졌지만, 일반 독자들을 위한 단행본이 아직도 없다는 사실이 부당하다고 여겨졌다. 그래서 타계한 지 5년이 되는 2012년 전까지 일반 독자들을 위해 금아 문학에 대한 내 나름대로의 단행본을 내야겠다고 굳게 마음먹었다.

피천득의 짧고 평정하고 쉬워 보이는 시와 수필들을 필자가 악의적은 아니지만 자의적으로 주제별로 분류하기도 하고 생경한 문학이론들을 개입시키기도 하고, 도식화하기도 하고 일부러 복잡하게 만든 이유가 도대체 뭘까? 금아의 문학세계라는 고요하고 평화로운 호수에 함부로 돌멩이를 던진 것일까? 내 자신의 논의기술 방식에 대해 일종의 "방법적 회의"로서 자문해본다. 그것은 일종의 "낯설게 하기"이다. 너무나 단순하고 친숙하고 용이하여 별다른 문제나 논의거리들이 거의 없어 보이는, 아니 우리가 피천득의 글에 대해 가지는 일종의 거의 자동화된 반응들 - 서정성, 감성, 아름다움, 일상성, 사소함 등등 - 에 대한 의도적인 비평적 문제 제기이고 인식론적 비틀기이다. 무엇 때문에? 나는 금아의 글에 대한 우리들의 관숙(慣熟)된 오해와 편견을 깨뜨리고 싶었다! 피천득의 글의 표면에만 머무른 데에 대한, 좀 과장해서 말한다면, 마르크스의 "하부 구조", 프로이트의 "무의식", 또는 촘스키의 "심층 구조"와 같은 일종의 구조적 저항이다. 문심조룡(文心雕龍) 즉 문학하는 마음이 용을 조각하듯 정제된 피천득의 글을 일단 한 번 해체해보고 싶다. 물론 그것은 다시 구성하기 위함이다. 이러한 나의 작업가설은 위험성을 내포한다. 나는 위험천만하게 팽팽한 밧줄 위에서 느린 춤을 추는 것은 아닌가? 그러나 분명한 점은 나는 단호하게 나만의 방식으로 피천득의 글, 즉 그의 문학 전체 － 시, 수필, 번역 － 를 좁은 곳에 내버려둔 채 가끔 꺼내보는 대신 자주 끄집어내어 문젯거리로 아니 논의의 주제로 전경화시킬 것이다. 문제는 나의 이런 작업이 얼마나 결실을 맺을 것인가 하는 점이다. 이러한 나의 첫 시도의 결과에 대해 자신할 수는 없지만 일단 피천득 문학 전체를 대상으로 거의 첫 번째 시도를 감행했다는 점에 의의를 두고 싶다. 앞으로 피천득 문학에 대한 좀 더 정치(精緻)하고 심도 있는 비평적 성과들이 이어지기를 기대한다.

　필자가 이 책을 쓰기로 결심하기까지는 상당 기간의 주저와 머뭇거림이 있었다. 그것은 우선 사실관계 규명과 확인 등 폭넓은 연구와 선생의 삶과 문학에 대한 깊은 사유가 선행되어야 하는데 도무지 나 자신에 대한 믿음이 없었기 때문이다. 그리고 나 같은 요령부득의 만연체 필자가 피천득의 서정적 압축과 논리적 명증성을 그대로 보여줄 수 있는 깔끔한 글쓰기를 할 자신은 더욱 없었다. 모든 것이 잘 이루어지지 못한다면 금아 선생에게 오히려 누를 끼치지 않을까 하는 두려움 때문이다. 없는 것보다 못한 책이 나온다면 얼마나 난처한 일인가? 그러나 도산 안창호 선생을 스승으로 모시는데 너무나 부족하다고 느꼈던 금아 선생 자신의 글에서 필자는 용기를 얻는다.

> 스피노자의 전기를 어떤 세속적인 학자가 썼다고 하여 이를 비난하는 사람
> 이 있었다. 이런 비난은 옹졸한 것이다. 마리아는 창녀의 기도를 측은히 여기
> 고, 충무공은 소인(小人)들의 참배를 허용하시리니, 내 감히 도산을 스승이라
> 추모할 수 있을까 한다.
>
> — 「도산」, 『인연』(165)

여러 모로 부족한 필자가 선생에 대한 변변치 못한 글을 써서라도 그의
삶과 문학을 재평가하는 기회를 마련하는 것이 후안무치의 행위만은 아
닐 거라고 자신을 위로해본다. 그럼에도 불구하고 무엇인가가 나를 이끌
었다. 그것은 아마도 이 혼탁한 시대를 거스르는 구체적인 삶 속에서 맑
고 꼿꼿하고 순진하게 살다 가신 하나의 모범적, 현자적인 삶 그리고 선
생의 단순 청아한 문학세계의 가치에 대한 나의 확신 때문일 것이다. 이
작은 책은 전범적인 선생의 삶과 독보적인 문학적 족적에 비해 보잘 것
없는 결과이지만 앞으로 이것을 디딤돌로 삼아 좀 더 본격적인 일반 독자
를 위한 개설서나 전기 같은 것이 뒤이어 나오기를 기대한다.

필자는 이 책의 제목을 짓는 데도 적지 않게 고심했다. 실로 오랫동안
생각하고 또 생각하다가 금아 선생이 1969년 1월 일조각에서 펴낸 〈금아
시문선〉이라는 부제가 붙은 책 『산호와 진주』를 그대로 따다 쓰기로 하였
다. 금아 선생은 자신의 첫 시문집의 이름을 셰익스피어의 희곡 『태풍』 1
막 2장에 나오는 에어리얼의 노래에서 가져왔다.

깊고 깊은 바다 속에
너의 아빠 누워 있네

그의 뼈는 산호 되고

눈은 진주 되었네

　그 책 서문을 금아는 "산호와 진주는 나의 소원이었다."라는 문장으로
시작한다. 그 짧은 머리말에서 그는 이 말을 다시 한 번 반복한다. 이로써
필자는 금아 선생의 삶과 문학의 정수가 "산호와 진주"라고 확신하게 되
었고 금아 선생을 따라 이 책의 제목으로 정하였다. 금아의 수필은 산호
이고 시는 진주가 아니겠는가?

　이 책은 필자가 문예지와 학술지에 게재했던 금아의 수필과 시와 번역
에 관한 논문들과 1930년대 초 피천득의 등단시기 작품에 관한 글이 토대
가 되었다. 이 작은 책은 어쩔 수 없이 공적인 담론이 될 수밖에 없겠지만
필자에게는 매우 사적인 담론이다. 엄정한 객관적 자료들에 기초한 학술
적 중립성과 엄밀성을 가진 연구서라기보다 금아 선생과 그에게 배운 필
자 사이의 매우 개인적인 회고와 기억 그리고 금아 선생과 그가 쓴 글들
과의 대화의 결과에서 나온 매우 감성적인 글이다.

　우선 필자는 피천득과 대화하기 위해 그의 작품에서 많은 인용들을 직
접 끌어냈다. 그것뿐이 아니다. 지금까지 피천득의 삶과 문학에 대해 사
유하거나 연구한 선행작업들과도 대화하기 위해 많이 인용하였다. 나는
치유할 수 없는 인용 애호가를 넘어 중독자가 된 것일까? 그러나 필자는
오히려 인용을 통해 이 책의 단독저자됨의 권위(author-ity)를 포기하는 것
이다. 이 책은 나 한 사람의 목소리가 아니라 여러 사람들의 다양한 목소
리를 지향한다. 내가 이곳에서 한 일이란 "조합자(bricoleur)", 다시 말해
땜장이에 불과할 수도 있다. 이 책은 어떤 의미에서 나의 독창적인 "글쓰
기"나 "글짓기"가 아니라 모방적인 "글짜기"나 "글묶기"의 결과일 수도 있

다. 이렇게 되면 이 책은 이미 "사적(私的)"이 아니고 "공적(公的)"이 되어 일종의 "공영역(public place)"이 되는 것이 아닌가? 따라서 이 책에서 필자가 궁극적으로 바라는 것은 금아－필자－선행연구자－독자들의 역동적인 소통과 생산적인 대화의 공동체를 만들어 내는 것이다. 이 책의 여러 가지 목소리들이 그저 잡음이 아니라 화음(和音)이 되었으면 좋겠다.

이 책의 글의 짜임과 더불어 장(章)의 구성에 대해서도 한마디하고 싶다. 이 책의 각 장은 서로 다른 계기에 독립적으로 쓰인 글들이지, 앉은자리에서 하나의 주제 아래 일관성 있게 쓴 글들이 아니다. 따라서 중복 인용이나 반복도 적지 않을 것이다. 하늘에 계신 금아 선생께서 필자를 꾸짖으시겠지만 나는 이것들을 말끔히 정리하지 못하고 내버려 두기로 했다. 독자들에게는 짜증나는 일일 수도 있겠지만 금아의 글을 다시 한 번 더 읽을 기회를 독자들에게 주고 싶다는 게 나의 구차스런 변명이다. 독자들의 너그러운 양해를 바랄 뿐이다. 이 책을 읽는 독자들은 장(章) 순서에도 구애받을 필요가 없을 것이다. 독자들은 전체를 통독할 수도 있지만 그때그때 필요한 부분만을 읽을 수도 있다.

○　　○

벌써 15년 전인 1997년, 나는 적도(赤道) 아래 지구 남반구에 있는 호주의 중동부 해안도시 브리즈번 시에 있었다. 당시 나는 안식년을 맞아 그곳에 있는 그리피스 대학교에서 방문교수로 지내고 있었다. 그러던 중 11월 어느 여름날 나는 금아 선생이 그렇게 "소원"하시던 호주 동해안의 "산호"밭을 가보았다. 남태평양에 있는 이 지역은 약 2,000km에 달하는 대 산호초 지역으로 호주의 해상 국립공원이며 유네스코로부터 세계 유적 보존지로 지정된 곳이기도 하다. 몇 시간 배를 타고 무인도 산호섬인 레이디 머스그레이브 섬으로 갔다. 대 산호초 지역의 최남단이다. 수평선을 아주 멀리 나가기는 했지만 "파도는 언제나 거세고 바다 밑은 무섭다." 금아 선생처럼 잠수복을 입지도 못하고 스노클을 끼지도 못해서 산호를 따거나 진주조개는 잡지 못했다. 그러나 밑바닥이 유리로 된 배 밑바닥에 납작 엎드려 코발트색 청정 바다 속에 끊임없이 펼쳐진 진기한 각종 산호들과 예쁜 물고기들과 조개들을 아주 오랫동안 꿈꾸듯 몽상 속에서 정신없이 바라보았다.

아니 내 영혼의 해저가 모두 산호와 진주로 되었으면!
그런데 그 현란한 산호밭은 이미 언제나 내 마음속에 있었다!
아아, 금아 선생의 시와 수필 자체가 나의 산호밭이요 진주조개들이다!

금지된 작고 예쁜 조가비와 조약돌을 몇 개 주웠다. 언젠가 이 조가비와 조약돌이 금아 선생의 시와 수필이 그렇게 된 것처럼 산호와 진주가 되기를 꿈꾸었다.

그로부터 15년 뒤 나는 부끄러울 뿐인 글들을 모아 "피천득의 문학세계"란 부제로 이 책을 묶게 되었다. 후안무치라 해도 변명할 말이 없다. 금아 선생이 세상을 떠난 지 벌써 5년이 지난 지금 나는 더 이상 기다릴 수가 없어서 뻔뻔스러움을 무릅쓰고 이 보잘 것 없는 책을 상재한다. 그저 금아 선생께 송구스러울 뿐이다. 고매한 독자 여러분들께도 이해와 용서를 구한다. 이 책이 이렇게 나오기까지 나는 여러분들의 많은 도움을 받았다. 1930년대 이후, 여러 신문과 잡지를 뒤져가며 피천득의 초기 등단작품들을 발굴하는 데 큰 역할을 한 중앙대 석사과정의 이정연, 정일수 조교, 글을 읽고 다듬어준 박사과정의 이종찬, 한우리 선생에게 감사한다. 격려의 말씀을 아끼지 않으신 수필가 이창국 선생과 피천득 선생의 차남 피수영 박사께도 고마움을 전하고 싶다. 어려운 때에 예쁘게 책을 만들어주신 푸른사상사의 한봉숙 사장님과 편집부의 여러분들께 감사를 올리는 바이다. 그리고 누구보다도 나의 사랑스러운 내부의 적이며 영감의 원천인 아내 이소영에게 이 책을 바친다. 우리 부부는 운 좋게도 1970년대 초 피천득 선생님께 직접 배운 거의 마지막 제자들임을 항상 자랑스럽게 여기고 감사하며 살고 있다.

2012년 5월
영원히 늙지 않는 오월의 소년
금아 피천득 선생 추모 5주기를 맞이하여

상도동 국사봉 자락에서
정 정 호 씀

일러두기

1. 1930년대 신문잡지에 실렸던 글은 그 당시 철자법을 따랐음.
2. 한글 저서, 신문 잡지의 이름은 『 』로 표기함. 영어의 경우 이탤릭체로 표기함.
3. 한글 논문이나 작품이름은 「 」로 표기함. 영어의 경우 " "로 표기함.
4. 모든 인용은 본문 중 ( )안에 저자 또는 책의 쪽수로 표시하였고 해당 자료정보는 참고문헌에 표기함.
5. 피천득의 개별 작품 인용은 『금아 피천득 전집』(4권)(샘터, 2008)에 의거함.

제 1 장
금아 문학의 "시작"
■ 상하이 유학, 문학의 본질, 작가적 정체성

짐승들 잠들고
물소리 높아지오

인적 그친 다리 위에
달빛이 짙어가오

거리낌 하나도 없이
잠 못 드는 밤이오.

— 「산야(山夜)」, 『생명』(51)

대부분의 작가들이 문학을 자기 평생의 반려자라고 말하는 데에 주저하지 않을 것이다. 나도 문학은 내 평생의 반려자라고 말하고 싶다. 그러나 나의 경우는 이 말만으로는 어쩐지 부족하다 싶어 '숙명적인'이라는 수식어를 그 앞에 붙이기로 한다.… 나는 어린 나이에 큰 불운을 겪고 정신적인 방황 끝에 문학을 반려자로 삼고 한평생 같이 지내왔다. 문학은 내 생애에서 유년기와 소년기를 제외하고 적어도 80년간 내 반려자인 셈이다. 그것은 돌이켜 생각해 보면 내 숙명과 같은 것이었다.… 내가 유년시절에 겪은 비극들은 한동안 나를 걷잡을 수 없는 방황으로 내몰았으나 세월이 흐른 뒤에는 차츰 문학의 길로 이끌어갔다. 이것이 내가 문학을 하게된 간접적, 그러나 숙명적인, 동기라고 할 수 있다.

— 「숙명적인 반려자」, 『내 문학의 뿌리』(351, 353)

1. 엄마의 죽음과 춘원 이광수와의 인연

  피천득은 1969년 1월에 펴낸 자신의 본격적인 시와 수필 모음집인 『산호와 진주―금아 시문선』 속표지 다음 면에서 책 전체의 제사를 셰익스피어 만년의 문제극 『태풍』 1막 2장 에어리얼의 노래에서 따와 깊은 바다 속에 누워 뼈는 "산호"가 되고 눈은 "진주"가 된 "아빠"를 그린 다음 그 바로 옆면에 "엄마께"라는 헌사를 붙였다. 금아가 우리 나이로 60세가 되던 해에 나온 이 책에서 아직도 엄마, 아빠를 불러내는 것을 보면 금아 선생의 무의식 속에는 "고아(孤兒) 의식" 아니 아버지와 어머니를 모두 여읜 자식에게 붙이는 "고애자(孤哀子)" 의식이 있었던 듯하다. 이것은 어떤 의미에서 금아 피천득의 삶과 문학에서 이념의 푯대인 것 같다.

  특히 10세가 된 1919년 피천득이 경험한 "엄마"의 죽음은 생의 모든 운명과 형식을 결정지은 대사건이었다. 그의 수필 「그날」에서 엄마가 돌아가시던 그때의 일을 들어보자.

나는 「아버님의 병환」이라는 노신[중국현대작가]의 글을 읽다가 50여 년 전 그날을 회상하였다. 엄마가 위독하시다는 전보를 받고 나는 우리 집 서사(書士) 아저씨와 같이 평양 가까이 있는 강서(江西)라는 곳으로 떠났다.

나는 차창을 내다보며 울었다. 아저씨가 나를 달래느라고 애쓰던 것이 생각난다. 울다가 더 울 수 없으면 엄마 생각을 했다. 그리고는 또 울었다. … 오후 늦게야 평양에 도착하였다. 기차에서 내려 역 앞에서 기다리고 있던 강서행 역마차를 탔다. 텁석부리 늙은 마부는 약수터에 와 계신 서울댁 부인을 알고 있었다. 그는 안됐다는 듯이 입맛을 쩝쩝 다셨다. 늙은 말은 빨리 달리지를 못하였다. 이 세상에서 제일 느린 말이었다. … 강서 약수터, 엄마가 유하고 있던 그 집 앞에서 마차를 내리자 나는 "엄마" 하고 소리를 지르며 뛰어 들어갔다. 엄마는 눈을 감고 반듯이 누워 있었다. 내가 왔는데도 모른 체하고 누워 있었다. 나는 울면서 엄마 팔을 막 흔들었다. 나는 엄마를 꼬집었다. 넓적다리를, 팔을, 힘껏 꼬집고 또 꼬집었다. 엄마는 꼼짝도 하지 않았다. 나는 엄마 얼굴에 엎어져 흐느껴 울었다. 엄마의 빰은 차갑지 않았다. … 우리 엄마는 내 이름을 부르면서 의식을 잃어버렸다고 한다. 나는 울다가 엎드린 채 잠이 들어 버렸다. … 엄마는 어두운 등잔불 밑에서 숨을 거두시었다.

— 『인연』(116~8)

수필 「엄마」에서 피천득은 일찍 돌아가신 엄마를 자랑스럽게 생각했지만 동시에 정과 사랑을 받지 못하고 자란 자신을 안타까워했다.

엄마가 나의 엄마였다는 것은 내가 타고난 영광이었다. 엄마는 우아하고 청초한 여성이었다. … 내게 좋은 점이 있다면 엄마한테서 받은 것이요, 내가 많은 결점을 지닌 것은 엄마를 일찍이 잃어버려 그의 사랑 속에서 자라나지 못한 때문이다. … 그리고 또 하나 나의 간절한 희망은 엄마의 아들로 다시 태어나는 것이다.

— 『인연』(111~2)

피천득에게 엄마가 없음은 항상 마음 깊은 곳의 거대한 결핍 즉 결코 채울 수 없는 갈망이었다. 그래서 그는 다시 엄마의 아들로 간절히 태어나고 싶어 했으며 피천득은 여러 편의 "아기" 시편들을 통하여 재롱을 떨고 싶었을 것이다. 그 중 한 편만 읽어 본다.

> 엄마!
> 엄마가 나를 낳고
> 왜 자꾸 성화 멕힌다 그러나?
>
> 엄마!
> 나는 놀고만 싶은데
> 무엇 하러 어서 크라나?
>
> — 「아가의 슬픔」, 『생명』(26)

엄마가 살아있을 때로 되돌아가 그것을 영속화하기 위해서는 자신이 계속 어린 아가로 남아있어야 한다. 엄마와의 행복한 관계인 상상계 속에 남고 싶을 뿐이다. 상상 속에서는 다툼이 없고 평화가 가능하다. 현실 속에서 아가는 성장하며 아빠, 엄마를 잃었으니 성장은 슬픔이다.

피천득은 이름이 마음에 안 들어 바꾸려 했으나 죽은 엄마 때문에 바꿀 수 없었다. 한때 그는 수필 「피가지변」에서 "이름이라도 풍채 좋은 것으로 바꿔볼까 한 때도 있었다. 그러나 엄마가 부르던 이름을 내 어찌 고치랴!" (『인연』, 235)하고 탄식했다. 피천득은 걸핏하면 엄마를 생각하며 어릴 적 기억을 자주 떠올렸다. "잠자는 것을 바라다보면 연민의 정이 일어난다. 쌔근거리며 자는 아기, 억지 쓰다가 잠이 든 더러운 얼굴, 내가 종아리를 맞고 자는 것을 들여다보고 엄마는 늘 울었다고 한다"(「잠」, 『인연』, 244~5).

피천득은 꿈속에서 엄마를 자주 만났다. 그의 수필 「꿈」을 살펴보자.

> 어려서 나는 꿈에 엄마를 찾으러 길을 가고 있었다. 달밤에 산길을 가다가 작은 외딴집을 발견하였다. 그 집에는 젊은 여인이 혼자 살고 있었다. 달빛에 우아하게 보였다. 나는 허락을 얻어 하룻밤을 잤다. 그 이튿날 아침 주인 아주머니가 아무리 기다려도 일어나지 않았다. 불러 봐도 대답이 없다. 문을 열고 들여다보니, 거기에 엄마가 자고 있었다. 몸을 흔들어 보니 차디차다. 엄마는 죽은 것이다. 그 집 울타리에는 이름 모를 찬란한 꽃이 피어 있었다. 나는 언젠가 엄마한테서 들은 이야기를 생각하고 얼른 그 꽃을 꺾어 가지고 방으로 들어왔다. 하얀 꽃을 엄마 얼굴에 갖다 놓고 "뼈야 살아라!" 하고, 빨간 꽃을 가슴에 갖다 놓고 "피야 살아라!" 그랬더니 엄마는 자다가 깨듯이 눈을 떴다. 나는 엄마를 얼싸안았다. 엄마는 금시에 학이 되어 날아갔다.
>
> — 『인연』(51~2)

비록 꿈속이지만 피천득은 하얀 꽃과 빨간 꽃으로 주문을 외어 엄마를 살려냈다. 하지만 엄마는 학이 되어 다시 사라졌다. 여기서 "뼈"와 "피"는 금아 문학의 요체가 되어 "산호"와 "진주"로 변형되고 결국에는 그의 시와 산문으로 살아나 금아 문학의 운명과 형식이 되었다. 엄마는 피천득의 문학적 상상력의 저수지이다. 피천득에게 뼈와 피로 "인연"이 맺어진 엄마는 언제나 살아 움직이는 "생명"인 것이다.

한국근대문학연구의 석학인 김윤식은 2권으로 된 역저 『이광수와 그의 시대』에서 금아 선생처럼 10세 전후에 부모님을 여읜 이광수의 "고아 의식"을 논하고 있다. 필자가 여기에서 이 사실을 굳이 언급하는 것은 실제로 금아보다 22살 많은 춘원은 7살에 아버지를 여의고 10살에 어머니마저 여읜 천애고아 금아 선생을 거의 3년간이나 자신의 집에 유숙시켰기 때문이다. 2011년 9월 필자가 직접 만난 춘원의 막내딸 이정화 박사의 증언에 따르면 그 후로도 피천득은 이광수 선생의 부인 허영숙 여사의 산원(산부인과)이 있었던 원효로 집에 자주 놀러왔으며 자고 가기도 했다고 증언했다. 그 후에도 1945년 해방 직전 무렵 춘원이 경기도 구리 사릉에 집을 짓고 나가 살 때도 당시 옛날 서울대 공과대학 자리 옆에 있던 경성공과학교에서 도서관 영문 카탈로그를 만드는 임시고용원으로 일했던 금아 선생은 그곳을 가끔 방문한 것으로 되어 있다. 춘원의 아들 이성근은 그때 일을 기억하며 금아 선생에 대해 "친척뻘 되는 형이 가끔 놀러와 자고 갔다."라고 적고 있다.[1] 춘원 이광수는 적어도 1920년대 중반 당시 경기중학을 다녔던 금아 선생의 처지를 매우 딱하게 여기고는 거의 동류의식을 가지고 학부형 노릇을 자임한 것이 아닐까 하는 생각마저 든다. 피천득은 춘원 이광수 선생과 인연을 맺게 된 연유를 다음과 같이 적고 있다.

> 부모님을 여읜 후 나는 고아가 되어 친척집을 전전하며 자랐고, 고마운 친지나 독지가의 집에 유숙하기도 하였다. 국민학교 시절 나는 남다른 고초와 시련을 겪었으나 학교 공부가 좋아 열심히 한 탓에 4학년을 마친 후 곧바로 검정고시를 치르고 서울 제1고보에 입학할 수 있었다. 2학년을 월반하여 고보에 진학하였던 것이다.
> 춘원 이광수 선생이 이 소식을 전해 듣고 나를 불러 그 댁에 유숙하도록 하

---

1) 피천득의 차남 피수영 박사는 최근 필자와의 환담에서 춘원의 아들 이성근을 삼촌이라 불렀다고 말했다. 이를 보면 당시 이광수 가족과 피천득 가족의 가까운 관계를 쉽게 알 수 있다.

셨다. 그 후 나는 문학을 더 가까이 하게 되었다. 나는 춘원 선생의 글과 작품을 읽고 문학에 심취하게 되었다. 춘원 선생은 나에게 문학을 지도하여 주셨을 뿐 아니라 영어도 가르치고 영시도 가르쳐 주셨다. 그 분 덕에 나는 결국 문학을 업으로 하게 되었다. 그러니 그 분은 내가 문학을 하게된 직접적인 동기를 베풀어준 분이시다.

—「숙명적인 반려자」, 『내 문학의 뿌리』(353~4)

　김윤식 교수는 이광수의 고아 의식에 대해 "이광수, 그는 고아였습니다. 그가 살았던 시대 역시 고아 의식에 충만한 것이었지요. 이 사실을 이 책(『이광수와 그의 시대 I』)은 한 번도 잊은 적이 없습니다"(21)라고 적고 있다. 그러나 김윤식은 열한 살에 전염병으로 어머니, 아버지를 모두 잃은 이광수의 고아 의식이 어머니에 대한 "병적 그리움"으로 나아가지 않았다고 지적한다. 왜냐하면 금아의 경우와는 매우 대조적으로 이광수는 못났다고 생각한 부모님을 존경하거나 애틋하게 그리워하지 않았기 때문이다. 그러나 이광수에게도 일찍 여읜 부모님에 대한 애틋한 감정이 없었을 리 없고 어린 나이에 부모 없이 살아간다는 것이 얼마나 애달픈 일인가를 잘 알고 있었던 게 분명하다.

　이광수는 후일 피천득의 아호를 "거문고의 아이"라는 뜻의 금아(琴兒)라고 지어주었다. 피천득의 어머니가 거문고를 잘 타서 그렇게 지었다는 설이 유력하다. 이광수의 「그리운 내 고향 금곡(琴曲)」이라는 제목의 수필이 있는 것을 보면 이광수는 거문고 금(琴) 자를 좋아한 게 분명하다. 춘원이 아호로 피천득에게 거문고 "금(琴)" 자에 어린아이 "아(兒)"를 붙인 데에는 몇 가지 의미가 있다. 우선 금아의 어머니가 거문고에 능하였기에 거문고를 잘 켜던 엄마의 아이 또는 거문고를 켜는 아이를 뜻했을 것이다. 다시 말해 노래하는 아이, 시를 짓는 아이, 문학하는 아이의 뜻이었다. 여기서 아이라는 뜻은 영원히 늙지 않는다는 뜻이다. 문학은 우리를 항상 젊게 만들지 않는가? 금아에게 영어와 문학을 가르쳤던 춘원은 검정고시로 2년씩이나 월반하여 제일고보(경기고 전신)에 입학한 신동에 가까운 탁월한 능력이라든지 고등학교 시절부터 시를 잘 쓰는 등 문재(文才)를 엿보았기에 피천득이 영원히 늙지 않는 5월의 문학소년으로 성장하기를 바랐을 것이다.[2]

피천득은 이광수에게 영어와 영문학을 일부 배웠다. 와세다 대학 철학과를 졸업한 이광수의 영어 사랑은 1926년 동아일보 편집국장 시절 경성제국대학(서울대 전신) 선과(選科)에 들어가 존 키이츠를 전공한 일본인 영문학 교수 사토 기요시 교수에게 문학을 공부할 정도였다(석경징과의 대담, 312~3)[3]. 피천득의 증언에 따르면 이광수는 러시아 소설가 레오 톨스

---

2) 피천득은 자신의 아호 금아를 설명하면서 그 이름을 자랑스럽게 생각했다; "나의 또 하나의 이름은 금아(琴兒)입니다. 거문고 금(琴), 아이 아(兒)의 뜻을 가지고 있지요… 이 이름은 그 유명하신 춘원(春園) 이광수 선생님이 지어 주셨는데, 나름대로 사연이 있습니다. 우리 어머님께서 거문고를 잘 타시는 분이었고, 그 거문고 타는 여인이 아들을 낳았으니 거문고와 아이를 연결시켜 금아(琴兒)라 이름지어 주신 것입니다. 우리나라 사람들의 정서, 우리 어머니의 정서, 거기에 내가 닮고 싶은 아이의 마음까지가 아주 잘 어우러진 이름이기에 나는 이 이름을 많이 사랑하고 또 자랑스러워합니다"(『어린 벗에게』, 4).
3) 이광수는 영문학 애호가였다. 그는 1925년에 발표한 글 「문예쇄담─신문예의 가치」에서 당시 조선문학에 필요한 것은 영문학이라고 주장하고 있다: "나는 힘있는 좋은 문예가 조선에 일어나기를 바란다. 앵글로 색슨 민족의 건실하고 용감하고 자유와 정의를 생명같이 애호하고 진취의 기상과 단결력(국민생활의 중심 되는 동력이다)이 풍부하고 신뢰할 만한 위대한 민족성을 이룬 것이 그들의 가진 위대한 문학에 진 바가 많다 하면 이제 새로 형성

토이에 심취해 있었는데 그의 영어판 전집을 탐독하기도 하였다. 당시 이광수의 영어 실력은 널리 알려져 상해에 체류할 때는 단재 신채호를 가르쳤고, 피천득에게는 워즈워스의 시 「수선화」와 미국 시인인 랠프 왈도 에머슨의 「콩코드 찬가("Concord Hymn")」 등 많은 영시를 가르치기도 했다. 피천득은 도연명의 「귀거래사」도 이광수에게 배웠다. 피천득은 이광수와 프랑스의 소설가 알퐁스 도데의 단편소설 「마지막 수업」을 일본어 번역본으로 함께 읽고 감명 받은 이야기를 다음과 같이 적고 있다.[4]

> 알퐁스 도데의 「마지막 수업」[에서] … 모국어로 마지막 수업을 받는 광경이 감동적으로 묘사되어 있잖아요? 특히 지배받는 민족도 자신의 언어를 잃지 않는 한, 감옥의 열쇠를 쥐고 있는 것과 같다는 대목은 그 감격이 말할 수 없이 컸어요. 그 작품을 춘원과 함께 일본어판으로 읽으면서 모국어에 대한 절실한 애정을 경험하며 감동을 받았는데…
>
> — 오증자와의 대담(30)

이광수로부터 피천득은 이렇게 모국어 사랑과 애국심도 배웠다. 금아

되려는 조선의 신민족성도 우리 중에서 발생하는 문학에 지는 바가 많을 것이 아닌가. … 이 점으로 나는 세계 인류가 가진 문학 중에 한문학과 영문학을 가장 존숭할 것이라고 믿는다. … 바이런 같은 교격한 시인을 제하고는 셰익스피어, 밀턴은 물론이요, 워어즈워드, 테니슨, 무릇 오래두고 영인의 정신을 지배하는 시인은 대개 평범한 제재와 평범한 기교를 썼다. … 남구문학은 먹으매 취하게 하고 혼미하게 하고, 북구문학은 먹으매 한숨 지고 무섭고 마치 굳은 음식을 많이 먹은 것 모양으로 트림하여 몸이 무섭고, 자면 가위가 눌릴 듯하되, 영문학은 알맞추 먹은 가정에서 만든 저녁과 같다(『이광수 전집』 제10권, 409, 434~5).

4) 피천득이 번역한 「마지막 수업」은 2003년 간행된 그의 단편소설 번역집인 『어린 벗에게』에 수록되었다.

가 영문학을 공부하여 시인, 수필가 그리고 번역문학가가 된 것도 모국어인 한글을 보존하고 아름답게 하려는 긴 여정이었다고 볼 수 있다.

그러나 무엇보다도 피천득의 인생 방향을 결정지은 이광수의 영향은 영문학 공부와 상하이 유학을 권유한 것이었다. 당시 일본 제국주의 식민지 상황하에서 영어는 단순히 또 다른 외국어가 아니라 오랜 전통을 가진 영국과 새로운 강대국인 미국의 언어로서 조국의 정치적 독립 성취와 문화적 정체성 정립을 위한 수단이며 일종의 저항의 도구로 인식되었을 것이다. 일본에서 귀국한 후 이광수는 젊은 나이에 이승훈 선생이 설립한 대성학교 교사로 있을 때 첫 제자인 이기용에게도 일본에 가서 영어와 영문학을 공부하라고 추천한 바 있다. 이광수는 자신이 공부하고 싶었던 영문학을 피천득에게 강력하게 권유하였다. 이광수가 피천득의 유학지로 일본 대신 상하이(上海)를 추천한 것은 당시 대부분의 사람들이 유학지로 주로 일본을 택하였기에 일본과는 다른 방식으로 근대화가 활발하게 진행되던 동북아의 모던한 국제도시인 상하이로 가는 게 훨씬 유익하다고 생각했기 때문이다. 춘원은 열렬한 흥사단원이 되어 민족지도자로 아버지 같이 따르던 도산 안창호를 도와 일하였는데 그런 그를 통해 금아 역시 안창호를 알게 되었다. 피천득도 상해로 떠나기 전에 아마도 춘원을 통해 도산 안창호에 대해 이미 잘 알고 있었고 도산의 유명한 연설도 들었다고 한다.

이광수는 또한 같은 흥사단원으로 가깝게 지냈던 주요한과 주요섭 형제를 피천득에게 소개하였다. 한국 현대시의 출발점이 된 「불놀이」의 저자 송아 주요한은 이미 일본과 상해 유학을 마치고 춘원의 추천으로 동아일보 기자로 있었고, 소설『사랑 손님과 어머니』의 저자인 여심 주요섭은 상해 후장 대학교에 재학 중이었다. 피천득은 안창호 선생과 주요섭을 만날 기대감으로 상해 유학을 결정했다. 이렇게 해서 피천득은 자신의 삶에서 후일 작가와 학자가 되기 위해 가장 중요한 시기였던 상하이 유학 시대를 맞게 되었다.

그러나 상해시대로 넘어가기 전에 피천득과 일생을 통해 가깝게 지냈던 잊을 수 없는 문우(文友) 치옹 윤오영을 빼놓을 수 없다. 금아는 1920년대 중반 제일고보 1학년에 재학할 때 당시 양정고보 1학년이었던 윤오영을 만났다. 그는 피천득보다 3년 연상으로 문재(文才)가 조숙하고 열렬한 문학소년이었다. 피천득과 윤오영은 의기투합하여 『첫걸음』이라는 등사판 문예지를 만들어 시를 싣기도 했다. 사실상 피천득은 윤오영에게 문학적으로 많이 배웠다. 피천득은 외우(畏友)라 부른 윤오영이 타계한 1976년 『수필문학』(7월호)에 실린 특집 「윤오영, 그 인간과 문학」에서 그에게 배운 것을 아래와 같이 기술하고 있다.

그와 나는 학교는 달랐으나 중학[현재의 고등학교] 1학년 때에 복된 인연으로 문우(文友)가 되어 지금까지 같이 늙어 간다. 소년시절, 그의 지혜와 지식에 눌려 나이로는 그가 겨우 3년 장(長)이지만 나는 그를 형같이 여겼다. 「낭만주의」란 말을 처음 그에게서 듣고 신기해 했으며 이태백(李太白)만 알았던 내가 두보(杜甫)의 존재도 알게 되었다.

구니기따가 좋다고 하고, 아리시마를 읽어 봐야 한다고 일러 주었다. 자기는 이미 구식결혼을 하고서도 구레와가와의 「현대연애관」을 나에게 강의하여 사춘기의 나를 매혹시켰다. 그는 애국심에 불타 있었으며 황매천과 단재(丹齋)의 이야기를 들려 주기도 했다. 나는 그가 있으므로 속된 생각 천한 행실

을 하지 못하는 때가 있었으리라. 그로 하여 외우(畏友)라는 말이 무슨 뜻인지 나는 알고 있다. (54)

피천득은 윤오영을 나이 어린 고등학교 1학년 때 만나서 평생토록 가깝게 지냈다. 이 두 사람은 어떤 의미에서 비슷한 생각으로 비슷한 글을 써오며 살았다. 두 사람의 작품세계는 분명 차이도 있지만 삶과 사상과 문학이 서로 많이 닮았다.

이밖에 피천득은 자신의 문학형성기에 영향을 끼친 작가들에 대해 2000년대 초 한 강연에서 다음과 같이 밝힌 바 있다.

> 그 후 나는 우리나라의 여러 훌륭한 작가들의 작품을 읽고 적지 않은 감명과 영향을 받았다고 여겨진다. 이를테면, 만해 한용운과 소월 김정식의 시에서 나는 큰 감명과 영향을 받았음에 틀림이 없다. 그리고 나는 일본의 저명한 작가의 작품도 선별하여 읽었다. 그들 중에서 나는 특히 아리시마 타케오와 츠보우치 쇼요를 지금도 기억하고 있다. 아리시마는 동경제국대학의 영문학 교수로 있다가 창작에 전념하기 위하여 교수직을 버린 사람이고, 츠보우치는 영문학자로 셰익스피어 번역과 주해를 펴낸 사람이다. 내가 후에 영문학을 전공하여, 서울대학교 교수로 30년 가까이 영문학을 강의하게 된 것도 이런 분들의 영향이라고 여겨진다.
> ― 「숙명적인 반려자」, 『내 문학의 뿌리』(354)

피천득 문학에 끼친 다른 작가들의 영향에 대해서는 별도의 심도 있는 연구가 필요할 것이다.

2. "상하이 커넥션"
도산 안창호와의 숙명적인 만남

　피천득이 당시 동아시아 최대 국제도시 상하이에 도착한 것은 1926년이다. 이때부터 후장대학교 영문학과를 졸업한 1937년까지 상하이시대가 열렸고, 피천득을 만든 8할은 상하이였다. 그의 상하이 커넥션의 중심에는 누구보다도 도산 안창호가 있다. 또한 주요한의 동생이며 소설가인 주요섭이 있었고 그 배후에 춘원 이광수가 있었다. 피천득은 상하이 유학 중 1932년 중국에 진출한 제국주의적 일본과 중국 사이에 발발한 상하이 사변 때문에 귀국하여 2년 가까이 국내에 체류하면서 이광수 댁에서 유숙하기도 하고 어지러운 국내외 상황을 떠나 금강산에 입산하여 불경을 공부하며 1년간 체류하기도 했다. 피천득의 상하이 커넥션을 그림으로 그려본다.

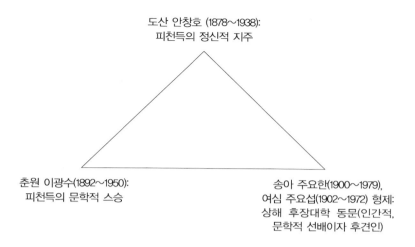

도산 안창호 (1878~1938):
피천득의 정신적 지주

춘원 이광수(1892~1950):
피천득의 문학적 스승

송아 주요한(1900~1979),
여심 주요섭(1902~1972) 형제:
상해 후장대학 동문(인간적,
문학적 선배이자 후견인)

피천득 일생에서 "엄마"를 제외하고 가장 중요한 인물은 민족지도자 도산 안창호 선생이다. 앞서 지적했듯이 피천득은 이광수가 추천한 안창호 선생을 직접 만날 욕심으로 상하이 유학을 결정하였다. 그는 상하이에서 흥사단원이 되어 매주 2번씩 도산을 만나 가르침을 받았다. 금아 선생은 1960년 10월 1일 『새벽』지가 주관한 우리 민족의 정신적 선구자로 귀한 생애를 바친 도산 안창호 선생의 행적과 사상을 논하는 좌담회에서 자신에게 가장 큰 영향을 끼친 도산과의 인연에 대해 다음과 같이 비교적 소상히 말했다.

제가 상해 유학시절이니 지금부터 32년 전에 선생님을 자주 뵙게 된 셈입니다. 그 전에 서울서 선생님 강연을 들었는데 퍽 풍채가 좋은 분이었다는 인상이 남아 있습니다. 음성이 청아하고 부드럽고 크고 날카롭지 않았지요. 미국사람들은 루즈벨트 대통령의 목소리가 제일이라고 하지만 도산선생님만 못한 것 같습니다. 그때 강연이 한두시간 걸렸는데 시종 변함없이 확고부동

했고 정과 사랑이 넘쳐 흐르는 것 같은 느낌이었습니다. 도산선생님이 저를 찾아오셔서 상해에서 만나 뵈었습니다.

저는 그분은 무슨 정치인이라기보다 다만 인간으로서 높은 존재라고 생각합니다. 도산선생님께는 지도자들이 가지기 쉬운 어떤 이상한 태도가 전혀 없는 순수한 인간이었습니다. 일생을 통하여 거짓말이나 권모술수가 전혀 없던 분입니다. 그런것들이 정치에 꼭 필요하다면 그분은 전혀 정치를 할 자격이 없는 분입니다. 또한 그분의 정성과 사랑이라는 것은 기독교의 예수나 그럴 수 있으리라고 믿습니다. 저는 사생활도 좀 아는데 참 가난한 살림살이였지만 청초한 생활이었지요. 카라가 더러워진 걸 본일 없고, 물론 호화로운 옷도 입어본적없죠.

언행에 있어서도 앉거나 서거나 언제나 규범적이고 규율적이었습니다. 소파가 있다고 쭉 늘이고 앉으신 것을 못봤습니다. 참 단정한 분이었습니다. 간소한 방에는 화병이 있고 늘 꽃이 꽂혀 있었습니다. 참 세밀한 분이어서 꽃을 사실 때도 여러 색깔로 일일이 검토하셨습니다. 큰일하는 분들은 작은 일에 주의하지 않는다는 설도 있는데 도산선생님은 그렇잖습니다.

제 개인의 말씀을 드려 안됐지만 제가 유학 중에 병들어 누웠을때 도산선생님이 직접 찾아 오셔서 입원까지 시켜주셨습니다. 때때로 아침 일찌기 병원에 찾아와 주셨습니다. … 그분을 대할 땐 친 할아버지나 보호자를 대하는 것 같은 느낌이었죠. (36)

이뿐만이 아니다. 민족선각자이며 독립운동가인 도산 선생의 다정함에만 감동을 받은 게 아니라 결코 거짓말을 하지 못하는 그의 불굴의 "정직성"에도 깊은 감명을 받았다.

퍽 어린애들을 사랑하셨지요. 우아한 분이었습니다. 일경에게 체포당할 때도 어떤 어린아이에게 선물을 사준다는 약속을 지키려 나가셨다가 잡혔지요. … 그렇게 어린아이와의 약속도 어긴일이 없었습니다. 그래서 제가 한번은 선생님에게 거짓말에 대해서 물어본 일이 있었습니다. 사람이 살아가는데 거짓말을 안 할 수 있습니까 해야할 때가 있지 않습니까 이렇게 물었습니다. 그때 선생님은 거짓말이 허락되는 경우가 하나 있다면 사실을 말하는것이 자기 동지를 해치는 일이 될때 허락될 지 모르겠으나 그런 경우 이외에는 말을 하지 않으면 안 되느냐고 말씀하셨습니다. 그분은 인간이 가질수 있는 최고의 것을 가지고 있었다고 생각됩니다. (36~7)

금아가 도산 선생을 인간적으로도 얼마나 좋아했는지에 대한 에피소드가 그의 수필 「반사적 광영」에 들어 있다.

도산 선생을 처음 만나 보았을 때의 일이다. 선생이 잠깐 방에서 나가신 틈을 타서 선생의 모자를 써 보고 나는 대단히 기뻐했다. 그 후 어느 날 나는 선생이 짚으시던 단장과 거의 비슷한 것을 살 수 있었다. 어떤 친구를 보고 선생이 주신 것이라고 뽐냈더니 그는 애원애원하던 끝에 한턱을 단단히 쓰고 그 단장을 가져갔다. 생각하면 지금도 꺼림할 때가 있다. 그러나 다시 생각하면 그 친구로 하여금 그가 그 단장을 잃어버릴 때까지 수년간 무한한 기쁨을 누리게 하였으니, 나는 그에게 큰 은혜를 베푼 셈이다.

― 『인연』(227)

금아는 도산 선생의 사상이나 인간됨도 존중했지만 도산을 닮고 싶어 도산의 모자도 써보고 지팡이까지도 비슷한 것으로 사서 들고 다니면서 그 후광을 입고자 했다. 금아는 타계하기 몇 년 전인 2003년 4월 김재순과의 대담에서 "내가 살아오면서 본 것 중에 정말 명성 그대로라고 느낀 것이 두 가지인데, 하나는 금강산이고 또 하나는 도산 선생이었습니다"(『대화』, 15)라고 언명하였다. 피천득은 후일 도산 안창호가 자신의 문학에 끼친 절대적인 영향을 다음과 같이 술회하였다.

도산 안창호 선생이 나에게 뿐 아니라 우리 모두에게 주신 가르침 중에서 가장 으뜸가는 것은 절대적인 정직이다. 거짓말은 절대로 용납되지 않는다. 죽어도 거짓말을 해서는 안 된다. 그러나 바른말이 동지들의 목숨을 위태롭게 하는 경우에만은 거짓말이 허용된다. 그러나 이때에도 거짓말을 하기보다는 묵비(默祕)하는 것이 더 좋다는 것이었다.

이것은 문학에 있어서도 마찬가지이다. 문학은 특별한 것이 아니라 우리 생활의 일부이다. 문학의 영원성은 작가가 자기에게 충실하고 거짓말을 않는 데서 비롯된다. 이것이 후에 내 문학의 뿌리가 되었고, 근본정신이 되었다.

                          - 「숙명적인 반려자」, 『내 문학의 뿌리』(355~6)

또한 상하이에서 시작된 피천득과 8년 연상인 주요섭의 인간관계는 매우 깊었다. 주요섭은 19세 되던 1920년 이미 독립운동을 위해 상하이로 건너갔으나 안창호의 권유로 후장대학 중학부 3학년에 입학하였으며, 1923년 후장대학 영문학과에 입학하여 본격적인 문학활동을 시작하였다. 피천득이 상하이에 도착한 다음 해인 1927년 그는 후장대학을 졸업하였다. 피천득은 상하이로 출발하기 전부터 주요섭이 그 대학에 재학 중임을 알고 있었다.

내가 형을 처음 만난 것은 열일곱 살 나던 해, 내가 상해로 달아났을 때입니다. 나보다 8년 연상인 형은 호강대학에 재학 중이었습니다. 학교로 찾아간 나를 데리고 YWCA 식당에 가서 저녁을 사 준 기억이 납니다. 나는 상해 시내에 방을 얻고 고등학교에 다니게 되었습니다. 형은 주말이면 기숙사에서 나와서 나하고 영화 구경을 갔습니다. 그때 '글로리아 스완슨'이란 여배우를 그렇게 좋아했습니다.

중국 음식점에 가서 저녁도 잘 사 먹었습니다. 육당의 〈백팔번뇌(百八煩惱)〉를 같이 읽은 것은 사천로에 있는 어떤 광동 음식점이었습니다. 형이 나

보고 영화 구경하고 저녁 사 먹을 돈만 있으면 돈 걱정 안 하고 살아도 된다고 말한 것이 기억납니다.

　　대학에 있어서의 형은 특대생이었고 영자 신문 주간이요, 대학 토론회 때 학년 대표요, 마닐라 극동 올림픽에 중국 대표로 출전하여 우승한 적도 있습니다. 형은 나의 이상적 인물이요, 그리고 모든 학생의 흠모의 대상이었습니다.
　　　　　　　　　　　　　　　　　　　　　　── 「여심」, 『인연』(198~9)

　　주요섭이 대학을 졸업하고 미국 스탠퍼드 대학으로 유학을 갔다가 1929년 귀국하여 『신동아』 주간으로 있을 때 피천득은 그와 같이 방을 얻어 지냈다: "겨울 아침에 형은 우물에 가서 물을 길어오고 나는 난로에 불을 지폈습니다. 추운 아침 물을 길러 가는 것이 힘이 든다고 나더러 불을 지피라고 그랬습니다"(앞의 책, 200). 그 후로도 3년간을 이 하숙 저 하숙으로 같이 돌아다녔다. 1934년 주요섭은 중국 베이징의 보인대학교 교수로 취임하여 1943년까지 재직하였다. 피천득은 이때 베이징을 방문하여 그를 만나 "북해 공원에서 밤이 어두워가는 것을 잊고 긴긴 이야기"를 나누면서 조지프 콘래드 이야기를 하기도 했다. 피천득에게 "테니슨의 '아더 헬름'과 같은 존재"였던 주요섭이 1972년 타계했을 때 피천득은 주요섭이 좋아하는 테니슨의 시 구절을 인용하면서 추모하였다.

　　어떠한 운명이 오든지
　　내 가장 슬플 때 나는 느끼나니
　　사랑을 하고 사랑을 잃은 것은
　　사랑을 아니한 것보다는 낫습니다.

다음 장에서 자세히 밝히겠지만 1931년 창간된 월간지 『신동아』 주간으로 있을 때 주요섭은 금아의 시, 수필 등의 작품을 실어주는 등 피천득이 문단에 등단하는 데 큰 역할을 했다. 주요섭은 원래 1920년대부터 도산 안창호의 준비론 사상에 감화를 받고 문학의 사회적 기능을 강조하는 소설을 써서 초기에는 신경향의 작가로 명성을 얻었으나 후기에는 순수문학으로 방향을 바꾼다. 1935년 대표소설 『사랑 손님과 어머니』를 발표하였는데, 이 소설의 어머니는 피천득의 "엄마"가 모델이 되었다고 전해진다(「여심」, 『인연』, 200). 사실 1947년 출간된 피천득의 첫 시문집인 『서정시집』도 주요섭이 주간으로 있던 상호출판사에서 나왔다. 피천득은 주요섭에게 인간적으로만 아니라 문학적으로도 영향을 적지 않게 받았을 것이나 이 영향관계를 규명하는 작업은 후일로 미룬다.

피천득의 "상하이시대"에서 특이한 점은 그가 상하이사변으로 일시 귀국해있을 때 금강산에서 1년간 생활한 경험이다. 피천득은 한 대담에서 그 경위의 일단을 밝히고 있다.

> 그때는 상해사변 등 전쟁이 여러 번 일어나 그랬어요. 나는 몸도 마음도 약해서 일본과 대항해 싸우지는 못했지만, 친일하는 글은 한 번도 쓰지 않았어요. 소극적 저항이랄까, 지조는 지켰습니다. 내가 금강산 장안사에 있었는데, 나는 가족도 없고 하니 절에 가서 공부나 하고 지낼 생각이었어요. (손광성, 42)

그 당시 일본 제국주의의 식민지 조선 압제와 협박 상황과 중일전쟁 등 동북아 정세가 어지러워지고 있었던지라 피천득은 큰 "희망"을 가지지 못하고 나라꼴이 이 모양인데 무슨 글을 쓰랴 싶어 창작도 중단한 상태였다. 사고무친의 고아인 피천득은 금강산에 들어가 장안사의 상월(霜月) 스님을 만나 거의 1년 동안 유마경과 법화경 등의 불경을 배웠다. 웬만하면 그곳에 계속 머물고자 하였으나 그곳의 높은 스님의 친일 행각에 환멸을 느끼고 하산하였다. 이 순간이 그의 인생의 중대한 갈림길이었다. 그가 승려가 되었다면 고승이 되었을 것이다.

  금아는 상하이 유학 시절에 종종 극심한 외로움과 고국에 대한 향수에 젖어 있었던 것 같다. 그의 수필 「황포탄의 추석」을 보면 추석에 피천득은 별다른 계획 없이 당시 불우한 외국인들이 많이 모여들던 황포탄 공원으로 가서 강 항구로 지나가는 큰 기선(화륜선)을 보며 고향 생각에 잠기기도 했다.

> 누런 황포강물도 달빛을 받아 서울 한강(漢江) 같다. 선창마다 찬란하게 불을 켜고 입항하는 화륜선(火輪船)들이 있다. 문명을 싣고 오는 귀한 사절과도 같다. '브라스 밴드'를 연주하며 출항하는 호화선도 있다. 저 배가 고국에서 오는 배는 아닌가. 저 배는 그리로 가는 배가 아닌가 하는 사람도 있을 것이다. 같은 달을 쳐다보면서 그들은 바이칼 호반으로, 갠지스 강변으로, 마드리드 거리로 제각기 흩어져서 기억을 밟고 있을지도 모른다. 친구와 작별하던 가을 짙은 카페, 달밤을 달리던 마차, 목숨을 걸고 몰래 넘던 국경, 그리고 나 같은 사람이 또 하나 있었다면 영창에 비친 소나무 그림자를 회상하였을 것이다. 과거는 언제나 행복이요, 고향은 어디나 낙원이다. 해관(海關) 시계가 자정을 알려도 벤치에서 일어나려는 사람은 없었다.
>
> ─ 『인연』(92)

이 글을 통해 당시 중국 근대화의 관문으로 서구의 자본과 과학기술과 문화가 급격히 몰려들어오는 상하이의 풍경을 엿볼 수 있다. 그리고 전세계의 다양한 인종들이 모여드는 국제도시 상하이의 모습이 역동적인 듯 보이면서 어쩐지 소외된 사람들의 고독과 애수가 강하게 느껴진다.

당시 상하이에는 서구 열강의 이주민들을 위한 조계⁵⁾가 여러 곳 설치되어 있었다. 홍수전(洪秀全)이 일으킨 태평천국의 난(1850) 이후 중국의 부유층들도 신변 보호를 이유로 조계 안에 들어와 살고 있었다. 중국인 사이에서도 빈부차가 극심했고 외국 노동자들도 들어와 살았다. 다음 시「1930년 상해(上海)」를 보면 당시 가난한 사람들의 모습이 처절하게 드러난다.

> 겨울날 아침에
> 입었던 꽈스(褂子)[중국옷 상의]를 전당잡혀
> 따빙(大餠)[호떡]을 사먹는 쿠리(苦力)가 있다.
>
> 알라 뚱시(東西)⁶⁾ 치롱 속에
> 넝마같이 팔려 버릴
> 어린아이가 둘
> 한 아이가
> 나를 보고 웃는다.
>
> ─『생명』(77)

---

5) 청나라는 영국과의 아편전쟁(1840~1842)에 패한 후 상하이에 유럽 열강의 이주민들이 자유롭게 거주할 수 있는 일종의 치외법권 지역인 조계(租界)의 설치를 허락하였다.
6) 넝마장수 (알라─외치는 소리, 뚱시─물건).

임금이 싼 육체노동자 쿠리(coolie)는 배가 고파 입었던 상의를 전당포에 맡기고 호떡을 사먹는다(금아도 자신의 교복을 전당포에 잡힌 적이 있다고 수필 「낙서」에서 밝히고 있다). 더욱 비참한 것은 넝마장수의 치롱 속에 인신매매로 팔릴 아이들이 앉아있다는 점이다. 그러나 아무것도 모르는 아이들은 천진하게 웃는다. 당시 초기 천민자본주의 시대에는 부의 분배가 잘 안 되었을 것이다. 손문(孫文)이 이끈 신해혁명(1911) 이후 청나라는 망하고 사회는 더욱 혼란스러워졌다. 멋지고 새로운 모더니즘으로 화려하게 변신하고 있던 상하이의 이러한 모순적인 상황을 금아는 놓치지 않고 팔려 가는 "어린아이"를 등장시켜 시적 대비효과를 극대화하고 있다. 상하이 뒷골목의 어두운 면이 그의 수필 「은전 한 닢」에도 잘 나타나고 있다.

금아의 상하이 한베리 고등학교 시절은 고단했지만 잘 진행되어 1929년 후장대학 예과에 입학하였다. 2년 후인 1931년에는 같은 대학 상과에 입학했다가 영문학과로 전과하였다. 그의 수필 「토요일」을 보면 각박한 해외 유학생활이 잘 드러난다.

토요일이 없었던들 나는 상해에서 4년 간이나 기숙사생활을 못하였을 것이다. 닷새 동안 수도승같이 갇혀 있다가 토요일 오후가 되면, 풀어 준 말같이 시내로 달아났다. 음식점으로 영화관으로 카페로. 일요일 오후 지친 몸이 캠퍼스에 돌아갈 때면 나는 늘 허전함을 느꼈다. 그러나 그 후 나는 토요일을 기다리는 버릇을 못 버리게 되었다.

― 『인연』(285~6)

금아는 4년제 미국식 학제였던 후장대학교 영문학과를 다니던 경험을 1997년 한 대담에서 소상히 밝히고 있다.

영문과는 학생이 아주 적었어. 그리고 특히 남자들은 잘 안 했고 여자들은 좀 했지. … 영문과 하는 사람이 여학생 셋하고 나하고 넷밖에 없었어요. 그래서 수업을 대개 선생 집에서 했어요. 차도 주고 케이크도 주고 했는데. … 지금 뭐 했나 생각해보면 시는 그냥 제대로 영국 전통시 공부했고 그리고 세익스피어를 좀 읽은 것 같고 『로미오와 줄리엣』이니 이런 것 했고, 또 기억에 있는 게 소설은 하디(Thomas Hardy)의 『테스(Tess of the d'Urbervilles)』와 『무명의 주드(Jude the Obscure)』를 한 것 같고. 그리고 스콧(Walter Scott)의 『미들로시언의 중심(Heart of Midlothian)』이라는 게 있어. … 시는 그냥 뭐 앤솔로지(Anthology) 같은 것을 했지. … 디킨즈 것도 좀 했어. 『데이비드 카퍼필드(David Copperfield)』 하고 또 몇 있었어.
                                                                    — 「석경징과의 대담」(316~7)

금아 선생은 이러한 정규과정 외에 영문 글쓰기, 논문쓰기 훈련에 대해서도 언급하였다.

그런 건[논문이나 페이퍼] 굉장히 시켰지. 들볶는다 할 만큼. 그리고 영어를 일일이 고쳐주고 했는데, 그거 하나는 아주 열심히 해줬지. … 다시 써오라고 해서 많이 고치고 했지. 난 졸업논문으로 예이쯔(W.B. Yeats)를 했는데 선생이 자기가 전공한 게 아니면 대강 영어나 고쳐주었어. 그때 페이퍼를 어떻게나 많이 쓰게 하고 고쳐주고 했는지. … 그래서 지금도 여기 손가락에 못박인 곳이 아직 있는데.
                                                                    — 앞의 책(317~8)

영어에 대해서 확실히 배우고 훈련을 받았던 금아 선생은 1937년 영문학과를 졸업하고 귀국하였다. 그러나 금아는 흥사단원이었기 때문에 일본 경찰에 의해 요주의 시찰 인물[7]이라는 꼬리표가 달려서 취직하기가 어려웠다. 텍사스 석유회사 서울지점에 겨우 취직한 그는 영어로 편지쓰기를 했고 후에는 해방 전까지 공릉동에 있었던 경성공업전문학교(현 서울대 공과대학)의 교원으로 임용되어 영어로 카탈로그를 만드는 일도 했다. 금아 선생은 6·25전쟁 시 남쪽으로 피난하던 중에 영어를 잘해서 미군들의 도움으로 목사님 가족들도 구해내고 자신도 쉽게 남하할 수 있었다고 회고한 적이 있다(앞의 책, 331~3).[8]

---

7) 당시 일본 식민제국주의 당국은 식민지 정책에 불만을 품은 불량한 조선 사람들을 "불령선인(不逞鮮人)"이라고 부르며 여러 가지 사회활동에 제약을 두었다.

8) 피천득의 어린 시절, 춘원 이광수가 그에게 문학과 영어를 가르친 것을 이미 밝힌 바 있다. 2000년대 초 자신의 문학의 뿌리에 대해 회고하는 강연에서 자신의 영어실력 향상에 끼친 이광수의 영향을 다음과 같이 술회하였다: "호강대학 재학시절 나는 상해사변 때문에 일시 귀국하여 춘원 선생 댁에 얼마동안 다시 유숙하였다. 춘원 선생은 톨스토이를 높이 평가하고 숭배하는 분이었다. 그의 서재에는 미국에서 간행한 하버드 클래식 총서가 있었다. 총서 중에는 영어로 번역된 톨스토이의 대표작들이 들어 있었다. 춘원 선생의 댁에 머무는 동안 나는 톨스토이의 『부활』과 『안나 카레니나』를 애써 읽었다. 영어로 번역된 그 방대한 소설들을 읽느라고 많은 노력을 경주하였다. 고생은 하였지만 그 덕에 내 영어실력이 많이 향상된 사실을 나는 후에 알게 되었다"(「숙명적인 반려자」, 『내 문학의 뿌리』, 355).

3. 피천득 문학의 본질

정(情), 사랑, 유머

금아 피천득 선생은 상하이시대를 전후하여 춘원 이광수, 도산 안창호, 여심 주요섭, 치옹 윤오영에게 무엇을 배웠을까? 이 시기에 그의 문학정신이 거의 결정되었다고 해도 과언이 아니다. 그것은 "정(情)"의 문학이다. 무엇보다 우리는 이 정의 원천을 피천득 자신의 "엄마"에게서 찾아볼 수 있다.

> 내 기억으로는 그는 나에게나 남에게나 거짓말한 일이 없고, 거만하거나 비겁하거나 몰인정한 적이 없었다. … 내가 새 한 마리 죽이지 않고 살아온 것은 엄마의 자애로운 마음이요, 햇빛 속에 웃는 나의 미소는 엄마한테서 배운 웃음이다. … 한번은 글방에서 몰래 도망왔다. … 집에 들어서자 엄마는 왜 이렇게 일찍 왔느냐고 물었다. 어물어물했더니, 엄마는 회초리로 종아리를 막 때린다. 나는 한나절이나 울다가 잠이 들었다. 자다 눈을 뜨니 엄마는 내 종아리를 만지면서 울고 있었다. 왜 엄마가 우는지 나는 몰랐다.
>
> ─ 「엄마」, 『인연』(111~4)

이 글에서 "(몰)인정", "자애", "미소", "울음" 등의 어휘는 모두 "정"에 속한 감성적 어휘들이다. 어떤 의미에서 피천득 문학의 뿌리는 위와 같은 단어들을 토대로 이루어진 것이다.

> 문학은 금싸라기를 고르듯이 선택된 생활 경험의 표현이다. 고도로 압축되어 있어 그 내용의 농도가 진하다. … 사상이나 표현 기교에는 시대에 따라 변천이 있으나 문학의 본질은 언제나 정(情)이다. 그 속에는 '예전에도 있었고 앞으로도 있을 자연적인 슬픔 상실 고통'을 달래 주는 연민의 정이 흐르고 있다.
>
> — 「순례」, 『인연』(269~70)

피천득은 2000년대 초 자신의 문학의 뿌리를 밝히는 자리에서 이성과 지성보다는 감성과 서정을 문학의 중심에 놓았다고 정리하였다.

> 내가 보기에 문학의 가장 중요한 요소는 정(情)이며, 그 중에서도 연정(戀情)이 으뜸이라고 생각한다. 지금 우리는 문학에서 감성(感性)이나 서정(抒情)보다는 이성(理性)이나 지성(知性)을 우선하는 시대에 살고 있다. 하지만 이러한 풍조는 한 시대가 지나면 곧 바뀌게 마련이다. 문학의 긴 역사를 통하여 서정은 지성의 우위를 견지해 왔다.
> 나는 우리나라의 가장 훌륭한 서정(抒情)시인으로 소월 김정식을 꼽고 싶다. 그리고 연정(戀情)을 제일 잘 표현한 시로 황진이의 「동짓달 기나긴 밤」을 꼽고 싶다. 이들의 작품은 셰익스피어의 작품처럼 시간을 타지 않으며, 독자들에게 언제나 새로운 감명과 좋은 영향을 끼친다. 이것이 문학의 영원한 가치이다.
>
> — 「숙명적인 반려자」, 『내 문학의 뿌리』(357)

여기에서 "정"은 다른 말로 하면 나(자아) 이외에 대상들인 타자에 대한 공감이요 사랑이다. 문학을 통해 우리는 주위의 사람들이나 사물들을 새롭게 인식하고 배움으로써 그들을 불쌍히 여기는 감정의 전이(empathy)를 일으킨다. 이러한 타자와의 차이를 인정하고 함께 하는 힘은 문학이 주는 "상상력"이다. 무엇보다도 "여린 마음"을 소중하게 여겼던 피천득은 "남을 동정할 줄 알고, 남이 잘되기를 바라고, 고생을 하다가 잘사는 것을 보면 기쁘다."(「여린 마음」, 『인연』, 290)고 말한다. 그의 일생은 언제나 남들에게 착하게 대하고 웃으면서 살고자 노력했던 일종의 "감성 여행(Sentimental Journey)"이었다. 그는 "사람은 본시 연한 정으로 만들어졌다. 여린 연민의 정은 냉혹한 풍자보다 귀하다. 소월도 쇼팽도 센티멘털리스트였다. 우리 모두 여린 마음으로 돌아간다면 인생은 좀더 행복할 수 있을 것이다."(앞의 책, 291)라고 말하기도 했다. 그는 모든 것이 합력하여 선을 이루게 하려는 평강주의자였고 낙관적인 성선설 신봉자임이 틀림없다.

피천득의 말을 계속 들어보자. 자연과의 공감과 조화도 문학을 통해서 가능하다. 문학은 낯선 것을 친근하게, 친근한 것을 낯설게 만들어 끊임없이 우리의 자동화된(습관화) 시각을 새롭게 깨우치는 것이다.

> 나는 작은 놀라움, 작은 웃음, 작은 기쁨을 위하여 글을 읽는다. 문학은 낯익은 사물에 새로운 매력을 부여하여 나를 풍유하게 하여 준다. 구름과 별을 더 아름답게 보이게 하고 눈, 비, 바람, 가지가지의 자연 현상을 허술하게 놓쳐 버리지 않고 즐길 수 있게 하여 준다. 도연명을 읽은 뒤에 국화를 더 좋아하게 되고, 워즈워스의 시를 왼 뒤에 수선화를 더 아끼게 되었다. 운곡(耘谷)의 〈눈 맞아 휘어진 대〉를 알기에 대나무를 다시 보게 되고, 백화나무를 눈여겨 보게 된 것은 시인 프로스트를 안 후부터이다.
>
> — 앞의 책(274)

우리는 여기서 피천득에게 큰 영향을 준 이광수의 문학관을 살펴볼 필요가 있다. 피천득이 이광수의 "인간미"(『인연』, 174)라고 부른 것은 바로 "정"일 것이다. 1916년 11월 10~23일자 『매일신보』에 실린 「문학이란 하(何)오」에서 이광수의 말을 직접 들어보자. 이광수는 이 글에서 과학과 문학의 차이를 다음과 같이 비교 설명하면서 문학의 특징을 보여주고자 하였다.

> 문학은 어떤 사물을 연구함이 아니라 감각함이니, 고로 문학자라 하면 사람에게 어떤 사물에 관한 지식을 가르치는 자가 아니요, 사람으로 하여금 미감과 쾌감을 일으킬만한 책을 만드는 사람이니, 과학이 인간의 지식을 만족케 하는 학문이라 하면 문학은 사람의 정(情)을 만족케 하는 책이니라. … 문학은 정의 기초 위에 서있었나니… 근세에 이르러 사람의 마음은 지(知), 정(情), 의(意) 3종류로 작용되는 줄을 알고… 실로 나에게는 지와 의의 요구를 만족케 하려는 동시에 그보다 더욱 간절하게 정의 요구를 만족케 하려 하나니… 문학은 정의 만족을 목적 삼는다 하였다. … 정(情)이 이미 지와 의의 노예가 아니요, 독립한 정신 작용의 하나이며, 따라서 정에 기초를 가진 문학도 역시 정치, 도덕, 과학의 노예가 아니라 그것들과 비견할 만한 도리어 일층 나에게 밀접한 관계가 있는 독립된 하나의 현상이다. … 문학의 효용은 나의 정의 만족이다.
> ― 『이광수 전집』(제1권)(548~50: 현대어로 고침)

문학에서 정(情)을 강조한 이광수는 후일에는 문학의 사회적 기능을 강조하는 등 다소 바꾸었지만 정의 강조는 그의 초기 문학이론의 특징이다.

피천득은 가까이 지냈던 주요섭에 대해 "형이 상해 학생 시절에 쓴 「개밥」, 「인력거꾼」 같은 작품은 당신의 인도주의적 사상에 입각한 작품이라

고 봅니다. 형은 정에 치우치는 작가입니다. 수필 「미운 간호부」에서 보
는 바와 같이 형은 몰인정을 가장 미워합니다."(「여심」, 『인연』, 200)라고
지적했고 존경하던 친구인 수필가 윤오영에 대해서도 "그는 정(情)으로 사
는 사람이다. 서리같이 찬 그의 이성(理性)이 정에 용해되면서 살아왔다.
… 때로는 격류 같다가도 대개로 그의 심경은 호수 같다."(「치옹」, 『인연』,
203)고 평가했다. 피천득은 이렇게 문학에서 정(情)을 가장 중시했다. 피
천득은 윌리엄 셰익스피어의 소네트를 번역 소개하였고 좋아했던 또 다
른 정의 작가 찰스 램의 『셰익스피어 이야기』를 번역하였다. 그는 셰익스
피어를 "세대를 초월한 영원한 존재"라 부르고 셰익스피어의 바탕을 "사
랑"이라고 규정하면서 "그를 읽고도 비인간적인 사람은 적을 것이다."
(「셰익스피어」, 『인연』, 176)라고 적고 있다. 금아 피천득의 문학의 요체는
거듭 말하거니와 사랑과 공감을 토대로 한 정(情)이다. 그의 필생의 문학
작업의 최종목표는 정이 많은 인간미 있는 사람들을 키워내는 것이다.
  피천득은 "정"에 대한 모범을 위에서 말한 작가들뿐 아니라 그가 가장
존경했던 도산 안창호 선생에게서도 보았다.

  그는 숭고하다기에는 너무나 친근감을 주고 근엄하기에는 너무 인자하였
  다. 그의 인격은 위엄으로 나를 억압하지 아니하고 정성으로 나를 품안에 안
  아 버렸다. …
  내가 병이 나서 누웠을 때 선생은 나를 실어다 상해 요양원에 입원시키고,
  겨울 아침 일찍이 문병을 오시고는 했다.
                                          ─「도산」, 『인연』(166, 168)

선생은 상해 망명 시절에 작은 뜰에 꽃을 심으시고 이웃 아이들에게 장난
감을 사다 주셨습니다. 저는 그 자연스러운 인간미를 찬양합니다.

　　　　　　　　　　　　　　　　　　　　　－「도산 선생께」, 『인연』(170)

　　피천득은 도산 선생의 성격 중 혁명가와 독립투사들이 가지는 엄격함
이나 강함이 아닌 오히려 섬세하고 여린 마음에 강하게 끌렸다. 다시 말
해 안창호의 "근엄", "위엄"이 아닌 "친근감", "인자", "정성", "인간미"를
찬양하였다.

　　지난 2010년 8월 서울 중앙대학교에서 개최되었던 제19차 세계비교문
학대회에서 금아 피천득 탄생 100주년을 기념하여 금아 문학을 재조명하
는 특별 세션이 있었다. 이 자리에서 피천득의 수제자 심명호는 정을 문
학의 핵심으로 여기고 살아가며 창작했던 피천득 문학의 본질을 좀 더 포
괄적인 맥락에서 다음과 같이 적절하게 요약하였다.

　　금아는 정직하고 성실하고, 자기 보다는 타인에 대한 배려를 우선하고, 인
　생에 대한 섬세하고 예리한 관찰과 소박한 체험을 통하여 얻은 아름답고 밝
　고 맑은 단면들을 시와 수필에 소상하게 제시하고 있다. 금아의 시와 수필은
　간결하고 지성의 빛이 반짝이는 그의 특유의 문체에 기지와 유머어가 넘치고
　있다. 금아의 시와 수필에는 그가 예찬한, 작고 아름다운 인연들만이 아니라,
　크고 중요한 가치들이 근간을 이루고 있다고 하겠다. 이를테면, 금아의 문학
　에는 우리의 민족정신, 독립정신, 애국심, 사회윤리도덕 등의 큰 덕목들이 들
　어있는 것이다.

　　　　　　　　　　　　　　　　　　　　　　　　　－『문학과 현실』(9)

4. 문인 피천득의 정체성
시인, 수필가, 번역문학가

　피천득은 주로 수필가로만 알려져 있어 그가 시인이었다는 사실을 모르는 사람들도 있다. 수필가 이창국은 한국문단에서 시와 수필을 동시에 쓴 유익한 예가 피천득이라고 말한다. 우리나라에 피천득 아류의 수필을 쓰는 사람들은 많지만, "피천득처럼, 피천득류의, 피천득 수준의 시를 쓰는 사람은 찾아보기" 어렵다고 전제하고 "시인 피천득이야 말로 한국 시단에 또 하나의 독보적인 존재"(12)라고 주장한다. 이창국은 피천득을 시인이나 수필가로 분리하여 그 경중을 논해 하나로 명명하기보다 시인과 수필가가 거의 동급으로 양립된 특이한 문인으로 파악한다.

　　우리나라 문단에서 피천득처럼 시와 수필을 거의 같은 비중으로 쓰면서 두 분야에서 이처럼 성공하고 있는 경우는 없다고 본다. 수필도 쓰고 시도 쓴 문인들이 여럿 있기는 하지만 대부분의 경우 시인으로 또는 수필가로 쉽게 분류된다. 다른 사람의 경우 하나가 주업이라면 다른 것은 부업이다. 그러나 피천득은 시인이라고 할 것인지 수필가라고 해야 할지 쉽게 분류가 되지 않을 정도로 그 비중이 같다.

피천득이 수필가인가, 시인인가 하는 질문은 질문을 위한 질문일 수 있다. 수필가라고 해도 되고, 시인이라고 해도 된다. 수필가인 동시에 시인이라고 하면 그만이다. … 시는 산문에서 배워야만 하며, 산문은 시의 경지를 넘보아야만 한다. 훌륭한 시와 훌륭한 산문을 나누어 놓는 그런 절대적인 경계선은 없다. 우리는 피천득의 수필과 시에서 그 이상적인 만남과 조화를 본다. (12, 17)

중국 문학자이며 수필가인 차주환도 피천득의 시와 수필의 통합에 대해 다음과 같이 적고 있다.

시와 수필 양쪽을 다 쓸 수 있었다는 데 의의가 있다. 그는 수필에서 더욱 우월한 성과를 거두기는 하였으나, 시와 수필을 같은 문학적 수평에서 혈맥이 통하게 써냈으므로 시인과 수필가가 서로 겸하는 데서 얻어지는 특이한 경지를 개척하는 소임을 실천하였다고 하겠다. 이 점은 동양 사회에서 종래 시문(詩文)을 통합한 문학관이 계승되어온 전통을 새로운 의미에서 구현시킨 사례로 받아들여도 무방할 것이다. (169)

그러나 필자는 한걸음 더 나가 문인으로서의 피천득의 정체성을 시인－수필가의 이중적 자격을 넘어 시인－수필가－번역문학가의 3중적 재능을 가진 문인으로 보아야 한다고 생각한다. 양으로 보아도 그의 문학 번역이 각각 100편 정도에 불과한 시나 수필보다 훨씬 많다. 셰익스피어 소네트 154편 전부를 번역했고, 영미 시인(워즈워스 외 다수), 중국 시인(도연명, 두보), 일본 시인(요사노 아키코, 와카야마 보쿠스이, 이시카와 타쿠보쿠), 인도 시인(타고르)의 번역편수 80편 외에도 1930년대 등단시기에 번역 발표하였으나 최종결정본인 『내가 사랑하는 시』에서 삭제된 번역시도 여러 편 된다. 그밖에 찰스 램과 메리 램이 쓴 이래 전 세계적으로 많이 읽히는 『셰익스피어의 이야기들』과 마크 트웨인의 『톰 소여의 모험』의 일부, 나다니엘 호돈의 「큰 바위 얼굴」, 알퐁스 도데의 「마지막 수업」 등의 단편들도 여러 편 번역하였다. 무엇보다도 매우 탁월하게 번역된 셰익스피어 소네트만 보더라도 번역문학가로서의 대우를 받아야 마땅하다. 그의 번역작업은 모국어인 한글을 시어와 문학어의 토대로 하는 시인과 수필가가 되는 데도 상당한 영향을 미쳤다. 작가 피천득은 이제부터 다중적 정체성을 가진 시인─수필가─번역문학가로 보아야 할 것이다. 우리 문학계에서 피천득은 이 3가지 영역에서 탁월한 족적을 남긴 보기 드문 문인이라고 말할 수 있다.

제 2 장

문인의 탄생, 1930년대 초
피천득의 문단등단과 창작활동
■ 『동광』 『신동아』 『신가정』 『동아일보』 『어린이』를 중심으로

녹슬었을 심장, 그 속에는
젊음이 살아 있었나 보다
길가에 쌓인 눈이 녹으려 들기도 전에
계절이 바뀌는 것을 호흡할 때가 있다

피가 엷어진 혈관, 그 속에는
젊음이 숨어 있었나 보다
가로수가 물이 오르기 전에
걸음걸이에 탄력을 느낄 때가 있다

화롯불이 사위면 손이 시린데
진달래 내일이라도 필 것만 같다
해를 묵은 먼지와 같은 재, 그 속에는
만져 보고 싶은 불씨가 묻혔나 보다

— 「조춘(早春)」, 『생명』(15)

　훌륭한 문학작품은 쉽게 얻어지는 것이 아니라, 노력한 만큼의 결과로 생겨나는 것이다. … 같은 시간에 얼마만큼 집중적으로 노력하여 소기의 목적을 달성하느냐가 관건이다. 그리고 이에 더하여 자연과 인생에 대한 작가의 날카로운 관찰과 깊은 성찰과 명상이 뒷받침되어야 한다.

— 「숙명적인 반려자」, 『내 문학의 뿌리』(357)

1. 문학 "인연"의 삼각형
이광수, 주요한 · 주요섭 형제, 윤오영

피천득의 단 한 권뿐인 수필집 『인연』에 실린 수필들은 대체로 짧고 서정적인 소품들이다. 작품 수도 백 편이 넘지 않은 적은 숫자이다. 60세가 되던 1970년 이후에는 수필을 거의 발표하지 않았다. 그 자신에 따르면 작가가 절필할 때를 알아야 한다며 수준이 미치지 못하는 작품들을 계속 써내기를 일찍이 중단하였다. 그래서 그는 지독한 과작(寡作)의 수필가이다. 수필집 『인연』 외에도 그의 시집 『생명』이 있다. 그의 지극히 짧고 서정적인 시들은 분량이 모두 합쳐 100편 내외이다. 피천득이 98세까지 장수(長壽)한 것을 감안해 보면 이 또한 많은 수는 아니라고 볼 수 있지만 시의 경우는 수필과 달리 절필하지 않고 적은 양일지언정 세상을 떠나기 전까지 지속적으로 써왔다. 그러나 피천득의 등단시기는 언제이며 어떤 장르의 작품들이 발표되었나, 그리고 그가 수필가인가 시인인가에 대해 이견들이 있어왔다. 따라서 필자는 여기에서 피천득이 1930년대 초 등단기에 월간지 『동광(東光)』, 『신동아(新東亞)』, 『신가정(新家庭)』 등에 집중적으로 발표한 작품들을 연구하여 작품들의 수와 발표시기를 정리하고자 한다. 그런 다음 등단기 작품들이 어떻게 수정·변용되어 피천득 문학의 최종 결정판인 전집에 수록되었는가를 살필 것이며, 나아가 한국 현대문학사에서 피천득을 수필가로만 볼 것이 아니라 시인으로서 자리매김해야 할 필요성도 논의할 것이다.

피천득 선생이 문학에 입문한 것은 무엇보다도 고등학교 재학시에 춘원을 만나고부터일 것이다. 어려서 양친 부모를 잃은 피천득은 제일고보 (경기고 전신) 부속 소학교에 재학하다 4학년에 검정고시를 통과해 2년을 뛰어넘어 제일고보에 입학하였다. 그 후 피천득은 당시 양정고보에 재학 중이던 윤오영을 만나게 된다. 이들은 1학년 때부터 『첫걸음』이라는 잡지를 공동으로 만들어 작품을 발표하게 되면서 절친한 문우(文友)가 되어 서로 영향을 주고받았다. 이 소식을 들은 이광수는 자신처럼 고아인 피천득을 자기 집으로 데려다 유숙시키며 영어와 문학을 가르쳤다. 아마도 이광수는 고아 피천득에 대한 연민의 정을 느꼈고 피천득의 출중한 능력과 문예활동에 관심을 가진 것 같다. 피천득이 이광수에게 배운 것을 다시 한 번 직접 들어보자.

나는 과거에 도산 선생을 위시하여 학덕이 높은 스승을 모실 수 있는 행운을 가졌었다. 그러나 같이 생활한 시간으로나 정으로나 춘원과 가장 인연이 깊다. … 그는 나에게 워즈워스의 「수선화」로 시작하여 수많은 영시를 가르쳐 주었고, 도연명의 「귀거래사」를 읽게 하였고, 나에게 인도주의 사상과 애국심도 불어넣었다. … 그를 대하는 사람은 어느 나라 사람이나 어떤 계급의 사람이거나 늙은이나 젊은이나 다들 한없는 매력을 느꼈다. 그의 화제는 무궁

무진하고 신선한 흥미가 있었다. 그와 같이 종교·철학·문학에 걸쳐 해박한
교양을 가진 분은 매우 드물 것이다. … 그의 인간미, 그의 문학적 업적만을
길이 찬양하기로 하자.

- 『인연』(171~4)

피천득은 이광수에게서 영어를 배웠을 뿐만 아니라 영문학도 소개 받
았다. 이광수는 일본어 번역본을 통해 피천득을 문학소년으로 확고하게
만들어갔다. 피천득은 이광수의 집을 드나들던 당대 많은 기성 문인들을
만날 기회를 얻었다. 특히 한국 문학 근대 초기 시인 주요한과 그의 아우
소설가인 주요섭을 만날 수 있었다. 이광수, 주요한, 주요섭 등은 계몽적
선각자이며 독립운동가였던 도산 안창호(島山 安昌浩) 선생이 창단한 "흥
사단"과 그 방계조직인 동우회와 밀접한 관련을 맺고 있었다.[1] 이광수로
부터 당시 민족의 지도자인 도산 안창호를 소개받은 피천득은 도산사상
에 심취하게 되어 자연스럽게 흥사단원이 되었다. 이광수는 피천득에게
영문학 공부 외에도 일본이 아닌 중국의 상하이로 유학 갈 것을 권유하였
다. 무엇보다도 이광수와 피천득이 존경하는 안창호 선생이 당시 상하이
에서 대한민국임시정부 일을 보고 있었고 주요섭이 당시 상하이 미국 침
례교회계 대학인 호강대학교에서 영문학을 공부하고 있었기 때문이었다.
피천득의 작가로서의 출발은 초반부터 이광수, 주요한 형제, 윤오영과 인
연의 3각 구도를 형성하며 이후 작가생활과 매우 밀접한 관계를 맺었다.

---

1) 이에 대한 상세한 논의는 주요한 편 『안도산 전서』(증보판)와 이광수의 안창호 전기 『도
   산 안창호』(『이광수 전집』 7권에 수록됨)를 참고할 것.

그것을 그림으로 설명해보자.

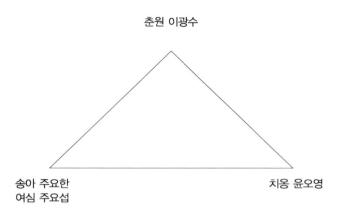

피천득과 주요섭의 관계는 각별했다. 피천득이 처음 유학 갔을 때 이미 상하이에 와 있던 주요섭은 피천득을 친동생처럼 돌봐 주었다. 이들의 우정은 그 후로도 일생 동안 계속되었다. 주요섭이 타계한 1972년 『동아일보』(11월 16일자)에 발표한 수필 「여심(餘心)」을 보면 두 사람의 관계가 잘 나타난다.

> 내가 형을 처음 만난 것은 열일곱 살 나던 해[1927년] 내가 상해로 달아났을 때입니다. 나보다 8년 연상인 형은 호강대학에 재학 중이었습니다. … 형은 나의 이상적 인물이요, 그리고 모든 학생의 흠모의 대상이었습니다. 형의 앨범 첫 페이지에는 도산 선생의 사진이 있었고 그 밑에는 나의 존경하는 선생님이라고 씌어 있었습니다. 형은 3 · 1 운동 당시 등사판 신문 〈독립신문〉을 만들다가 감옥살이를 하고 북경 보인 대학에 [교수로] 재직하고 있을 시절 항일사상이 있다 하여 일본영사관 유치장에서 모진 고생을 겪기도 했습니다.
>
> — 『인연』(198~9)

미국 유학을 마치고 귀국한 주요섭은 1931년 창간된 『신동아』를 편집하였으며, 피천득과 셋방을 얻어 3년 정도 같이 살았다. 이 때 피천득은 노산, 청전 같은 문인들을 만날 수 있었고, 인도주의적 사상에 입각하여 창작을 했다. 아마도 1931년 『동광』지에 피천득이 처음으로 「편지」, 「무제」, 「기다림」의 시작품을 발표할 수 있었던 것은 안창호−이광수−주요한(편집 겸 발행인)·주요섭의 인맥으로 가능했을 것이고 이듬해인 1932년에도 『동광』에 「불을 질러라」라는 시를 발표하였다.

"인연의 삼각형" 마지막 꼭지에 외우 윤오영이 있다. 우선 피천득은 윤오영의 수필을 매우 높이 평가하였다.

"벽을 부숴라. 드높은 창공이 얼마나 시원하리."

윤오영이 중학 1학년 때 학생 문예란에 발표하였던 시구다. 선자였던 파인(巴人) 김동환 선생은 그의 시 3편을 극구 칭찬하였다. 그는 소년 시절에 몇 편의 시를 발표한 후 40년간 글을 별로 쓰지도 않고 한 번도 내놓지도 않았다. 1959년 『현대문학』에 수필 「측상락(厠上樂)」을 처음 발표하고, 1972년 『수필문학』이 창간된 이래 주로 이 전문지에 경이적 수량의 걸작들을 계속 써 냈다. 대기만성이란 말은 그를 두고 있는 말인가 한다. … 그의 수필의 소재는 다양하다. 그는 무슨 제목을 주어도 글다운 글을 단시간에 써 낼 수 있다. 이런 것을 작가의 역량이라고 하나 보다. 평범한 생활에서 얻는 신기한 발견, 특히 독서에서 오는 풍부하고 심각한 체험이 그에게 많은 이야깃 거리를 제공한다. 그리고 이 소득은 그가 타고난 예민한 정서, 예리한 관찰력, 놀랄 만한 상상력, 그리고 그 기억력의 산물이다. … 그의 수필에서 우리는 전통 문화에 대한 지식을 배우고 읽어 내려가는 동안에 향수를 느낀다. 그 글에는 작은 사물에 대한 깊이 있는 음미가 있고 종종 현실을 암시하는 경구도 있다. 감격적이고 때로는 감상적이 되기도 한다. 그러나 그는 자제할 줄을 안다.

- 『인연』(204~7)

　　이 글을 읽노라면 언뜻 피천득이 자신의 글에 관한 이야기를 하는 것이 아닌가 하는 착각이 들 정도이다. 피천득은 윤오영의 수필에 깊이 빠져 어쩌면 피천득 특유의 문향(文香)을 낼 수 없었을지도 모른다. 그러나 피천득은 윤오영과 비슷하지만 매우 다른 수필세계를 구축하였다. 이 두 수필가는 동시대를 살면서 자신들만의 작품세계를 창조해냈다.

2. 1930년대 초 등단배경과 작품들

이제 피천득이 1930년대 초 어떻게 『동광』, 『신동아』, 『신가정』, 『동아일보』지 등을 통해 작품을 발표하였는지 살펴보자. 우선 1930년대 초 식민지 조선 사회와 문단의 상황을 간략히 살핀 다음 위의 세 월간잡지들의 창간 배경과 문예지로서의 특징을 논의하고, 피천득이 가지고 있었던 이광수, 주요한, 주요섭과의 인간관계와 그의 등단과정을 들여다보자. 이를 위해 피천득이 작품들을 발표했던 1931~1935년에 간행된 위의 세 잡지들을 연대별로 살펴보면서 논의하기로 한다.

1930년대 초 조선 사회는 일제 식민지배를 통해서이기는 하지만 자본주의 근대문명의 확산과 대중문화의 출현이 이루어지던 시기였다. 철도, 기차, 전차, 도로, 버스, 학교, 병원 등은 19세기 말 개화기 때부터 계속 변형되었다. 피천득은 이미 1920년대 후반 도시 근대화와 소비자본주의 문화의 선봉을 달렸던 상하이에서 서구적 양식당, 카페, 다방, 극장 등 "모던 보이"나 "모던 걸"에 대한 경험을 한 바 있었다. 한국 근대사학자인 장규식에 따르면 "식민지의 억압과 차별의 현실에 소비문화의 매혹이 뒤얽힌 근대생활의 파노라마가 도시 일각에서 펼쳐지는 가운데, 신문 · 잡지 · 영화 · 음반 · 라디오 등 미디어의 발달과 맞물리며 등장한 대중문화가 꽃을 피우기 시작했다".(257)

당시의 식민지 근대화와 식민지 수탈이라는 이중적 모순 구조 속에서 문학은 어떤 얼굴을 하였을까? 이러한 양가적인 문화 상황 속에서 문인들은 어떤 활로를 모색하였는가? 한국 현대시의 시대구분을 논의하는 자리에서 오세영 외 학자들은 1930년부터 1945년 해방까지를 한국 "현대시의 형성기"로 합의한 바 있다. 이렇게 되면 피천득의 등단시기인 1930년대 초는 한국 현대시의 형성 초기에 해당된다. 국문학자 남기혁은 1930년대 시인들을 "서정시의 현대성"에 더 다가가고 "1920년대 시인들에 비해 훨씬 성숙된 언어의식과 세련된 언어감각을 보여주었을 뿐 아니라 도시적 감수성과 문명 비평의식을 바탕으로 새로운 시대의 현실을 포착"(152)하였다고 전제하면서 1930년대 시단의 주요 경향을 "리리시즘의 다양한 표정들—순수 서정시 계열"과 "문명 비판의 언어 실험: 모더니즘과 아방가르드 계열의 시"로 나누었다. 이 두 가지 주요 경향 중에서 피천득은 전자의 계열에 속한다고 볼 수 있다. 남기혁은 이 계열의 특성을 다음과 같이 말하였다.

> 1930년대의 시문학에서는 순수 서정성을 중시하는 일련의 시인들이 등장하여 한국 시의 리리시즘적 전통을 일구어 냈다. 이들은 정치적 이념의 문학적 표출을 거부하였을 뿐만 아니라 형태 파괴적이고 해체적인 실험을 추구한 서구 현대 문예사조와도 거리를 두었다. 그 대신 1930년대 서정시인들은 자

연의 아름다움을 노래하거나 한국적·동양적 정서를 표출하고자 했으며, 언어 조탁이나 토속어 수용을 통해 조선어의 아름다운 숨결을 시에 담아내려 하였다. 또한 이들은 서정적 주체의 순정하고 내밀한 감정세계를 자유롭게 표출하는 리리시즘에 충실한 현대적 서정시를 수립하려 했다.[2]

남기혁은 이 계열에서 피천득의 이름을 직접 거론하지는 않았지만 피천득은 이 시기 시의 특성인 서정주의(Lyricism)를 공유하고 있었다. 이런 맥락에서 볼 때 피천득이 당시 한국 문단의 경향에서 벗어날 수 없었음은 너무나 당연한 일이다.

1926년 5월 창간된 『동광(東光)』지는 『개벽(開闢)』지와 더불어 한국의 대표적인 잡지였다. 『동광』지는 도산 안창호가 창설한 흥사단, 수양동우회의 기관지 성격을 가지고 있었고, 창간은 춘원 이광수가 도왔으며 편집 겸 발행인은 주요한이었다. 『동광』 창간호에 창간사와 창간 취지문은 없으나 그 사상적 뿌리는 도산의 "무실역행(務實力行)"으로 독립자주국가를 위한 올바른 민족정신 함양에 있었다. 이것은 이광수가 쓴 창간호 사설, 「무엇보다」에서 흥사단의 영향을 받아 제시한 6가지 강령에 잘 나타나 있다.[3] 피천득이 처음으로 자신의 "소곡 3편"을 현대문학 발전에 크게 공헌

---

2)   남기혁은 이 계열에 "시문학파"로는 박용철, 김영랑, 신석정 등을, "생명파"로는 서정주, 유치환, 오장환, 조지훈, 박목월 등을 포함시켰다. 이 시기 모더니즘과 아방가르드 계열의 시인들로는 정지용, 김광균, 김기림, 이상, 백석 등을 포함시켰다.

3)   춘원 이광수는 1924년 봄 북경에 가서 도산 안창호를 만나 8일간 함께 지내면서 흥사단 산하 수양 동우회의 기관지이며 종합교양지인 『동광』의 창간 등 여러 현안 문제들을 협의했다. 이와 관련된 자세한 논의는 김윤식의 『이광수와 그의 시대 2』 참조(158~162). 김윤식은 이광수와 안창호의 관계를 논의하는 자리에서 흥사단의 특징을 다음과 같이 잘 지적

한 『동광』에 실은 것은 당시 주간이 주요한이라는 사실과 무관하지 않을 것이다. 도산 안창호―춘원 이광수―송아 주요한의 홍사단 인맥으로 볼 때 홍사단원이었던 피천득이 『동광』에 지면을 얻는 것은 어려운 일이 아니었으리라. 만으로 21세 되던 1931년 피천득은 「편지」, 「무제(無題)」, 「기다림」이란 시 3편을 발표함으로써 문단에 데뷔하였다. 그 이듬해 『동광』 5월호에 피천득은 다시 「불을 질러라」라는 시를 발표하여 시인으로서의 위치를 잡아가기 시작했다.

금아와 『신동아(新東亞)』의 인연도 결국은 춘원 이광수와 여심 주요섭에서 시작되었다. 동아일보사에서 1931년 11월 창간한 월간종합잡지 『신동아』의 사장은 송진우, 편집 겸 발행인은 양원모, 주간은 주요섭이었다. 송진우는 「창간사」에서 "조선 민족은 바야흐로 대각성, 대단결, 대활동"의 시대를 맞아 "민족이 포함한 특색 잇는 모든 사상가, 경륜가의 의견을 민족 대중의 앞헤 제시하야 활발하게 비판하고 흡수케함에 있다."고 전제하면서 『신동아』를 "조선 민족의 전도의 대경륜을 제시하는 전람회요, 토의장이오, 온양소(醞釀所)"라고 선언하였다. 『신동아』는 신문잡지시대를 열

하고 있다: "도산이 무실과 역행으로써 이 사상을 이룩한 것은 미국 교민생활에서 얻은 귀중한 생존 철학과 밀접히 관련된. ⋯ 일상생활의 개혁으로서의 청결주의와 타인의 신뢰를 얻는 일은 미국 교민생활의 지혜 그대로이다. 이를 민족주의와 결부시켰다는 점, 그리고 이를 실천했다는 점이야말로 도산의 위대성이며 사상으로서의 홍사단의 독창성이자 강점이라 할 것이다. ⋯ 말하자면 도산은 애국계몽주의 세대에 속하면서도 서양의 민주주의 사상을 어느 정도 이해한 지도자이자 사상가의 한 사람이었다. 그러니까 홍사단 사상은 기독교의 청교도주의를 바탕으로 하고, 지사적 민족주의의 사상적 한계를 넘어서서, 현실적 개조, 즉 민족 개개인의 생활 개조에서 출발하여 민족주의로 점진적으로 나아가는 사상이다"(『이광수와 그의 시대 1』, 729~30).

었고 모든 방면에서 국내외의 다양한 의견과 이론들을 제시·소개하였으며, 『신동아』도 문예란에 큰 비중을 두고 당시 많은 작가들의 작품들을 실었다. 피천득이 1932년 『신동아』에 처음 실은 작품은 매우 짧은 소설 「은전 한 닢」이었다. 이 글은 후에 수정되어 수필로 분류되어 그의 최종 수필집 『인연』에 포함되었다. 그리고 같은 해 6월호에는 소곡(小曲)으로 시 2편 「선물」, 「가신 님」을, 9월호에는 수필장르로는 처음으로 「장미 세 송이」를 발표하였다.

피천득이 등단시기에 적지 않은 수의 작품을 발표한 여성잡지 『신가정』은 『신동아』의 자매지로 1933년 1월 동아일보사가 창간하였다.[4] 당시 『여자계』, 『신여성』의 여성잡지가 있었으나 내용이나 체제 면에서 『신가정』이 우수하였다. 「창간사」에서 송진우는 "가정이란 것이 사회적으로 어떠한 의의와 가치가 잇는 것인 줄을 깨달을 때 우리는 비로소 이 가정 문제를 중대시 아니할 수가 없게 됩니다."라고 전제하고 "따라서 새 사회를 만들자, 광명한 사회를 짓자, 하는 것이 우리의 다시없는 리상이라 할 것이면 먼저 그 근본적 방법인 점에서 새가정을 만들고 광명한 가정을 지어야만 할 것입니다."라고 선언하였다. 피천득이 이 여성잡지의 취지에 맞게 처음으로 창간호에 발표한 글은 시나 수필이 아니라 영문학 전공자로서 19세기 여류시인 브라우닝 부인에 관한 해설 논문이었다. 같은 해 2월호에 피천득은 처음으로 시조 3수를 묶은 「만나서」를, 4월호에

---

4) 당시 상하이에는 동아일보사의 『신가정』보다 2년 앞서 1931년 1월부터 1933년 4월까지 대동서국(大東書局)에서 발간한 같은 제목의 여성전문잡지가 있었다. 이 시기는 피천득이 상하이에 있던 시기라 평소 여성문제에 관심이 많았던 그가 이 잡지를 본 게 분명하다.

는 시조 「이 마음」을 발표하였고, 5월호 『신가정』에는 수필 「엄마」가 실렸다. 이 잡지의 성격 때문이었겠지만, 이때부터 1935년 6월까지 아기에 관한 여러 편의 동시와 동요가 『신가정』에 발표되었다. 피천득은 『신가정』에 시조, 시, 동시, 수필, 영국 작가 소개논문에 이르기까지 다양한 장르의 작품들을 발표하였다.

피천득은 상하이 후장대학교 영문학과에 입학한 1931년 9월 『동광(東光)』지에 시(詩) 3편을 발표하였는데, 같은 호 시 부문에 실린 작품들로는 김안서의 「불변심(不變心)」, 황순원의 「아들아 무서워마라」, 이원조의 「나의 어머니」(시조) 등이 있고, 희곡 부문에는 채만식의 「사라지는 그림자」와 김기림의 「어머니를 울리는 자는 누구냐?」 등이 있다. 이 최초의 시 3편은 조금 수정되어 시집 『생명』(2008년 최종 확정판)에 그대로 전제되었다. 여기에서 지적되어야 할 사항은 피천득이 문단 등단을 시(詩)로 시작했다는 점이다. 또한 피천득의 연보에는 1930년 『신동아』에 처음으로 시 3편을 등재한 것으로 되어 있는데, 필자의 조사에 따르면 이것은 오류이다. 다시 말해 피천득이 처음 등단한 시기는 1930년이 아니고 1931년이며, 게재지도 『신동아』가 아니라 『동광』이었다.

피천득이 수필을 처음 발표한 잡지는 1932년 『신동아』 5월호로 목차에 장편(掌篇)소설 「은전(銀錢) 한 닙」의 제목으로 실렸다. 이 작품은 많이 수정되어 후에 수필집 『인연』에 편입되었다. 여기서 「은전 한 닙」이 장편으로 분류된 것이 흥미롭다. 장편이란 짧은 이야기란 뜻으로 일부에서는 이 작품을 소설로 분류하기도 하지만, 작가 자신의 뜻대로 수필로 분류하는 것이 무난할 것이다. 『신동아』 5월호에 같이 실린 단편소설로는 이태준의

「천사의 분노」, 방인근의 「모뽀모껄」, 김동인의 「잡초」(중편)가 있고, 시로는 양주동의 「일체의 의구를 버리라」, 수필로는 주요섭의 「혼자 듣는 밤비 소리」, 희곡으로는 이무영의 「모는 자 쫓기는 자」, 채만식의 「목청 맞은 사도」 등이다.

1932년 『동광』 5월호에는 금아의 시 「불을 질러라」가 실렸다. 그러나 이 시는 후에 시집 『생명』에는 포함되지 않았다. 같은 호 시 부문에 모윤숙, 황순원, 장만영 등이 등장했고,[5] 소설로는 김동인의 「논개의 환생」(1), 이무영의 「두훈시」 그리고 춘원 이광수가 추천한 박화성의 소설 「하수도 공사」 등이 실렸다. 『동아일보』(5월 15일~18일)에 피천득은 처음으로 「『노산 시조집』을 읽고」란 평론을 3회에 걸쳐 발표하였다. 같은 해 『신동아』 6월호에 금아의 시 두 편 「선물」, 「가신 님」이 실렸는데, 여기에 실렸던 시 「선물」은 제목만 남고 전혀 다른 시편으로 창작되어 『생명』에 실렸고, 「가신 님」은 제목도 「달무리 지면」으로 바뀌고 내용도 약간 수정되어 『생명』에 포함되었다. 같은 호에 모윤숙, 노천명 등의 시와 노천명, 채만식, 주요섭의 수필이 실렸다. 같은 해 『신동아』 9월호에 발표된 금아의 수필 「장

---

5) 피천득의 시 「불을 질러라」가 실린 『동광』지에 당시 주간이던 주요한은 「신시단에 신인을 소개 함」이란 글을 통해 모윤숙, 황순원 등 6명의 신인에 대한 총평을 다음과 같이 적고 있다: "조선의 신시운동에 새로운 일꾼을 마지함은 실로 유쾌한 일입니다. 우리가 동광(東光)을 통하야 접촉하여온 몇 낮의 동무들 중에서 현시단에서 지위를 인정받아도 좋다고 생각하는 몇 분을 여기 소개하고저 합니다. 물론 그들의 시작(詩作)은 이미 많이 각 지상에 게재되어 독자의 비판을 받고 잇는 것이 사실이매 이제 새삼스러이 소개한다는 것이 당인(當人)에게는 도리어 누가 될는지 모르나 이번 문예 특집호를 발간함에 잇어서 그들을 소개함이 무의미가 아닐 듯 합니다"(2). 피천득의 시에 대한 주요한의 특별한 언급이 없는 것은 이미 1931년 9월호 『동광』지에 피천득의 시 3편이 실렸기 때문일 것이다.

미 세 송이」는 『인연』에 「장미」란 제목으로 많이 수정되어 실렸다. 같은 호 수필 란에 실린 작가들은 이은상, 김동환, 채만식, 이태준, 이하윤, 김 안서, 김기림, 김동인, 주요섭 등 당대의 쟁쟁한 문인들이었다.

1933년 『신동아』 2월호 수필란에 금아의 「상해대전 회상기」가 단독으로 실렸고 이 수필은 후에 「유순이」로 개명되었다. 소설은 박화성, 강경애 등 이, 시 부문에는 김안서, 김동명 등의 작품이 함께 실렸다. 같은 해 『신동 아』 5월호에는 수필란에 금아의 「눈바래치는 밤의 추억」이 김기림, 김일 엽, 이헌구 등의 수필과 함께 실렸다. 같은 호에 실린 시로는 김안서, 김 상용, 편석촌 등의 작품들이 있다. 1933년 가을 『신동아』 10월호에 금아의 수필 「기다리는 편지」가 김동인, 박화성, 나혜석, 전영택, 유치진 등의 수 필과 함께 게재되었다. 특이하게도 같은 10월호에 금아의 시조작품인 「시 조 9수」가 실렸다. 1933년 처음으로 『신가정』 11월호에 크리스티나 로세 티의 시, 「자장가」, 「이름 없는 귀부녀」, 「내가 죽거든 님이여」, 「올라가는 길」 4편의 번역이 포함된 소개논문이 실렸다. 1933년 12월에는 『신동아』 에 금아 시조 「무제(無題)」, 『신가정』에는 시 「호외(號外)」가 실렸다.

1934년 『신가정』 1월호에는 금아의 시 두 편 「편지 사람」과 「우리 애기」 가, 그리고 2월호 『신동아』에는 시 「나의 '파잎'」이 실렸다. 같은 호에 유 치진, 채만식, 박태원, 이무영, 김동인, 김안서 등의 수필이 실렸다. 1934 년 1, 2월에 소파 방정환 선생이 1923년 창간한 잡지 『어린이』(12권 1호, 2 호)에 처음으로 나다니엘 호돈의 단편소설 「석류씨」를 번역 발표하여 명 실공히 번역문학가로서의 입지를 굳혀나갔다. 1935년 『신가정』 4월호와 6 월호에는 동요 「유치원에서 오는 길」과 「아가의 슬픔」과 「아가의 근심」 3

편이 실렸다.

위와 같이 금아 피천득은 1931년 9월부터 1935년 6월에 이르기까지 시, 시조, 수필, 동요, 번역시 작품을 꾸준하게 발표하였을 뿐만 아니라 김동인, 김안서, 채만식, 모윤숙, 박화성 등의 대표적인 작가들과 어깨를 나란히 하였다. 20대 초반에 문단에 진출한 금아는 3년 9개월 동안 40여 편의 작품을 연달아 발표하며 문인으로서의 토대를 굳건히 닦았다고 볼 수 있다.

금아가 집중적으로 작품을 발표한 1931년 가을부터 1935년 봄까지의 등단기 작품 목록을 여기에 제시한다.

금아 피천득 등단기 작품 목록표

발표년도	제목	장르	게재지	호수
1931	「편지」	시	『동광』	9월호
〃	「무제(無題)」	시	『동광』	9월호
〃	「기다림」	시	『동광』	9월호
1932	「불을 질러라」	시	『동광』	5월호
〃	「은전(銀錢) 한 닢」	장편(掌篇) 소설	『신동아』	5월호
〃	「『노산 시조집』을 읽고」	평론	『동아일보』	5월 15일 ~18일 (3회 연재)
〃	「선물」	시	『신동아』	6월호
〃	「가신 님」	시	『신동아』	6월호
〃	「장미(薔薇) 세송이」	수필	『신동아』	9월호
1933	「부라우닝 부인(夫人)의 생애와 예술」	해외시인 소개	『신가정』	1월호 (창간호)

〃	「상해대전 회상기」	수필	『신동아』	2월호
〃	「만나서」	시조	『신가정』	2월호
〃	「이 마음」	시조	『신가정』	4월호
〃	「눈바래치는 밤의 추억」	수필	『신동아』	5월호
〃	「엄마」	수필	『신가정』	5월호
〃	「눈-어머님 령전에」	시	『신가정』	5월호
〃	「엄마의 아기」	동시	『신가정』	5월호
〃	「기다리는 편지」	수필	『신동아』	10월호
〃	「시조 구수(時調九首)」	시조	『신동아』	10월호
〃	영국 여류시인 크리스트나 로세티	해외시인 소개	『신가정』	11월호
〃	「무제(無題)」 (시조 3수)	시조	『신동아』	12월호
〃	「호외(號外)」	시	『신가정』	12월호
1934	「편지사람」	시	『신가정』	1월호
〃	「우리 애기」	시	『신가정』	1월호
〃	「석류씨」(나다니엘 호돈 단편)	번역	『어린이』	1~2월호
〃	「나의 '파잎'」	시	『신동아』	2월호
1935	「유치원에서 오는 길」	동요	『신가정』	4월호
〃	「아가의 슬픔-옛날 엄마를 생각하며」	동요	『신가정』	6월호
〃	「아가의 근심-죽은 엄마를 생각하며」	동요	『신가정』	6월호

위의 등단 초기 작품 목록표를 연도별로 살펴보면 첫 해인 1931년에는 시만 3편, 1932년에는 시 3편, 수필 1편, 소설인 장편(掌篇) 1편(후에 수필로 분류됨), 평론 1편, 1933년에는 시 2편, 시조 14편, 수필 4편, 영국 번역시 5편으로 가장 많이 발표되었다. 1934년에는 시 3편, 단편번역 1편,

1935년에는 동요만 3편에 이른다. 이 기간 동안 장르별로 살펴보면 시 11편, 동요 4편, 시조 14편, 수필 5편, 단편소설 1편, 해외 번역시 5편, 번역 단편 1편이다. 잡지별로 분류해보면 『동광』지에 4차례, 『신동아』지에 10차례, 『신가정』지에 13차례(번역시 5편 포함), 『동아일보』에 평론 1차례(3일간), 『어린이』에 1차례 실렸다.

3. 등단 초기 작품들과 그 수정과정

　　피천득은 1931년부터 1935년까지 『동광』, 『신동아』, 『신가정』에 실렸던 자신의 등단 초기 작품들을 대폭 또는 일부 수정하는 과정을 거쳐 1997년 간행된 자신의 최종판 전집에 포함시켰다. 완전히 폐기하여 최종전집에 포함시키지 않은 경우는 시의 경우 6편으로 「불을 질러라」, 「만나서」, 「눈」, 「호외」, 「편지 사람」, 「우리 애기」가 있고, 수필로는 3편으로 「눈바래치는 밤의 추억」, 「기다리는 편지」, 「엄마」가 있다.[6] 이 외에 제목은 그대로 남아있으나 그 내용을 완전히 바꾸어 새로 쓴 경우는 시 두 편 「선물」, 「무제(無題)」가 있다.

　　나머지는 대체로 일부를 수정 또는 가필하여 후일 전집에 수록하였다. 이 과정을 자세히 살펴보면 피천득이 어떻게 초기 작품을 개선시켜 나갔

---

6) 피천득이 1930년대 초에 발표한 작품들 중 시집 『생명』이나 수필집 『인연』에 포함시키지 않은 것들 중에는 버리기 아까운 것들도 있으나, 여기서는 자세한 언급은 하지 못했다. 이를 위해서는 별도의 지면이 필요할 것이다.

는지를 알 수 있으며 나아가 시인이자 수필가로서 피천득의 취향이나 미학의 변모까지 엿볼 수 있다. 극히 일부분만을 개정한 경우를 제외하고 몇 개를 예로 들어 보자. 우선 1931년 피천득이 『동광』(9월호)에 발표한 소곡 3편 중 시 「기다림」을 살펴보자. 1931년 원문은 다음과 같다.

밤이면
눈이 소리없이
나려서 쌓이지요.
지나간 바람밖엔
스친분도 없지오.
봄이면 봄눈 슬듯
슬고야 말터이니
자욱을 내달라고
발자취를 기달려요.

— 「기다림」(31)

금아는 이 시를 「기다림 1」이란 제목으로 시의 행을 조정하여 3·4조의 시로 다시 썼다.

밤마다 눈이
나려서 쌓이지요.

바람이 지나고는
스친 분도 없지요.

봄이면 봄눈 슬듯

슬고야 말 터이니

자욱을 내달라고
발자욱을 기다려요.
─『생명』(53)

피천득은 1947년 간행된 최초의 시집 『서정시집』에서 「기다림 2」라는
제목으로 이 시를 연작시 형식으로 확장시켰다.

발자취 소리에 들은 고개
맑은 눈결에 수그러져라
걷는 뒤만 우러러보았느니
─『생명』(54)

짧고 재치 있게 쓴 단편소설의 의미를 가진 장편(掌篇)으로 분류된 「은
전 한 닙」은 금아가 1932년 발표한 원문에 문장을 덧붙이고, 일부 표현이
나 문장을 삭제함으로써 글의 탄력성이나 긴장감이 높아지는 효과를 거
두었다. 여기서 구체적인 예는 과다한 분량으로 생략한다. 1932년 『신동
아』 6월호에 실린 시 「가신 님」의 경우 원문은 아래와 같다.

둥글게 달불이 에윗스니
잇흔날 아츰에 비가온다고
하날을 처다보며 가리키더니
그말이 마자서 비가왓네

달뜨고 눈오는 꿈을 꾸면

이듬해 봄에는 님이온다고
강자를 부리며 일너주드니
그말은 안맛고 님이갓네

— 「가신 님」(119)

위 시를 피천득은 제목을 「달무리 지면」으로 바꾸고 각 연의 시행도 축약하여 아래와 같이 최종본을 만들어 『생명』에 실었다.

달무리 지면
이튿날 아침에 비 온다더니
그 말이 맞아서 비가 왔네

눈 오는 꿈을 꾸면
이듬해 봄에는 오신다더니
그 말은 안 맞고 꽃이 지네

— 『생명』(87)

다음으로 1932년 『신동아』 9월호에 실렸던 수필 「장미 세 송이」를 살펴보자. 우선 원문 전체를 여기에 싣는다. 그 이유는 워낙 많이 수정이 되어 원문과 제목까지 바뀐 최종수정본(「장미」)과의 차이를 가장 잘 보여줄 수 있기 때문이다. 매우 길지만 인용한다.

자다가 깨서 쓸쓸할때 나혼자 바라보고 <u>우서볼려고 꽃을 사리갓섯다</u> 봉선화 백일홍 백합 그리고 <u>수많은 일흠모를 서양꽃들</u> 나는 그중에서 힌장미 세 송이를 골랏다 그꽃을 손에들고 거리에 나오니 지나가는 사람들이 내꽃을 바라다보고 간다 여학생 <u>아가씨들도</u> 내꽃을 바라보며 <u>무어라고 저이끼리 소군</u>

거린다 나는속으로 아마 이꽃을 애인에게나 갓다주러 가는줄알고 저러나보다 생각하고 「너이들즘 봏아라!」 하는듯 뽐내며 거러갓다

　전차를 기다리고 섯다가 Y를 만낫다 언제나 나를보면 웃더니 오날은 웃지도 않코 왼일인지 그의얼골은 몹시나 햇슥하여 봏인다 근심스러워서 무러봣더니 자기부인이 멫칠채 알는데 약지러 갈돈도 떠러젓다고. 나는 호주머니에 손을 너어뒤적어려 봏앗다 그러나 전차삯을 제하고는 동전 몇닙밖게 업섯다. 하는수업시 한참이나 아모말도 업시 섯다가 부인 머리맡에 꼬자노라고 장미 한송이를 주엇다

　그러고 Y와 헤저서 전차를탓다 전차가 종로까지 왓슬때 나의머리에는 별안간 다ー시들어 빠진 꽃들이 C의 화병에 꽃이엇든것이 생각낫다 그때는 벌서 창경원가는 승환표를 바닷섯스나 그 시들어 말른 꽃들을 꽂아두고 모른체하고 그냥 갈수는 업는것 같앗다 그래 나는 전차에서 나려서 C의숙소를 차저갓다. 마저주는이업는 여관으로 도라오기 싫어서 그는 친고를 찾어갓는지 거리로 헤매이는지 아즉까지 들어오지 않엇고 버서놓고나간 옷들만이 주인업는방안에 여기저기 흐터저 놓여잇다 나는 화병에 꽃을 뽑아버리고 새물을 가라둔뒤에 가지고 갓든 꽃한송이를 꽂아놓고 나왓다

　창경원에서 전차를 나려서 마지막으로 남은 한송이꽃이 시들을사라 불이 낫케 거러오느라니까 누군지 뒤에서 나를 찾는다 도라다보니 그는 K엿다 K는다름박질 뛰여오더니 인사도체하기도전에

　「그꽃어데서낫나?」

　그는 몹시 가지고 싶어하는것 같앗다 나는어린애기 나이 알려주는 어머니같이 꽃을 들여다보며 금화원에서 삿다하엿다

　「나의 허니가 어쩌케 힌장미를 사랑하는지, 자네가 꽃사러 가는줄 알앗드면 부탁이라도 하는걸 온 요사이는 어쩌케밥분지 지금이야 마ーㄱ 차저보려 가는 길이야」

　나는 그를 물그럼이 처다보고섯다가 힘업는 목소리로

　「이꽃이라도 상관업거든 갓다가들이게, 나는 업서도 고만이니.」 그는 별로 미안하야 하지도 않코 고맙다고 바다가지고 간다.

집에와서 꽃사가지고 오기를 기다리고 잇는 화병을 바라보니 한업시 미안하고 나의책상에 놓인 그신세가 가여웁기도하다 그리고 그꽃세송이는 모다 내가 주고 싶어서 주엇것많은 장미 한송이라도 가저서는 안되는 운명(運命) 같아서 나의 가슴은 앞어온다.

ㅡ「장미 세 송이」(97~8)

이상 밑줄 친 부분이 삭제되거나 수정되어 최종본 수필집 『인연』에 실린 본문은 다음과 같다.

잠이 깨면 바라다보려고 장미 일곱 송이를 샀다.

거리에 나오니 사람들이 내 꽃을 보고 간다. 여학생들도 내 꽃을 보고 간다.

전차를 기다리고 섰다가 Y를 만났다.

언제나 그는 나를 보면 웃더니, 오늘은 웃지를 않는다.

부인이 달포째 않는데, 약 지으러 갈 돈도 떨어졌다고 한다.

나에게도 가진 돈이 없었다. 머뭇거리다가 부인께 갖다 드리라고 장미 두 송이를 주었다.

Y와 헤어져서 동대문행 전차를 탔다. 팔에 안긴 아기가 자나 하고 들여다보는 엄마와 같이 종이에 싸인 장미를 가만히 들여다보았다.

문득 C의 화병에 시든 꽃이 그냥 꽂혀 있던 것이 생각났다.

그때는 전차가 벌써 종로를 지났으나 그 화병을 그냥 내버려두고 갈 수는 없을 것 같았다.

나는 전차에서 내려 사직동에 있는 C의 하숙을 찾아갔다. C는 아직 들어오질 않았다. 나는 그의 꽃병에 물을 갈아준 뒤에, 가지고 갔던 꽃 중에서 두 송이를 꽂아 놓았다. 그리고 딸을 두고 오는 어머니같이 뒤를 돌아보며 그 집을 나왔다.

숭삼동에서 전차를 내려서 남은 세 송이의 장미가 시들세라 빨리 걸어가노라니 누군지 뒤에서 나를 찾는다. K가 나를 보고 웃고 있었다. 애인을 만나러

가는 모양이었다. K가 내 꽃을 탐내는 듯이 보았다. 나는 남은 꽃송이를 다 주고 말았다. 그는 미안해 하지도 않고 받아 가지고는 달아난다.

　집에 와서 꽃 사 가지고 오기를 기다리는 꽃병을 보니 미안하다. 그리고 그 꽃 일곱 송이는 다 내가 주고 싶어서 주었지만, 장미 한 송이라도 가져서는 안 되는 것 같아서 서운하다.

— 『인연』(40~1)

　확정된 본문을 앞서 제시한 1932년판 본문과 비교해 보면 피천득이 추고와 윤문 작업을 어떻게 했는지 잘 알 수 있다. 우선 장미 세 송이가 일곱 송이로 바뀌어 길가다 우연히 만난 지인들인 Y, C, K에게 두세 송이씩 나누어 주는 것이 풍성하다는 느낌을 준다. 수필 속 이야기의 긴장감을 심화시키기 위해 밑줄 친 부분에서 볼 수 있듯이 해설조의 문장들을 과감하게 삭제하여 그 문장의 탄력도가 훨씬 높아졌다. 외롭고 슬픈 마음으로 척박하고 궁핍한 시대를 어렵게 살아 온 피천득은 서정시인으로서 산문을 거의 고도로 절제된 시의 수준까지 끌어올렸다 할 수 있다. 그의 시와 수필은 이렇게 점차로 서로 닮아가 서정시 같은 수필 또는 산문시의 경지에 이르렀다. 그의 서정적 영혼은 범박하고 염결한 구체적 삶 속에서 빛을 발한다. 그러나 우리는 그의 단순함에 속아 넘어가서는 안 된다. 그의 시와 수필의 형식과 주제의 단순 소박은 복합적인 현실과 고단한 시대를 교묘하게 투영하고 있다. 문학의 본질을 "정(情)"으로 파악한 피천득은 자신 뿐 아니라 독자들에게 정념(情念)을 뜨겁게 작동시켜 "인정"이 흐르는 인간관계와 사회를 위한 "문학적 상상력"을 고양시키고 있다. 이 시기에 쓴 영국 여류시인에 관한 소개글과 그 안에 번역시에 대한 논의는 하지

않기로 한다.[7]

이번에는 1933년 『신동아』 2월호에 실렸던 「상해대전 회상기(上海大戰回 想記)」가 어떻게 윤문되었는지 살펴보자. 이 수필은 피천득이 1932년 7월 중국군과 일본주둔군 사이에 큰 전투가 벌어졌던 제2상해사변 때의 긴박 한 상황에서 겪었던 일을 박진감있게 묘사한 비교적 긴 글이다. 이 수필 은 초간본 원문의 상당 부분이 삭제되고 새로운 문단이 들어가는 등 많은 변형을 겪었다. 우선 제목이 「유순이」로 바뀌었을 뿐만 아니라 앞부분의 길다란 한 문단이 삭제되고 문단 5개가 새로 추가 삽입되었다. 우선 생략 된 원문의 부분을 소개한다.

> 『그대를위하야는 붉은피와 젊은목숨을 아끼지 아니 하리라』
> 그는 나의애인이 아니다 그러나 나에게는 그를 구하야볼 의무가 잇는것같앗
> 다 의무라기보다 그런정과 정성이 잇는것같다 K가위급한줄을 알면서도 몰은척
> 하고 잇는다는 것은 몰인정이 아니면 비겁일다 그러나 또한편 이런 생각이 낫
> 다 목숨을걸어서 그를 구하겟다는것은 매우 어리석은 일이다 그리고 그러다가
> 생명을 잃어버린다면 그보다더 무의미한 희생은 없을것이다 아니다 그러치 안
> 타 의리를위하야 더구나 내가 사랑하는 녀성을 위하야 용감히 죽는다면 그또한
> 위대한 노름이다 이러한 마음의갈등으로 나는밤샛것 고통을바덧다 이불을 걷
> 어차고 일어나서 밧(밖)갓을내다 보니 허ㅡㄴ이 동이터갓다 (104)

후에 새로 추가 삽입된 부분은 아래와 같다. 금아보다 연상이었던 간호 사 "유순이"와의 인연의 배경을 자세히 묘사하고 있다.

---

7) 번역문학가 피천득에 관해서는 본서 5장 참조.

나는 서가회(徐家匯)라는 곳에 있는 요양원에 입원을 하였었다. 그리 심한 병은 아니었으나 기숙사에는 간호해 줄 사람이 없어서 입원을 하였던 것이다.

요양원이 있는 곳은 한적한 시외였다. 주위에는 과수원들이 있었고, 멀리 성당이 보였다.

병실이 많지 않은 아담한 이 요양원은 병원이라기보다는 별장이나 작은 호텔 같았다. 아침에 눈을 뜨면 흑단(黑檀) 화장대 거울에 정원의 고목들이 비치는 것이었다. 간호부들의 아침 찬미 소리가 들리지 않았던들 얼마나 고적하였었을까.

내가 입원한 그 이튿날 아침 작은 노크 소리와 함께 깨끗하게 생긴 간호부가 들어왔다. "안녕히 주무셨어요?" 하고 그는 한국말로 인사를 한다. 그때의 나의 놀람과 기쁨은 지금 뭐라 형용할 수가 없다. 그때 그가 가지고 들어온 오렌지 주스와 삼각형으로 자른 얇은 토스트를 맛있게 먹은 것이 가끔 생각난다. 마멀레이드도 맛이 있었다. 나는 그 후 어느 레스토랑에서도 그런 오렌지 주스와 토스트를 먹어 본 일이 없다.

그는 틈만 있으면 내 방을 찾아왔다. 황해도 자기 고향 이야기도 하고 선물로 받았다는 예쁜 성경도 빌려 주었다. 자기는 '누가복음'을 좋아한다고 하였다. 타고르의 〈기탄잘리〉를 나에게 읽어 줄 때도 있었다.

— 『인연』(159~60)

이 삽입된 부분에는 초간본에서보다 '유순이'라는 간호사의 인간미가 훨씬 충만하게 서정적으로 부각되고 있다.

이 수필은 제법 긴 글이라 여기에서 그 첨삭 부분을 자세히 소개할 수는 없고, 다만 중간 부분에서도 여러 문단이나 문장들이 삭제되었다는 사실을 언급해둔다. 다만 이 수필의 마지막 부분이 어떻게 바뀌었는지 살펴보기로 한다.

K는 냉정한 얼골로 내손을잡는다

『위험한곳에를 어떠케 오섯서요』

나는 아모대답도 할수없엇다

『아모려나 들어오십시요』 그는 나를 저의방으로 안내하얏다 총소리 대포소리가 연다라 들려오고 큰빌딍을 험으러틀이는 폭탄도들인다 나는 그를 바라보앗다

『같이 공공조게(共共租界)로 들어가시지요』

『그래서 오섯서요 고맙습니다 그러나 저는 책임상 또 인정상 환자들을 내버리고 갈수는 도저히 없어요 더구나 지금 부상자들을 작고 실어들임니다 그들을 위하야 목슴을밧치는것을 저는 영광으로 생각합니다 죽게된다면 본국에잇는 『그』 에게 미안할뿐이에요』

나는 고개를숙이고 눈을감앗다 『책각』 하고 유리창 깨지는 소리가 난다

『아ㅡ』 하고소리를치며 그도 놀내는 모양이다

『탄자가 창을뚤코 들어옵니다 어서 침대 밑으로 업들이세요!』 나는 눈을감고 떨리는 목소리로 『어서 가서 볼일보세요』

ㅡ 『신동아』 1933년 2월호(107)

이 부분은 아래와 같이 축약·수정되어 최종본이 확정되었다.

그는 내 손을 잡으며,

"위험한 곳에를 어떻게 오셨어요."

그는 나를 자기 일하는 방으로 안내하였다. 총소리, 대포 소리가 연달아 들려온다.

"고맙습니다. 그러나 저는 책임으로나 인정으로나 환자들을 내버리고 갈수는 없습니다."

나는 그의 맑은 눈을 바라다보았다.

상해사변 때문에 귀국한 지 얼마 후였다. 춘원이 〈흙〉의 여주인공 이름을

얼른 작정하시지 못하는 것을 보고 있다가 나는 문득 그를 생각하고 '유순'이
라고 지어 드렸다. 지금 살아 있는지 가끔 그를 생각할 때가 있다.

―『인연』(163~4)

초간본 원문과 수정본을 비교해보면 전체적으로 수정본의 문장들이 훨
씬 더 세련되며, 위험하고 치열한 상해 시가전의 처절한 상황과는 대조적
으로 두 남녀간의 (아니 피천득의 일방적인 짝사랑의) 이룰 수 없는 연모
의 정이 서정적으로 애틋하고 아름답게 묘사되어 있다.

　1933년『신동아』5월호에 실린 글「눈바래치는 밤의 추억」은 "꽃필 시
절 이르면 생각나는 사람 가보고 싶은 곳"이라는 특집에 포함되어 있다.
이 특집에는 심훈, 장덕조, 이헌구, 강경애, 김일엽 등의 수필이 같이 실
려 있다.「눈바래치는 밤의 추억」이라는 제목이 붙은 금아의 글 전문을 읽
어보자.

　　꽃필때가 되면, 겨울에왓다가 봄오기전에간「그」가 생각 납니다. 그리고 눈
　바래치는밤 그와 만나든 ○村(촌) 정거장 달구지간이 그립습니다.

―「눈바래치는 밤의 추억」(141)

이 특집에 실린 다른 작가들의 글이 모두 수필이었기에 이 글이 수필로
서 너무 짧아 어느 부분이 누락되지 않았나하는 의심이 들었다. 하지만
『신동아』5월호의 모든 쪽수와 목차를 수차례 확인해 봐도 아무런 이상이
없었으므로 이 작품이 혹시 시(詩)가 아닐까도 생각해 보았다. 그러나 다
른 글이 모두 수필인데 이것만 시라는 것도 납득이 가지 않았다. 더욱이

연과 행의 시 형식을 갖추지도 않았다. 물론 이 작품이 산문시일 가능성도 전혀 배제할 수는 없지만 필자는 금아 선생이 쓴 가장 짧은 수필로 볼 수밖에 없다고 결론지었다. 이 작품은 후에 나온 최종결정판 전집에 포함되어 있지 않다.

피천득은 1933년 『신가정』 5월호에 실린 「엄마」라는 수필을 후일의 수필집에서 대폭 보완하였는데, 수필에 포함되었던 시 두 편은 「아가의 기쁨」과 「아침」이라는 제목으로 독립되었다. 이 수필은 「엄마」라는 제목과 글의 앞부분만 남고 뒷부분에 많은 양이 추가되어 아주 새로운 긴 글로 탄생했다. 피천득은 후에 엄마에 대한 애틋한 추억들과 미치도록 그리운 엄마의 의미를 새롭게 추가하여 어머니에 대한 어떤 글보다 감동적인 명품 수필로 발전시켰다. 여기서는 분량 때문에 전편의 수정 부분은 구체적으로 소개하지 않고 다만 중간 부분에 새로 삽입된 일부만을 제시한다.

> 엄마가 나의 엄마였다는 것은 내가 타고난 영광이었다. 엄마는 우아하고 청초한 여성이었다. 그는 서화에 능하고 거문고는 도(道)에 가까웠다고 한다. 내 기억으로는 그는 나에게나 남에게나 거짓말한 일이 없고, 거만하거나 비겁하거나 몰인정한 적이 없었다. 내게 좋은 점이 있다면 엄마한테서 받은 것이요, 내가 많은 결점을 지닌 것은 엄마를 일찍이 잃어버려 그의 사랑 속에서 자라나지 못한 때문이다. …
> 나는 엄마 같은 애인이 갖고 싶었다. 엄마 같은 아내를 얻고 싶었다. 이제 와서는 서영이가 아빠의 엄마 같은 여성이 되기를 바랄 뿐이다. 그리고 또 하나 나의 간절한 희망은 엄마의 아들로 다시 태어나는 것이다.
> — 『인연』(111~2)

이 구절은 엄마에 대한 일반적인 막연하고도 과장된 찬사는 아닐 것이
다. 조실부모하고 일생동안 외로움과 고통 속에 살면서 "엄마"는 20세기
초부터 21세기 초까지 격변의 역사와 어두운 시대를 살아내야 했던 영원
한 "고아" 소년 피천득이 의지한 절박한 생존전략의 중심축이었을 것이다.
"엄마"는 피천득의 서정시와 서정수필의 거대한 뿌리이며 실존을 굳게 지
탱시켜주는 줄기이다.[8]

피천득의 등단 초기에 이채로운 경력은 시조를 14편이나 썼다는 점이
다. 1933년 『신동아』 10월호에 처음으로 발표된 시조는 모두 9편으로 이
중 7번째 시조는 그의 전집에서 삭제되었으나 나머지 8편은 모두 시조
형식에서 짧은 서정시 형식으로 변형된 채 「금아연가」 연작 18편에서 부
활하였다.[9] 그 중 한 수만 예로 들어보자. 「시조 구수」 중 6번째 시조를
보자.

> 잊어 좋을진대 부듸잊어 버리라고
> 잊으려 잊으려도 잊는슲음 더욱커서
> 지난일 하나하나를 눈물적서 봅니다. (123)

이 시조는 내용은 그대로인 채 「금아연가」 16번 서정시로 다시 태어났
다.

---

8) 본서 1장과 4장 참조.
9) 이 9편의 시조는 1947년 출간된 피천득의 첫 시집 『서정시집』에 7편이 추가되어 「사랑」
   (시조 16수)이란 제목으로 재수록 되었다(47~62).

꿈같이 잊었과저
구름같이 잊었과저

잊으려 잊으려도
잊는 슬픔 더욱 커서

지난 일 하나하나를
눈물 적셔 봅니다.

— 『생명』(107)

「금아연가」 전 18편 중 1, 2, 7, 8, 12, 14, 15, 17, 18의 9편이 새로 쓰인 셈이다.

1933년 『신동아』 12월호에 피천득은 또 다시 「무제(無題)」란 제목으로 시조 3수를 발표하였다. 그의 시조를 읽어보자.

이불 걷어차고 『만또』 띄여 걸드리고
깊은숲 어둠젖어 인적끓인 다리지나
마질손 잇는듯이나 숨갑부게 나갓소

막차에 나린이는 애기업은 늙은마님
가지고 나린것은 족박달린 봇짐하나
차가고 정거장에는 장명등이 꺼지오

오실리 없는것을 기다리는 이마음을
찬별을 바라보며 산길도라 집에오니
이밤도 손님온다고 검둥이는 짖이오 (187)

이 3수의 시조 9행은 『서정시집』(1947)에서는 「사랑」의 10번째 시로 다음과 같이 짧은 시로 변형되어 실렸고, 최종결정본에서는 「금아연가」 13번으로 제목만 바뀌었다.

> 오실 리 없는 것을
> 기다리는 이 마음을
>
> 막차에 나리실 듯
> 설레는 이 가슴을
>
> 차 가고 정거장에는
> 장명등이 꺼지오.
>
> — 『서정시집』(56), 『생명』(104)

이 시는 시조의 첫 번째 편은 사라졌고 두 번째, 세 번째 편에서 일부 차용하여 새로운 서정시로 다시 태어났다. 그러나 피천득은 이 시조의 제목을 버리기가 아까웠던지 같은 제목으로 후에 다른 시를 써냈다.

> 설움이 구름같이
> 피어날 때면
> 높은 하늘 파란 빛
> 쳐다봅니다
>
> 물결같이 심사가
> 일어날 때면
> 넓은 바다 푸른 물

바라봅니다

— 「무제(無題)」, 『생명』(48)

이미 발표한 시를 수정하는 과정을 잘 보여주는 시 작품이 있다. 그것은 1934년 『신동아』 2월호에 실렸던 「나의 '파잎'」이다. 우선 시 원문을 살펴보자.

밖에서는 눈바래 유리창을 흔들고
「파야플레이스」 통장작 튀면서 타오른다
나는 반다지속에 넣어두었던
쌈지없는 파잎을 가저왔다

언젠가 즈름길에서 한들거리던 코스모스!
차타고 지날때 철로뚝에서 울고섰던아이
「잊지는 말으서요」 하던 어떤 녀자의말……
「파잎」은 지나간 이야기를 들려주었다.

타고남은 불꽃이 마지막으로
눈감은 내 얼굴을 빛왼다
울기에는 너무나 슲은 이밤
불꺼진 내 「파잎」에 밤은 깊었다.
(1932년 겨울 상해학사(上海學舍)에서) (142~3)

이 시는 1947년 출간한 『서정시집』에는 실리지 않았지만, 최종전집 『생명』에 제목이 「파이프」로 바뀌어 실렸다. 이 시의 수정된 전문은 다음과 같다.

눈보라 유리창을 흔들고
파이어플레이스 통장작 튀면서 타오른다
나는 쌈지와 파이프를 가져온다

지름길에서 한들거리던 코스모스
건널목에서 울고 있던 아이의 더러운 얼굴
"잊지는 마세요" 하던 어떤 여인의 말
파이프는 오래 전 이야기를 한다.

시계추 소리가 들린다
타고 남은 불꽃이 얼굴을 비친다
울기에는 너무 슬픈 이 밤
내 파이프에 밤이 깊어간다 (65)

우선 원시 1연의 4행이 3행으로 바뀌고 "반다지"가 사라지고 "쌈지없는 파잎"은 "쌈지와 파이프"로 변했다. 3연에서 "시계추 소리"가 새로 등장하여 고즈넉한 분위기가 고조되었다. 전체적으로 시어도 압축되었고 운율도 정돈되어 있다.

피천득의 문학세계에서 중요한 주제는 "어린아이[兒]"로 그의 등단 초기에 어김없이 등장하는 장르가 동요이다. 그는 1935년 『신가정』 4월호와 6월호에 동요 3편을 발표하였다. 「유치원에서 오는 길」은 제목이 「아가의 오는 길」로 바뀌고 원시의 마지막 연의 6행이 삭제되었다. 「아가의 슬픔」은 부제인 "옛날 엄마를 생각하며"만 생략된 채 『생명』에 수록되었다. 그러나 원제 「아가의 근심」은 「어떤 아가의 근심」으로 바뀌고 그 부제인 "죽은 엄마를 생각하며"가 삭제되었다. 이 마지막 동요에서 특이한 것은 이

시의 주인공인 엄마가 아빠로 바뀌었다는 점이다. 우선 원문을 살펴본다.

> 엄마가 살아나면
> 어떻게 그무덤을 헐고 나올까?
> 흙덮고 잔디덮고 다져났는데!
>
> 엄마가 살아나면
> 그 이상한 옷을입고 어떻게 오나?
> 사람들이 웃읍다고 놀려먹겠지!

— 「아가의 근심」(202)

이 동요에서 시의 화자는 죽은 엄마를 생각하며 무덤 속에서 엄마가 살아오면 어떻게 할지를 어린이의 시각에서 근심한다. 그러나 새로 바뀐 동요에서는 시의 화자가 엄마를 부르며 먼저 돌아가신 아빠가 살아서 무덤에서 나오면 어떨지 노래한다. 어째서 이렇게 바뀌었을까? 죽은 엄마를 부활시켜 자신의 대화 상대자로 만들고 먼저 죽은 아빠를 걱정하는 것은 엄마가 아직 살아 있는 것처럼 이야기 나누고 싶은 애달픈 고아소년 피천득의 절규("엄마!")가 아니었을까? 이 3편의 동요는 일부만 수정된 채 『서정시집』 21, 23, 26과 『생명』 26, 27, 30에 동일하게 실렸다.

4. 등단 초기의 작가적 의미[10]

피천득이 20대 초반이던 1931년부터 1935년까지 등단습작기라고도 할수 있는 문단 데뷔기에 『동광』, 『신동아』, 『신가정』에 집중적으로 투고했던 작품들을 고찰해볼 때 몇 가지 잠정적인 결론이 가능해진다. 물론 제일고보 재학 당시 양정고보에 재학 중인 외우 윤오영을 만나 등사판 잡지 『첫걸음』을 만든 것을 볼 때 피천득은 고등학교 시절부터 이미 문학소년으로 문인의 길을 걸어갈 가능성이 있었다.

첫째, 피천득이 문예지에 처음으로 작품을 게재한 것은 1931년 9월 『동광』임이 밝혀졌다. 따라서 대부분의 연보에서 1930년 『신동아』에 소곡 3편을 발표했다는 표기는 수정되어야 한다. 아마도 이것은 금아 선생 자신

---

10) 이 글에서 필자는 1932년 5월 15일에서 18일까지 3회에 걸쳐 발표한 「『노산시조집』을 읽고」란 "최초의 평론"과 엘리자베스 브라우닝과 크리스티나 로젯티의 영시 5편과 나다니엘 호돈의 단편소설 「석류씨」에 대해서는 자세히 언급하지 못했다. 이 논의를 위해서는 별도의 지면이 필요할 것이다.

이 잘못 기억한 게 아닐까라는 추정을 할 수 있고, 그 이후 연구자들도 이를 그대로 따른 결과인 듯하다. 결정적인 단서로는 『신동아』가 1931년 11월에 창간되었으므로 1930년에 같은 잡지에 금아의 시가 게재되었을 리가 없다.

둘째, 1931년 데뷔 초기부터 금아의 작품 활동은 무엇보다도 "시"로 출발하였다. 1930년대 초 발표시기나 양을 보아도 금아에게 시가 산문(수필)보다 먼저라는 사실을 알 수 있다. 첫 시집 출간(1947)이나 수필이 일부 포함된 첫 작품집인 『금아시문선』(1959)이 출간된 해를 보아도 그렇다. 작가의 습작기에는 대체로 그런 경향들이 나타나지만 금아도 다양한 장르의 글을 썼다. 그러나 결국 귀착된 장르는 시와 수필이다. 그런데 작가로서 특이한 점은 그가 시와 수필 분야 모두에서 크게 성공하였다는 점이다. 다만 시보다는 수필 분야에서 먼저 알려졌을 뿐이다. 우리나라 문단은 "시"와 "수필" 양쪽 분야에서 탁월한 피천득을 그대로 인정해주는 데 인색한 것일까? 이 사실은 피천득에 대한 국내 석박사 논문의 숫자에도 나타난다. 대부분이 수필에 관한 연구이고 시에 관한 단독연구는 시집에 발문이나 해설로 쓴 것 외에는 거의 없다.[11] 피천득은 자신이 수필가로만 언급되는 것에 대한 섭섭함을 다음과 같이 피력하였다.

나는 영문학을 공부해서 많을 시들을 읽고 싶었습니다. 그리고 나 자신 시

---

11) 피천득의 시에 관한 주요 논의로는 김우창, 윤삼하, 석경징, 이창국, 김영무, 이만식, 이경수 그리고 필자의 졸고 참조. 또한 피천득의 수필에 대한 주요 논의는 윤오영, 차주환, 김우창, 정진권, 손광성, 최인호, 이태동, 정민 그리고 필자의 졸고 참조.

인이 되고 싶었고, 직접 시를 쓰기도 했습니다. 그런데 독자들이 내가 쓴 수 필과 산문을 많이 사랑하게 되면서 내가 쓴 시들이 그것에 가려진 듯한 느낌 이 듭니다. 사실 나에게 있어 수필과 시는 같은 것입니다.

─「서문」, 『내가 사랑하는 시』(10)

피천득의 시는 결코 그의 명성의 원천이 되고 있는 수필보다 수준이 낮 지 않다. 필자는 오히려 시가 한 수 위일 수도 있다고 생각한다. 수필은 시 가 그 토대가 되고 있다고 보아야 한다. 어떤 의미에서 피천득 수필의 특성 은 그것이 시적이라는데 있으므로 그의 수필은 일종의 "산문시"로 보아도 무방할 것이다. 이 문제에 대해서는 수필가이자 영문학자인 이창국이 「피 천득─수필가인가? 시인인가?」란 글에서 적절하게 지적해내고 있다.

> 우리나라에 피천득 아류의 수필과 수필가들은 많이 있지만 피천득처럼, 피 천득류의, 피천득 수준의 시를 쓰는 사람은 찾아보기 힘들다. 시인 피천득이야 말로 한국 시단에 또 하나의 독보적인 존재다. 우리나라 문단에서 피천득처럼 시와 수필을 거의 같은 비중으로 쓰면서 두 분야에서 이처럼 성공하고 있는 경 우는 없다고 본다. … 피천득이 수필가인가, 시인인가 하는 질문은 질문을 위 한 질문일 수 있다. 수필가라고 해도 되고, 시인이라고 해도 된다. … 시는 산 문에서 배워야만 하며, 산문은 시의 경지를 넘보아야만 한다. 훌륭한 시와 훌 륭한 산문을 나누어 놓는 그런 절대적인 경계선은 없다. 우리는 피천득의 수필 과 시에서 그 이상적인 만남과 조화를 본다. (12, 17)

이 점은 피천득이 시인인가 수필가인가에 대한 논의에 중요한 단서가 되리라 본다. 모든 극을 시로 쓰던 시대에 살았던 셰익스피어는 시와 극 을 구분하지 않은 위대한 시인이며 극작가였다. 이런 맥락에서 피천득도 시인이며 수필가라고 부르는 것이 마땅할 것이다.

셋째, 피천득은 등단 초기에 어떤 한 장르에 고정되지 않고 시, 시조, 동요, 수필, 단편(장편)소설, 평론을 두루두루 썼고 영시와 단편소설도 번역하였다. 그러나 역시 시, 시조, 동요가 발표 숫자 면에서 압도적이었음을 알 수 있다. 넷째, 피천득은 이광수, 주요한, 주요섭에게서 직접적인 영향을 받았고 또한 그들을 통해 많은 당대 문인들과 교류할 수 있는 기회를 가질 수 있었다. 피천득이 주로 투고 게재한 잡지들은 흥사단을 중심으로 한 잡지 『동광』 그리고 당시 동아일보 편집국장이던 이광수의 영향하에 있었던 『신동아』와 『신가정』인 점이 이채롭지만, 이 잡지들은 당대의 저명한 시인작가들이 함께 투고하던 중요잡지들이었다.

다섯째, 초기 데뷔시기에 발표했던 작품들 그리고 그가 후에 수정, 윤문하여 작품집에 포함시킨 작품들과 아주 게재를 포기한 작품들을 비교 분석해 볼 때, 그 과정에서 작가로서의 피천득의 성장과정과 문학관의 변모를 일부 알 수 있었다. 이와 아울러 여섯째, 초기 작품들에 피천득 문학의 기법과 주제들이 이미 대부분 드러나고 있었다고 말할 수 있다. 동시에 금아 피천득이 문인으로서 시인, 수필가, 번역문학가로서의 토대가 이미 이 시대에 놓였다고 해도 과언이 아닐 것이다. 특히 이 시기에 피천득이 『동아일보』(1932년 5월)에 시조시인 이은상에 관한 최초의 평론을 3회에 걸쳐 발표했다는 사실도 특기할만하다.

국문학자 권영민은 2010년 탄생 100주년을 맞는 시인 이찬(李燦), 시인이며 소설가인 이상(李箱), 시인이며 수필가인 피천득(皮千得), 소설가 이북명(李北鳴), 비평가 안막(安漠)과 안함광(安含光)을 식민지 조선인 문인으로 논의하는 자리에서 "이들은 그 문학적 출발이 서로 다른 지점에 연결되어 있지만 일본 식민지시대 한국 근대문학의 전반적인 경향과 그 흐름에 복잡하게 얽혀 들면서 식민지 근대의 모순을 극복하기 위해 비판적 도전과 창조적 실험을 지속"(5)했다고 그 역사적 의미를 평가하였다. 피천득 문학에 대하여 권영민은 "그의 시는 일체의 관념과 사상을 배격하고 아름다운 정조와 생활을 노래한 순수 서정성으로 특징지어진다. 이러한 서정성은 그의 산문적 글쓰기에서도 그대로 드러난다. 그의 수필은 일상에서의 생활 감정을 친근하고 섬세한 문체로 곱고 아름답게 표현하고 있기 때문에 한 편의 산문적인 서정시를 읽는 듯한 느낌을 준다. 이로 인해 그의 수필은 서정적 명상적 수필의 대표작"(8)이며 금아의 첫 시집 『서정시집』(1947)과 『금아 시문선』(1959) 이래의 그의 시와 수필들이 "한국 문학이 오랫동안 기억해야 하는 언어의 보고(寶庫)에 해당한다."(7~8)고 높이 평가했다.

그러나 앞으로 한국 문학사에서 피천득 문학에 대한 확고한 자리매김을 위하여 피천득이 춘원 이광수를 통해 많이 읽었던 당시 일본 문학, 중국 문학 나아가 그가 좋아하였던 많은 영미 문학 작가들과의 영향관계 그리고 그가 가깝게 지냈던 이광수, 주요한, 주요섭, 정지용, 이은상, 윤오영뿐만 아니라 만해, 소월, 이육사와 같은 문인들과의 영향관계를 점검할 수 있는 비교문학적 연구가 포함되어야 할 것이다.

제 3 장
금아의 시세계
■ 생명의 노래와 사랑의 윤리학

선생의 시는 보석처럼 진귀하다고 말할 수 있다. 보석이 단단하고 빛깔이 아름다웁듯이 선생의 시도 정확하고 단단한 이미지와 절제된 언어로 아름다움을 지향한다. … 복잡한 사랑의 감정을 몇 마디로 압축하여 나타냄으로써 더 이상의 긴 설명이 필요 없게 만든다. 피 선생의 간결한 시에는 사족을 찾아볼 수 없다. 이러한 언어의 절제는 동양적이며 한시의 영향이 아닌가 한다. … 피천득 선생의 시에 담긴 절제된 언어는 생활의 절제와도 연관되어 있다. 과욕을 부리지 않는 청빈한 생활, 세속적인 것 다 잊고 별을 쳐다보는 것조차 '화려함'을 느끼는 복된 시인의 삶이 이 시집에 고스란히 담겨 있기도 하다. … 전체적으로 볼 때 피천득 선생의 시에는 시각적이며 청각적인 이미지 이외에 영탄에 가까운 서정성이 바탕을 이루고 있음을 알 수 있다. … 솔직한 감탄이 공감을 자아내게 한다. … 피천득 선생의 시는 결코 과작이나 짧고 왜소함으로 치부할 것은 아니다. 말이 너무 많고 관념과 구호가 뒤섞인 요즘의 시에 비하면 선생의 노력은 오히려 값진 것이라 하겠다.

– 윤삼하(266~71)

1. 시(詩)에서 출발한 금아 문학

피천득은 그동안 수필가로만 알려져 왔지만 본질적으로는 "시인"이다. 시는 금아 문학의 뿌리이며 정수라고 할 수 있다. 10세에 이미 시를 쓰기 시작한 피천득은 만 21세 때인 1931년 9월 『동광』에 「편지」, 「무제」, 「기다림」 등의 시를 발표했다는 점을 2장에서 이미 밝힌 바 있다. 이렇듯 금아 문학은 시로부터 출발하였다. 피천득의 말을 직접 들어보자.

> 나는 열다섯 살 무렵부터 일본 시인의 시들 그리고 일본어로 번역된 영국과 유럽의 시들을 읽고 시에 심취했습니다. 좀 세월이 흘러서는 김소월, 이육사, 정지용 등 우리나라 시인들의 시를 애송했습니다. 말하자면 시에 대한 사랑이 내 문학인생의 출발이었던 셈입니다.
>
> ― 「서문」, 『내가 사랑하는 시』(9)

피천득이 대학에서 영문학을 전공하게 된 이유는 영시들을 제대로 읽기 위함이었으며 나아가 시인이 되고자 함이었다. 그렇기에 금아는 "독자들이 내가 쓴 수필과 산문을 많이 사랑하게 되면서 내가 쓴 시들이 그것에 가려진 듯한 느낌이 듭니다."(앞의 책, 10)라고 말하며 자신이 시인으로서 더 인정받지 못한 것을 아쉬워한다. 그러나 고등학교 국어 교과서에 수록되어 유명해진 금아의 수필도 시로 쓴 산문에 다름 아니다. 산문인 수필은 절필한 지가 오래 되었지만 시는 2000년대 들어와서도 몇 편 썼다. 금아 선생은 영문학 교수로서 일생 동안 주로 영미시를 가르쳤고, 적지 않은 수의 시를 번역하였다.

피천득은 자신의 문학세계에 대해 다음과 같이 말한 바 있다.

> 내가 시와 수필에서 가장 중요하게 생각하는 것은 순수한 동심과 맑고 고매한 서정성, 그리고 위대한 정신세계입니다. 특히 서정성은 세월이 아무리 흘러도 변하지 않는 것입니다. 나는 시와 수필의 본령은 그런 서정성을 창조하는 데 있다고 생각합니다. 그래서 나는 수필도 시처럼 쓰고 싶었습니다. 맑은 서정성과 고매한 정신세계를 내 글 속에 담고 싶었습니다.
>
> — 앞의 책(10~1)

우리는 위의 언명에서 금아 문학의 세 가지 주제를 찾아낼 수 있다. 바로 "순수한 동심", "맑고 고매한 서정성," "위대한 정신세계"이다. 필자는 이것을 금아 문학의 세 가지 주제로 보편화시켜 보고자 한다. 순수한 동심은 순진한 "어린아이"이며, 맑고 고매한 서정성은 자연스레 흐르는 "물"이고, 위대한 정신세계는 돌봄과 베풂의 모성애로 대표되는 "여성"으로 나타난다. 이러한 구체적인 것들을 좀 더 크게 추상화시키면, 인간의 궁극적 주제인 "생명"과 "사랑"으로 일반화시킬 수 있다. 어린아이, 물,

여성은 생명의 본질적 토대이자 사랑의 핵심적 요소이다. 따라서 이 글은 물, 여성, 어린아이란 주제를 중심으로 피천득의 시를 접근할 것이다. 금아 시에 대한 이와 같은 접근은 지금까지 거의 없었으며, 이 글은 금아 피천득의 문학세계를 본격적으로 포괄적으로 논의하기 위한 첫 시도가 될 것이다.

본격적인 주제적 논의에 앞서 금아 시의 형식 또는 양식의 특징을 잠깐 이야기해보자. 피천득 시를 탁월하게 논의한 「진실의 아름다움」에서 석경징은 "절약"을 통해 오히려 "여유"를 가질 수 있다고 말하며 "언어의 극단적 절약, 기법의 정확성만으로는 서술 자체를 철학적 추상성이나 논리적 기호성으로만 지탱하는 것이 되기 쉬워 시에서 윤기나 여유를 빼앗아 가는 수가 많습니다. 절약과 여유를 함께 이야기한다는 것은 모순되는 것 같기도 합니다만 언어의 절약과 정서의 여유가 공존할 수 없는 것이 아님"(141~2)을 주장하였다. 석경징은 계속해서 피천득의 언어, 형식, 주제를 동시에 연결시키면서 그들의 상호관계에 대해 다음과 같이 쓰고 있다.

> 시가 진실을 담아낸다면 그것은 아마도 세 가지 측면에서일 것입니다. 시의 재료인 언어, 또 시의 모양인 형식, 그리고 시에서 말하고 있는 내용으로 말입니다. "비에 젖은 나비"나 "잉어같이 뛰는 물살"이 보여주는, 절제되었으나 정확하기 이를 데 없는 비유를 비롯하여, 뛰어나고 진실된 언어구사가 있음에도 불구하고, 여전히 해결되지 않고 남아 있는 문제는 바로 시의 모양에 관한 것입니다. (149~50)

석경징이 해결되지 않았다고 남겨둔 "시의 모양"은 다름 아닌 금아 시

형식의 비밀일 것이다. 다시 말해 시와 산문이 함께 호흡하며 춤추는 수
필 같은 시 또는 산문시일수도 있고, 이야기 있는 시 혹은 리듬이 살아있
는 서정시가 아닐까.

　시인 이만식은 피천득 시의 문체적 내지 형식적 특징을 "수필적인 시"
로 파악하였다. 아마도 이 개념이 석경징의 "시의 모양"에 대한 의문부호
를 풀어줄는지도 모르겠다.

　　피천득은 자신의 유명한 수필세계에서 성공적으로 드러난 자신의 내면세
　계를 시세계에서 표현하는 시인입니다. … 피천득은 시를 수필처럼 썼던 것
　입니다. 어떠한 형식에도 구애받지 않고 자기의 느낌·기분·정서 등을 표현
　하는 산문 양식의 한 장르인 수필처럼 시를 쓴다는 것이 어떻게 가능할 것인
　지… 피천득의 수필과 시가 동일한 주제로 쓰인 경우는 드물지만, 대응되는
　수필이 발견되지 않는 시편들에서도 수필적 세계관이 발견됩니다. … 피천득
　은 자신의 기분을 거의 형식에 구분을 받지 않으면서도 운문의 형식으로 표
　현하여 놓았습니다. 수필처럼 시가 쓰인 것입니다. (18, 22~24)

　피천득 자신도 "이야기"를 삶과 문학의 중요한 부분으로 인식하였다.
수필 「이야기」에서 금아는 "사람은 말을 하고 산다", "나는 이야기를 좋아
한다."고 전제하면서 인간은 이야기를 하는 동물이 될 수밖에 없다고 결
론짓는다.

　　우리는 이야기를 하고 산다. 그리고 모든 경험은 이야기로 되어 버린다. 아
　무리 슬픈 현실도 아픈 고생도 애 끊는 이별도 남에게는 한 이야기에 지나지
　않을 것이다. 그리고 세월이 흐르면 당사자들에게도 한낱 이야기가 되어 버
　리는 것이다. 그날의 일기도 훗날의 전기도 치열했던 전쟁도 유구한 역사도

다 이야기에 지나지 아니한다.

— 『인연』(241)

　금아의 서정 소곡들의 토대는 이야기이며 이것은 이야기로서의 금아의 수필과 시가 함께 만나는 지점이기도 하다. 수필가 이창국은 색다른 제안을 한다. 그는 금아 시의 양식적 특징으로서 "이야기성"에 주목한다. 짧은 서정시들이 대부분인 금아 시에서 서사성을 발견한다는 것은 탁견이 아닐 수 없다.

　　이 시인이 가장 좋아하고 또한 이 시인을 가장 기쁘게 만드는 일이 있다면 그것은 다른 사람과 이야기를 하는 일이다. 그는 어떤 종류의 이야기에도 진지하고 비상한 흥미를 보이며, 그 이야기에 항상 새로운 의견과 통찰력을 보탠다. 그에게 흥미 없는 이야기는 없으며, 그런 것이 있다 하더라도 그것을 재미있는 것으로 만드는 재주를 그는 갖고 있다. 정 이야기가 없을 때에는… 몇 마디 재미있고 아름다운 이야기를 만들어 우리에게 들려준다.

— 「시인 피천득」(368~9)

2. 생명의 노래
물, 여성, 어린아이

　이제부터 금아의 시를 구체적으로 읽어보자. 무엇보다도 필자는 그의
유일한 시집의 제목과 같은 「생명」이란 시에 주목해 보고자 한다. 여기에
전문을 싣는다.

　　　억압의 울분을 풀 길이 없거든
　　　드높은 창공을 바라보라던 그대여
　　　나는 보았다
　　　사흘 동안 품겼던 달걀 속에서
　　　티끌 같은 심장이 뛰고 있는 것을

　　　실연을 하였거든
　　　통계학을 공부하라던 그대여
　　　나는 보았다
　　　시계의 초침같이 움직거리는
　　　또렷한 또렷한 생명을

살기에 싫증이 나거든
　남대문 시장을 가보라던 그대여
　나는 보았다
　사흘 동안 품겼던 달걀 속에서
　지구의 윤회와 같이 확실한
　생(生)의 생의 약동을!

— 『생명』(68~9)

　"생명"은 금아의 시세계에 있어서 가장 중요한 주제이다. 금아는 무엇보다도 생명 현상에 놀라움을 금치 못한다. 이 시에는 살아있음의 축복과 고마움, 생(生)의 약동과 생의 신비에 대한 경탄과 생명에 대한 근원적인 숭고한 감정이 들어있다.

　삶의 "순간"이 "점(点)"이 되어 "영원"으로 이어지는 "선(線)"이 되는 것이니 어찌 "화려"하고 "찬란"하며 "즐겁"지 아니할 것인가? 별(자연) 보기, 제9교향곡(음악) 듣기, 친구들(인간)과 웃고 이야기하기, 자유롭게 글 쓰기는 점을 연결하여 선을 만드는 영원회귀의 구체적 작업이다. 규칙적으로 숨을 들이쉬고 내쉼, 그리고 심장과 맥박의 끊임없이 박동하는 순간들이 삶과 생명의 표상들이다.

　"생명"을 노래하는 시인 금아는 「이 봄」이란 시에서 이 글에서 논의하고자 하는 세 가지의 지배적 주제 또는 이미지를 온전히 보여주고 있다.

　봄이 오면 칠순(七旬)
　고목(古木)에 새순이 나오는 것을
　들여다보고 또 들여다본다

연못에 배 띄우는 아이같이

첫나들이 나온 새댁같이

이 봄 그렇게 살으리라

- 『생명』(119)

금아는 70세가 되던 해인 1980년 봄에 이 시를 썼다. 첫 연에서 그는 70세 노인이 된 자신처럼 오래된 "고목"에서 새싹이 돋아나오는 것을 보고 놀라워하면서, 둘째 연에서 새로운 각오를 하고 있다. 이 둘째 연에서 시인은 앞으로 "연못"에서 배 띄우며 노는 "아이"처럼, 시집간 후 첫 나들이 나온 "새댁"처럼 살고자 결심한다. 바로 이 지점에서 금아 시의 대주제가 부상한다. 그것은 연못이라는 "물", 아이의 "어린아이", 새댁이라는 "여성"이다. 금아 시의 핵심요소인 물, 아이, 여성은 금아의 시편들을 관통하여 흐르는 지배적인 심상(imagery)이다. 물, 아이, 여성은 금아 시집 『생명』에서 끊임없이 반복되고 변형되는 영원 회귀적 생명과 사랑의 뿌리들이다.

1) 물 - 생명의 원천, 정화 그리고 변형

목이 마르면 엎드려 시내에 입을 대고 차디찬 물을 젖 빨듯이 빨아 마셨다.
구름들이 놀다가 가는 진주담 맑은 물을 들여다보며 마냥 앉아 있기도 했다.

- 「수상 스키」, 『인연』(49)

위의 인용은 피천득이 1930년대 초 금강산에 머물 때 만폭동 가던 경험을 쓴 수필에 나오는 이야기이다. 피천득은 금강산 계곡을 따라 흐르는 맑은 시냇물을 젖 빨듯 마시고는 오랫동안 물가에 앉아 물에 대한 몽상을 하고 있다.

탁월한 수필가였던 치옹 윤오영은 금아 피천득 선생이 회갑을 맞은 1970년에 쓴 축하글에서 금아 문학의 핵심을 "물"로 보고 있다.

> 문학은 사람에 따라 호사도 될 수 있고 명예도 될 수 있고 출세의 도구도 될 수 있지만, 사람에 있어서는 인생의 외로움을 달래는 또 하나의 외로움인 동시에 사랑이다. 금아의 글은 후자에 속한다. 도도하게 굽이쳐 흐르는 호탕한 물은 아니지만, 산곡간에 옥수같이 흐르는 맑은 물이다. 탁류가 도도하고 홍수가 밀리는 이때, 그의 글이 더욱 빛난다. … 옥을 쪼는 시냇물은 그 밑바닥에 거친 돌뿌리와 아픈 자갈이 깔려 있다.
>
> ― 『곶감과 수필』(192)

금아는 물의 시인이다. 그에게 있어 물은 물질적 상상력의 뿌리이다. 그래서인지 그의 시세계는 온통 물바다이기도 하다. 금아의 몽상(꿈)의 밑바닥(무의식)을 살펴보아도 그곳에는 언제나 시내, 강, 호수, 바다가 있다. 그런 의미에서 그의 꿈의 세계, 시의 세계는 물의 이미지로 가득 차 있다고 볼 수 있다.

우리가 "물"을 떠올렸을 때 가장 먼저 생각나는 것은 생의 약동이다. 이러한 심상을 담고 있는 그의 시 「비 개고」를 읽어보자.

    햇빛에 물살이
    잉어같이 뛴다.
    "날 들었다!" 부르는 소리

멀리 메아리친다

─ 『생명』(18)

소낙비가 내리고 난 후 개울의 "물살"이 힘 좋은 잉어같이 뛰어오른다
는 표현 속에서 우리는 빠르게 흐르는 개울물이 "잉어"로 비유되고 있음
을 알 수 있다. 여기서의 물살은 생명의 충동이며 원천의 이미지를 담고
있다. 펄쩍펄쩍 뛰는 잉어는 생(生)의 충일함 그 자체이다. 전통적으로 잉
어는 출산 직후 산모들이 원기회복을 위해 먹었던 보양식이다. 그는 수
필 「춘원」에서 역동적인 이광수를 "싱싱하고 윤택하고 '오월의 잉어' 같았
다."(『인연』, 173)고 묘사한 적도 있다.

금아의 시에서 바닷물은 정열의 표시가 되기도 한다.

저 바다 소리칠 때마다
내 가슴이 뛰나니
저 파도 들이칠 때마다
피가 끓나니
아직도 나의 마음
바다로 바다로 달음질치나니

─ 「바다」, 『생명』(20)

이 시에서 화자의 가슴은 바다(물)와 조응하고, 화자의 피는 파도(물)에
감응한다. 바다로 시작된 몸(가슴)의 작동이 "마음"을 움직여 "바다"(물)로
달려가게 만든다. 몸과 마음이 공명과 울림의 상태를 이루고 있다.

금아의 시세계에서 물은 감정의 정화제 역할도 맡는다. 그의 시 속 화

자는 때때로 물을 통해 설움과 울분 등을 다스리는 모습을 보인다.

> 설움이 구름같이
> 피어날 때면
> 높은 하늘 파란 빛
> 쳐다봅니다
>
> 물결같이 심사가
> 일어날 때면
> 넓은 바다 푸른 물
> 바라봅니다
>
> — 「무제(無題)」, 『생명』(48)

이 시에서 물은 마음의 안정과 몸의 평정을 가져오는 평강의 이미지인 반면, "설움"이나 "심사"는 어지럽고 뜨거운 불의 이미지이다. 이러한 불의 열기가 "넓은 바다 푸른 물"로 다스려지니 물이 불을 삼키는 형상이다. "파란/푸른 빛"은 "높은 하늘"을 "넓은 바다."라는 물의 이미지로 바꾸어 버린다. 서러울 때도 심사가 일어날 때도, 화자는 무조건 자연("높은 하늘", "넓은 바다")에 조응하고 순응하면서 살아간다.

자연의 순환적 원리에 따라 물은 변형 송(頌)의 주제가 되기도 한다. 금아의 시 「기억만이」를 읽어보자.

> 햇빛에 이슬 같은
> 무지개 같은
> 그 순간 있었느니

비바람 같은

파도 같은

그 순간 있었느니

구름 비치는

호수 같은

그런 순간도 있었느니

기억만이

아련한 기억만이

내리는 눈 같은

안개 같은

— 『생명』(134~5)

    화자는 마치 세례 요한처럼 이 시에서 물로 치유되고 있다. 금아는 기억의 치유력을 물의 이미지로 풀고 있다. 그에게 시는 기억이며, 기억은 물이다. 기억은 물처럼 모든 것을 닦아주고 씻어주고 살려주는 생명수가 된다. 마지막 연의 이미지들인 "눈"(기체도 아니고 고체도 아닌 물의 결정체)과 "안개"(수증기로 변한 물)처럼 기억이 화자를 둘러싼다.

    이 얼마나 놀라운 물의 조화이며 변형인가. 물의 아름다운 변형 신화이다. 하얀 "눈"은 악취, 더러움, 고통, 슬픔 등을 덮음으로써 새로운 은빛 세계를 만들어낸다. 이 눈 덮인 세계는 물이 만들어내는 몽상의 세계이자, 금아의 시세계이다. 몽상의 세계는 중간지대이기도 하다. 금빛도 아니고 구리빛도 아닌 은빛의 중간지대는 차디찬 이성의 "현실"도 아니고 놀라운 비이성의 "꿈"의 세계도 아니다. 금아는 이 시의 마지막 행을 "안개 같은"으로 끝내고 있다. 안개는 태양광선이 내리쬐는 광명의 세계도 아니고, 먹구름에 뒤덮인 암흑의 세계도 아니다. 이 역시 그 중간세계라고 말할 수 있다. 그 세계는 "안개 같은", 분명하지 않고 희미하며 신비스러운 세계이다. 물의 이미지로 가득 찬 금아의 시세계는 "안개"라는 몽상의 세계이다. 안개의 세계는 우리에게 "위안"과 "휴식"을 준다. 안개의 미학은 광속과 같이 빠른 우리 시대에 "느림"의 윤리학을 가져다준다.

이 시에서 물의 변신은 다양하다. 이슬로 시작하여 무지개, 비바람, 파도, 호수, 눈, 안개로 이어진다. 삶이 순간들의 연속적 기억이듯이, 화자의 기억은 영롱한 "이슬"과 같이 생겨나서 "무지개"빛 희망을 가지고 살다가 거친 "비바람"과 일렁이는 "파도"가 닥치기도 하고, 맑은 "호수"처럼 잔잔해지기도 하며, 결국에는 조용한 "눈"이 되어 신비스러운 동시에 어렴풋한 "안개"가 되어버린다. 이는 한때 정열적이던(이슬, 무지개) 사랑이 점점 식어가고 사라져 희미해져가는 안타까움을 노래한 것일까? 이 시는 삶과 사랑의 도전을 "물"의 이미지로 잘 풀어내고 있다.

다음 시에서는 삶 자체를 물 같이 자연스럽게 흘러내려 가며 살아내겠다고 결심한다.

> 저 내를 따라서 가려네
> 흐르는 저 물을 따라서 가려네
>
> 흰 돌 바위틈으로 흐르는 물
> 푸른 언덕 산기슭으로 가는 내

내 저 내를 따라서 가려네
흐르는 저 물을 따라서 가려네

─「시내」, 『생명』(19)

피천득은 물 흐르는 대로 따라가고 자연에 순응하며 살기로 마음먹는다. 최근에 다시 주목을 받고 있는 『도덕경』에 나타나는 무위자연(無爲自然)은 노장철학의 핵심이며 그 요체는 무(無)와 도(道)인데, 이는 무엇을 상징하는가? 시인이자 비교문학자였던 송욱은 노자가 자연의 토대로 물과 여성과 갓난아이를 들고 있다고 지적하였다. 여기서는 물의 예만 들기로 하자. 물은 부드럽고 약한 것의 상징이자, 생명의 근원인 무(無)의 상징이기도 하다.

> 으뜸가는 선(善)은 물과 같다. 물은 곧잘 모든 것을 이롭게 하지만, 다투지 않고 뭇사람이 얕보는 곳에 자리잡는다. 그러므로 물은 道에 가깝다. 道에 가까운 사람이 있는 터전은 높지 않아 물처럼 곧잘 낮은 땅에 자리잡고 마음은 못물처럼 곧잘 깊고 고요하게 갖는다. 그가 남에게 줄 때는 물처럼 곧잘 어질게, 말은 물이 흐르는 곳을 따르는 것처럼 곧잘 믿음을 따라 한다. 나라 일은 높고 낮은 곳을 물처럼 공평하게 잘 다스리고, 일은 물처럼 경우에 알맞게 곧잘 능하게 처리하며, 움직이면 곧잘 때를 맞춘다. 물은 오직 다투지 않는다. 그러므로 허물을 쓰지 않는다. (송욱 번역, 8장)

물의 특징이 인간적으로 구현된 것이 노자의 이상적 인간(聖人)이다. 노자는 후에 "이 세상에서 가장 부드러운 것이 이 세상에서 가장 단단한 것을 마음대로 부린다"(43장)고 말했다. 물은 어떤 구체적 물질의 형태를 갖추고 있기에 무(無)인 도(道) 그 자체는 아니다. 그러나 물은 도(道)에 가장 가깝다. 인간 중에서도 성인(聖人)은 물과 같이 부드럽고 다투지 않으며 무리 없이 일을 처리한다는 의미에서 도(道)에 가까운 형상이다.

금아 시의 "물"은 노장사상의 요체인 무위(無爲)와 연결된다.

오늘도 강물에
띄웠어요

쓰기는 했건만
부칠 곳 없어

흐르는 물 위에
던졌어요

— 「편지」, 『생명』(42)

이 시에서는 어떤 목적이 있어서 쓴 편지가 수취인의 이름도 잃어버린 채 흐르는 물이 인도하는 대로 내던져졌다. 이 같은 모습에서 우리는 무위(無爲)사상을 분명하게 발견할 수 있다.

산다는 것은 때로 풀잎 위의 "이슬"처럼 잠깐만에 스러져 버리는 것이기도 하다.

그리도 쉬이 스러져 버려
어느제 맺혔던가도 하시오리나
풀잎에 반짝인 것은 이슬이오니
지나간 순간은 의심치 마소서

이미 스러져 없어진 것을
아모레 여기신들 어떠시리만
그래도 그 순간이 가엾사오니
지나간 일이라 의심치 마소서

— 「이슬」, 『생명』(55)

풀잎 위에서 이슬이 반짝인 순간만은 사실이며, 이는 시 속 화자의 기억 속에 있다. "순간"을 저장하여 "영원"으로 이어주기 때문에 기억이나 추억은 중요시 여겨지는 것이다. 이런 의미에서 "물"은 영원회귀의 원소이다. 물은 이슬처럼 "순간"도 되지만 지나간 일로 영원히 살아남는다.

금아는 문학의 본질을 "정(情)"이라 했다. 여기서 정은 물론 파토스이다. 우리가 흔히 말하는 정은 감정, 정서, 동정이다. 금아의 문학 속에서 정은 물이라는 물질적 특성으로 나타나며, 물은 생명의 필수적이고 가장 기본적인 물질이다. 그의 시집 『생명』은 물로 가득하다. 따라서 『생명』의 기본적인 물적 구조는 물의 이미지로 가득 차있고 물에 대한 몽상이며 물의 상상력이며 물의 문학이라고 말할 수 있다.

금아의 물의 시학은 「꿈 1」, 「꿈 2」에서도 계속된다. 금아의 꿈(몽상)의 세계, 즉 시의 세계는 물을 물질적 상상력의 토대로 삼고 있다. 금아의 몽상의 근저에는 언제나 시내, 강, 호수, 바다가 있다. 「꿈 1」부터 살펴보자.

숲 새로 흐르는 맑은 시내에
흰 돛 단 작은 배 접어서 띄우고
당사실 닻줄을 풀잎에 매고

노래를 부르며 기다렸노라

버들잎 늘어진 푸른 강 위에
불어온 봄바람 **뺨**을 스칠 때
젊은 꿈 나루에 잠들여 놓고
피리를 불면서 기다렸노라

— 『생명』(46)

물의 이미지로 가득 차 있는 「꿈 1」에서도 물이 금아의 상상력을 촉발
하여 꿈(몽상)의 지대로 이끌고 있다. 금아는 꿈(몽상) 속에서 "맑은 시내"
가에서 "노래를 부르며 기다"렸고 "푸른 강 위에"서 "피리를 불면서 기다
렸"다. 물의 세계에서 금아는 피리를 불며 꿈을 꾸고 몽상에 빠진다.

금아가 즐겨 천명하는 "문학은 '정(情)'이다."라는 명제에서 "정은 물이
다."라는 말과 "문학은 물이다."라는 말이 서로 다르지 않아 문학=情=물
=생명의 등식이 성립된다. 금아에게 정의 문학은 물의 문학이자 생명의
문학이고, 궁극적으로 문학은 생명이 된다. 여기서 잠깐 쉬어가는 의미
로 금아 선생이 좋아하던 조선시대 기생이며 여류시인이었던 황진이의
시 한 편을 읽어보자. 금아의 "피리"와 황진이의 "피리"를 비교해보기로
한다.

다음은 황진이의 「소세양과 삼가 작별하면서」라는 시의 한 구절이다.

흐르는 물이 거문고 소리에
젖어 차갑고

매화가 피리에 들어
향기로운 가락이여!

　이 시에서도 "흐르는 물"이 나온다. "거문고"는 금아의 아호인 "금(琴)"
이다. 아호의 뜻이 "거문고를 타는 아이"가 아니던가. 흐르는 물은 슬픈
거문고 소리와 서로 조응하여 더욱 차가워지고, 매화향기는 피리 소리에
스며들어 그 가락은 더욱 더 향기로워진다. 금아의 피리와 황진이의 피리
는 어떻게 다른가? 황진이는 흐르는 물가에서 판서 소세양과의 이별이 서
러워 피리를 불고, 금아는 강 위에서 행복한 꿈(몽상) 속에서 누군가를 기
다리며 피리를 불고 있다.
　「꿈 2」에서 금아는 다시 물가로 간다.

흡사
버들가지 같다 하기에
꾀꼬리 우는 강가로 갔었노라

흡사
백조라기에
수선화 피는 호수로 갔었노라

　　　　　　　　　　　　　　　　　　　　　　　　　　－『생명』(47)

　"꾀꼬리 우는 강가"는 금아가 꿈속에서 그리는 시의 세계이다. "수선화
피는 호수"는 금아의 몽상 세계이다. 이 두 세계는 모두 물의 이미지로 충
만하다. 금아의 물의 시학이 여기에서 시작된다. 황진이 시의 결구는 다

음과 같다.

> 내일아침 서로 헤어진 뒤엔
> 情이야 물결따라 푸르고 깊어라.

황진이는 헤어진 뒤에도 소세양과의 "정"이 물결처럼 푸르고 계속될 것이라고 말한다. "정의 문학"을 믿는 금아에게도 "정"이 깊고 오래가는 것은 바람직한 일이다. 황진이든 금아든, "정"은 물의 이미지에서 비롯되었다. "물"이 가지는 보편적인 물질적 특징 뿐아니라 정서적 특징이 황진이와 금아의 시 모두에 나타난다. 17세기 여류시인 황진이나 20세기 금아에게 물은 "물의 이미지", "물의 몽상", "물의 상상력", 나아가 "물의 시학"으로까지 발전한다.[1]

2) 여성 — 생명의 생성과 사랑의 실천

> 여성의 미는 생생한 생명력에서 온다. … 특히 젊은 여인이 풍기는 싱싱한
> 맛, 애정을 가지고 있는 얼굴에 나타나는 윤기, 분석할 수 없는 생의 약동, 이
> 런 것들이 여성의 미를 구성한다. … 여성의 미는 이른 봄 같은 맑고 맑은 생

---

[1] 동북아시아 문화권에서 노장사상에서만 "물"을 중요시하는 것은 아니다. 유광종은 손자가 주장한 물과 같은 게임 운용 전략을 다음과 같이 설명하고 있다: "『孫子兵法』은 수단과 방법을 가리지 않고 전쟁에서 이기기 위한 모략을 망라한 책이다. 그 [손자는 책에서 '전략을 운용하는 것은 물과 같아야 한다'고 말했다. 높은 곳에서 낮은 곳으로 자연스럽게, 깊은 곳에서 일단 숨을 멈춘 뒤 다시 흐르고 얕은 곳은 거침없이 흘러 지나가는, 상황과 때와 지형 조건에 맞춰 스스로 변화하는 물과 같아야 한다는 말이다"(30).

명력에서 오는 것이다.

― 「여성의 미」, 『인연』(43~4)

금아는 한 인터뷰에서 자신의 생애에서 가장 잊을 수 없는 여성에 대해 다음과 같이 말했다.

　1930년대였지요, 제가 상하이에서 공부를 할 때 병이 나서 도산 안창호 선생이 입원을 시켜준 적이 있었어요. 그런데 입원한 다음날 아침, 작은 노크 소리와 함께 한 간호사가 병실로 들어와 "안녕히 주무셨어요?"하고 한국말로 인사를 한단 말이에요. 그곳에 한국인 간호사가 있을 줄은 꿈에도 생각을 못했던 터라 그 때의 놀람과 기쁨은 어떻게 표현할 수가 없는 것이었어요. 그 간호사는 틈만 나면 제 병실에 찾아와 자기 고향 이야기도 하고, 선물로 받았다는 예쁜 성경도 빌려 주었어요. 그녀는 '누가복음'을 좋아한다고 했고, 저한테 타고르의 〈기탄잘리〉를 읽어 줄 때도 있었죠. 저 역시 그 사람에게 진심으로 열정을 쏟았죠. 그 후 상하이사변이 일어났을 때 제가 큰 위험을 무릅쓰고 찾아가 한국으로 함께 가자고 했더니 그녀는 "저의 책임으로나 인정으로나 환자들을 버리고 갈 수는 없습니다"라고 하더군요. 한동안 머물며 간곡히 설득했지만 마음을 바꾸지 않아 어쩔 수 없이 저만 한국으로 왔어요. 그 여자 이름이 바로 '유순'이에요.

― 『대화』(33~5)

이 이야기 속에 여성에 대한 금아의 생각이 모두 들어있다. 젊고 청순한 여성의 보살핌, 자상한 돌봄, 그리고 사랑의 실천이 그것이다. 물론 금아에게 있어서 "유순"은 이성(異性)으로서의 의미를 가지지 않는다. 그에겐 일찍 돌아가셔서 언제나 그리운 엄마, 한없이 사랑스러운 딸 서영이,

항상 감사하게도 내조를 해준 아내가 있고, 황진이, 아사코, 잉그리드 버그만도 있었다. 이들 모두가 금아의 "구원의 여상(女像)"이었는데, "유순" 역시 금아에게 "구원의 여성(女性)"인 것이다.

노자는 『도덕경』에서 모든 생명의 근원인 물을 노자철학의 핵심인 무(無)와 도(道)의 중심에 두었으며 그의 물의 이미지는 생명의 이미지이다. 노자는 나아가 약하고 여린 것으로 물과 함께 여성을 들었다.

> 사람이 태어날 때는 부드럽고 약하고, 죽으면 단단하게 굳어진다. 풀과 나무, 그리고 모든 것이 싹틀 때는 여리고 부드럽지만, 죽으면 메마르고 단단하다. 그러므로 단단하고 굳센 것은 죽음과 같은 따위요, 부드럽고 약한 것은 생명과 같은 따위다. (송욱 번역, 76장)

노자는 이와 관련지어 여성과 어머니를 모든 존재의 근원인 도(道)와 무(無)에 비유한다.

> 골짜기의 神은 죽지 않는다. 이를 玄妙(현묘)한 여자라고 부른다. 현묘한 여자는 門과 같은데, 이를 하늘과 땅의 뿌리라고 한다. 그는 은밀하게 연달아 있는 것 같고, 힘쓰지만 항상 지치지 않는다. (6장)

> 고달픈 몸을 태우고도 한결같은 道를 껴안고 떠나지 않을 수 있겠는가?… 모든 것과 모든 일이 태어나는 하늘의 門은 열리고 닫히지만 女性다움을 지킬 수 있겠는가?… 모든 것을 알면서도, 안다는 마음은 없을 수 있겠는가? 道는 모든 것을 낳고 기른다. 그러나 낳지만 가지지 않고, 해놓은 보람을 자랑하지 않으며 길러 놓아도 주장하지 않는다. 이를 현묘(玄妙)한 기운[德]이라고 한다. (송욱 번역, 10장)

노자는 나아가 "어머니처럼 길러주는 도(道)를 섬긴다."(20장)고 말하며 어머니를 모든 것을 낳고 기르는 "현묘한 여성"으로 보고 있다.

금아의 「아침」이라는 시를 보면 삶의 근원으로서의 "엄마"를 볼 수 있다.

> 아침 일찍 일어나
> 해 떠오는 바다를 바라봅니다
>
> 구름 없는 하늘을 쳐다보면서
> 그곳 계신 엄마를 생각합니다
>
> — 『생명』(44)

이 시에서 "바다"는 땅의 것이지만, "하늘"은 공중의 바다이다. 서로 조응하는 바다와 하늘은 시인의 생명의 근원인 "엄마"의 거처이다. 바다[海]와 하늘[天]과 엄마[母]는 시 속에서 하나가 된다.

아가는 엄마가 낳아서 기른다. 이 아가는 커서 다시 엄마가 되어 아가를 낳고 기른다. 이렇게 해서 생명은 반복되고 이어진다. 이것이 엄마의 위대함이다. 어떤 사람들은 힘든 임신과 출산을 여성에게 내린 저주라고도 하지만 아가는 엄마의 축복이요, 자랑이다.

> 아가는
> 이불 위를 굴러갑니다
> 잔디 위를 구르듯이
>
> 엄마는
> 실에 꿴 바늘을 들고

그저 웃기만 합니다

차고 하얀
새로 시치는 이불
엄마도 구르던 때가 있었습니다

　　　　　　　　　　－「아가는」, 『생명』(31)

때로 아가는 "공주"가 될 수도 있고 "복음"이 될 수도 있다.

내 그대의 詩를 읽고
무지개 쳐다보며 소리치는 아이와 같이
높이 이른 아침 긴 나팔을 들어
公主의 탄생을 알리는 늙은 전령(傳令)과 같이
이 나라의 복음을 전달하노라

　　　　　　　　　　－「찬사」, 『피천득 시집』(102~3)

여기서 "공주의 탄생"은 "여성의 탄생"에 다름 아니며, 그것은 또한 "이 나라의 복음"이 될 수 있다. 금아의 시 「너는 아니다」에서 좀 더 구체적으로 여성의 이미지가 떠오른다.

너같이 영민하고
너같이 순수하며

너보다 가여운
너보다 좀 가여운

그런 여인이 있어
어덴가에 있어

— 『생명』(82)

금아의 여성은 "영민"하고 "순수"하고 "가"엽다. 여기서 "가여운"이란 단어 속에 여성의 특질이 모두 드러난다. "가여운"이란 말은 곱고, 연약하고, 따스하고, 부드럽고, 동정을 불러일으키고, 나아가 모성까지 깨우는 의미가 아닐까? "가여운"은 단순히 약한 것이 아니라 휘더라도 부러지지 않는 강인함을 가진다. 이것이 여성성의 비밀이다. 굳고 딱딱한 것에선 그 무엇도 잉태되거나 자라날 수가 없다. 『성경』의 구약 중 「아가」를 보면 금아의 여성과 비슷한 이미지가 등장한다. "고운 뺨"을 가진 "시집가는 색시"의 이미지이다.

> 내 누이, 내 신부야 네 사랑이 어찌 그리 아름다운지 네 사랑은 포도주보다 진하고 네 기름의 향기는 각양 향품보다 향기롭구나/내 신부야 네 입술에서는 꿀 방울이 떨어지고 네 혀 밑에는 꿀과 젖이 있고 네 의복의 향기는 레바논의 향기 같구나… /너는 동산의 샘이요 생수의 우물이요 레바논에서부터 흐르는 시내로구나
>
> — 「아가」(4, 10~11, 15)

금아의 시 「어떤 무희(舞姬)의 춤」에 등장하는 여성은 춤과 같은 여인이다. 춤추는 여인은 금아가 꿈꾸는 여성의 모든 것을 가지고 있다.

자작나무 바람에 휘듯이
그녀 선율에 몸을 맡긴다.

물결 흐르듯이
춤은 몹시 제약된 동작

"어찌 가려낼 수 있으랴
무희(舞姬)와 춤을"

백조(白鳥) 나래를 펴는 우아(優雅)
옥같이 갈아 다듬었느니

― 『생명』(62)

시 속 무희의 춤은 바람에 휘는 자작나무와 같고 물결 흐르듯이 유연하고 부드럽다. 그러나 춤추는 동작이 무한히 자유로울지라도 거기엔 엄격한 제약이 따른다. 절제 없이 아무렇게나 움직이거나 흔드는 게 결코 아니다. 그럴 때 춤과 춤꾼은 하나가 되고 우아함과 아름다움이 함께 드러나는 것이다. 시 속의 여성은 춤꾼처럼 자연의 흐름과 나름대로의 절제를 통해 최고의 순간을 성취하고 있다. 금아가 인용한 시 구절은 Y. B. 예이츠의 시 「학교 어린이들 사이에서」로부터 가져온 것이다. 그 시의 제8연 마지막 4행을 여기에 소개한다.

오, 밤나무여, 거대한 뿌리로 꽃 피우는 자여,
너는 잎이야, 꽃이냐, 아니면 줄기냐?
오, 음악에 맞추어 흔들리는 육체여, 오, 빛나는 눈이여,

우리는 어떻게 춤과 춤추는 이를 구별할 수 있는가? (윤삼하 역)

나무의 뿌리, 잎, 줄기와 꽃이 하나가 되고 춤과 춤꾼과 자연이 하나가 되는 "황홀의 순간"은 "존재의 통일"이 아니겠는가.

금아 피천득의 "구원의 여상(女像)"은 누구인가? 앞서 언급했던 조선 중종(1506~1544)시대의 여류 시인이자 명기였던 황진이다. 좀 길지만 금아의 수필 「순례」의 일부를 소개한다.

> 황진이. 그는 모드 곤[W. B. 예이츠의 애인]보다도 더 멋진 여성이요 탁월한 시인이었다. 나의 구원의 여상이기도 하다. 그는 결코 나를 배반하지 않는다.
>
> 동짓달 기나긴 밤을
> 한 허리를 둘에 내어
> 춘풍 이불 아래
> 서리서리 넣었다가
> 어른님 오시는 날이면
> 굽이굽이 펴리라
>
> 진이는 여기서 시간을 공간화하고 다시 그 공간을 시간으로 환원시킨다. 구상(具象)과 추상(抽象)이, 유한(有限)과 무한(無限)이 일원화되어 있다. 그 정서의 애틋함은 말할 것도 없거니와 그 수법이야말로 셰익스피어의 소네트 154수 중에도 이에 따를 만한 것은 하나도 없다. 아마 어느 문학에도 없을 것이다.
>
> ─ 『인연』(273)

금아의 여성적 특질을 가장 예술적으로 승화시킨 여인이 바로 황진이다. 셰익스피어의 소네트보다 한 수 위라는 금아의 황진이 예찬은 좀 지나친 감도 있지만, 출중한 미모와 높은 학식과 각종 기예를 가졌고 무엇보다도 탁월한 시인으로서의 멋쟁이 황진이는 피천득뿐 아니라 단테의 베아트리체처럼 뭇 남성의 구원의 여상이 될 수도 있을 것이다. 괴테는 『파우스트』의 결론에서 "영원히 여성적인 것만이 우리를 구원한다."고 선언하지 않았는가?

3) 어린아이 ─ 어린이다움의 생명력과 영원성

> 구름을 안으러 하늘 높이 날던 시절
> 날개를 적시러 푸른 물결 때리던 시절
> 고운 동무 찾아서 이 산 저 산 넘나던 시절
> 눈 나리는 싸릿가지에 밤새워 노래 부르던 시절
> 안타까운 어린 시절은 아무와도 바꾸지 아니하리
>
> ─ 「어린 시절」, 『생명』(38)

금아 피천득의 시세계는 어린아이들의 세상이다. 금아 본인이 일생을 어린아이처럼 순박하고 단순하게 살고자 노력했다. 금아는 "무지개를 보고 소리 지르는 어린아이"를 좋아했다. 금아는 갓 태어난 아기를 생명의 역동성이 충만한 존재로 보았다. 인간은 나이가 들면서 조금씩 이러한 생명력을 잃어버린다. 금아의 "애기" 시에는 당연히 추상적 개념어들보다는 특별히 "쌔근거린다"와 같은 의성어나 "뒤챈다"와 같이 살아 움직이는 생명의 원초적 몸동작에 관한 어휘가 많다.

뒤챈다
뒤챈다
뒤챈다

아이 숨차
아이 숨차
쌔근거린다

웃는 눈
웃는 눈
자랑스레 웃는 눈

— 「백날 애기」, 『생명』(24)

다음의 시 「아가의 오는 길」에서는 이런 경향이 한층 더 두드러진다.

재깔대며 타박타박 걸어오다가
앙감질로 깡충깡충 뛰어오다가
깔깔대며 배틀배틀 쓰러집니다

뭉게뭉게 하얀 구름 쳐다보다가
꼬불꼬불 개미 거동 구경하다가
아롱아롱 호랑나비 쫓아갑니다

— 『생명』(27)

막 걸음마를 배우는 아가의 모습이 의태어로 아주 생생하게 그려지고
있다. "타박타박", "깡충깡충", "배틀배틀", "꼬불꼬불", "아롱아롱"은 아
름답고 정겨운 우리의 모국어이다. 거의 동물적 수준의 어린 아가들의 활

기찬 모습이 매우 인상적인데, 이는 자랑스러운 인간 문명의 시작이다.

노자의 자연무위(自然無爲)사상의 출발인 도(道)는 모든 것의 근본이자 토대이다. 도의 신기하고 묘한 것을 알기 위해서는 없음(無)을 거쳐야 한다. 모든 차별을 초월하여 만물을 생성하는 참된 무(無)를 지나야 한다. 이것은 최고의 역설이다. 노자는 무와 도의 상징으로 물과 여자와 갓난아이를 들고 있다. 여기서는 갓난아이의 예를 들어보자. 굳세고 힘찬 것보다 어린아이의 여리고 부드러운 것이 도(道)에 가깝다는 게 노자의 기본사상이다. 갓난아이는 노자의 역설적 진리의 상징이다. 갓난아이는 "극진한 조화, 그리고 변함 없이 항시 생명을 이끌어 가는 도를 표시한다"(송욱, 148).

道에서 우러나오는 元氣를 함뿍 품고 있는 사람은 갓난아기와 같다. 벌과 전갈 따위도 그를 쏘지 않고 호랑이와 표범 따위도 발톱으로 할퀴어 붙잡지 않으며, 독수리도 날개로 치지 않는다. 갓난아기는 뼈가 약하고 힘줄이 부드럽지만 고사리 같은 주먹이야 단단히 쥔다. 아직껏 남자와 여자가 합침을 알 바 없지만, 고추 모양이 일어선다. 精氣를 극진하게 간직한 까닭이다. 왼종일 울어대도 목이 쉬지 않음은 調和를 극진하게 갖춘 까닭이다. 조화를 아는 것을 常道라고 하며 상도를 아는 것을 밝음이라 한다. 구태여 생명을 더하고자 함을 불길한 징조라고 하며, 마음이 억지로 원기를 부림을 굳세다고 한다. 무엇이든지 굳세고 장하면 늙기 마련이요, 이를 道가 아니라고 한다. 道가 아닌 것은 곧 끝난다. (송욱 번역, 55장)

어른들은 어린아이에게 가르칠 것이 아니라 오히려 그들에게서 배우고 동심의 세계 속에서 살아가는 사람들이 되어야 한다. 호기심 많던 어린 시절을 완전히 상실하고, 마술을 믿지 못하고, 상상의 세계를 잃어버린, 경직되고 불행한 어른이 아니라 적어도 자연과 공감하고 타인을 사랑할 수 있는 인간이 되어야 한다. 동심의 세계를 잃어버린 우리시대 많은 사람들은 꿈과 환상, 신비로운 것, 숭고한 것에 대한 사랑과 믿음을 미신으로, 또 이성이 결여된 유치한 것으로 치부해 버렸고, 이미 오래전에 감성과 상상력이 결여된 무감각한 기계들이 되어버렸다. 어린아이의 마음은 정적이거나 수동적인 세계가 아니라 오히려 동적이고 능동적인 생명의 (생명과 가장 가까운) 세계이다. 역동적인 상상력을 통하여 생명력이 약동하고 몸과 마음과 영혼이 혼연일체가 되어 부드러우면서도 힘차게 흘러가는 동심의 세계로 돌아가야 할 것이다. 동심의 세계는 척박한 시대의 고단한 삶을 살아가는데 힘과 지혜를 얻을 수 있는 "영감의 발전소"이다.

금아는 다음 시에서 "너"라는 어린아이(딸 서영)의 일상생활을 자연스럽게 그리고 있다. 어린아이의 삶은 아무런 꾸밈이나 무리함이 없는 작고 소박한 삶이다.

새털 같은 머리칼을 적시며
너는 찬물로 세수를 한다

"다녀오겠습니다" 인사를 하고
너는 아침 여덟시에 학교에 간다

학교 갔다 와 목이 마르면
너는 부엌에 가서 물을 떠먹는다

집에 누가 찾아오면
너는 웃으면서 문을 열어 준다

까만 눈을 깜박거리며
너는 산수 숙제를 한다

하늘 가는 비행기를 그리다가
너는 엎드려서 잠을 잔다

— 「새털 같은 머리칼을 적시며」, 『생명』(34~5)

"어린이는 어른의 아버지이다."라고 노래한 19세기 영국 낭만주의 시대의 시인 윌리엄 워즈워스(William Wordsworth, 1770~1850)는 인간의 어린 시절을 중시하였다. 그는 인간의 어린 시절이 자연과 조응하고 신과 교감하는(타락 이전의 인간이 가졌던 능력) 시기로 본다. 어린 시절 우리는 못 느꼈을지 모르지만 영원불멸(immortality)을 느끼는, 영원회귀로 돌아갈 수 있는 시기이다. 어린이는 성장하면서 인위적인 교육을 받음으로써 이러한 능력을 서서히 상실한다. 워즈워스는 19세기 초 영국이 도시화와 산업혁명이 한창이던 때 인간정신이 점점 물신화되고 세속화되는 것을 슬퍼하며, 이에 저항하여 인간의 초심(初心)을 회복하기 위해 어린 시절로 돌아갈 것을 노래했다. 현대 문명이 겪고 있는 아노미 현상의 치유책이 인간중심적인 문명 이전인 인류의 어린 시절, 아니 인간의 어린 시절에 있다는 것이다.

천국이 우리의 어린 시절엔 우리 주위에 있다!
감옥의 그늘이 자라나는 소년에게

덮이기 시작한다
　　　그러나 그는
빛을 본다, 그리고 빛의 원천을,
　　　그는 환희에 차 그것을 본다 ;
매일 동쪽에서 멀리 여행해야만 하는
　　　청년은, 아직도 자연의 사제이며,
　　　그의 도중에도
　　　찬란한 환상이 동반한다;
드디어 대인이 되면 그것이 죽어 없어지고
평일의 빛으로 이우는 것을 깨닫게 된다.
　　　― 워즈워스, 이재호 역, 「어린 시절 회상하고 영생불멸을 깨닫는 노래」

　그래서 어린 시절은 매우 소중한 것이다. 어린 시절은 그 이후의 삶의
원천이며, 생명을 소생시켜주는 거대한 기억의 저수지이다.
　신약성서에서 예수는 제자와 성도들에게 항상 어린아이와 같이 되라고
가르쳤다. 모든 사랑의 시작은 "타자"되기(becoming)이다. 자기 속에만 갇
혀 있지 않고 자기 이외의 타자가 되는 것은 영적 상상력이며, 이것이야
말로 이웃 사랑의 토대이다. 타자되기는 이웃뿐 아니라 식물과 동물 나아
가 무생물까지도 적용될 수 있다. 여자 되기, 남자 되기, 고양이 되기, 고
등어 되기, 나팔꽃 되기, 바람 되기 등등. 그러나 예수가 특히 강조하는
것은 "어린아이 되기"이다. 어린아이가 되어야 비로소 천국에 갈 수 있다.
어린아이처럼 단순하고 순수하고 온유해야 한다.

　진실로 너희에게 이르노니 너희가 돌이켜 어린아이들과 같이 되지 아니하
면 결단코 천국에 들어가지 못하리라 그러므로 누구든지 이 어린아이와 같이

자기를 낮추는 사람이 천국에서 큰 자니라 또 누구든지 내 이름으로 이런 어린아이 하나를 영접하면 곧 나를 영접함이니

— 마태복음(18: 3~5)

예수께서 그 어린아이들을 불러 가까이 하시고 이르시되 어린아이들이 내게 오는 것을 용납하고 금하지 말라 하나님의 나라가 이런 자의 것이니라 내가 진실로 너희에게 이르노니 누구든지 하나님의 나라를 어린아이와 같이 받아들이지 않는 자는 결단코 거기 들어가지 못하리라 하시니라

— 누가복음(18: 16~7)

갓난 아기들 같이 순전하고 신령한 젖을 사모하라 이는 그로 말미암아 너희로 구원에 이르도록 자라게 하려 함이라

— 베드로 전서(2: 2)

어린아이의 마음은 세속의 고단하고 험난한 세상에서 어쩔 수 없이 죄와 잘못을 저지르며 사는 우리를 구원하여 천국에 이르게 하는 영원히 변치 않는 이정표이다.[2]

끝으로 금아의 「어린 벗에게」란 산문시의 일부를 좀 길지만 들어가 보자.

그러나 어린 벗이여, 이 거칠고 쓸쓸한 사막에는 다만 혼자서 자라는 이름 모를 나무 하나가 있습니다. 깔깔한 모래 위에서 쌀쌀한 바람에 불려 자라는

---

2) 성서 「시편」에도 어린아이와 갓난아이로 하여금 찬양케 함으로써 적대자들을 잠잠케 하는 구절이 있다: 여호와 우리 주여 주의 이름이 온 땅에 어찌 그리 아름다운지요 주의 영광이 하늘을 덮었나이다 주의 대적으로 말미암아 어린아이들과 젖먹이들의 입으로 권능을 세우심이여 이는 원수들과 보복자들을 잠잠하게 하려 하심이니이다(8편 1~2절).

어린 나무 하나가 있습니다.

어린 벗이여, 기름진 흙에서 자라는 나무는 따스한 햇볕을 받아 꽃이 핍니다. 그리고 고이고이 나리는 단비를 맞아 잎이 큽니다. 그러나 이 깔깔한 모래 위에서 자라는 나무는, 쌀쌀한 바람에 불려서 자라는 나무는, 봄이 와도 꽃필 줄을 모르고 여름이 와도 잎새를 못 갖고 가을에는 단풍이 없이 언제나 죽은 듯이 서 있습니다.

그러나 벗이여, 이 나무는 죽은 것이 아닙니다. 살아있는 것입니다. 자라고 있는 것입니다.

– 『생명』(39~40)

이 시는 "나무"에 관한 시이다. 아니 사막에 있는 나무이다. 이 시에는 사막이란 말이 아홉 번이나 나온다. 시인이 사막 속에서 자라는 (어린) 나무 이야기를 "어린 벗에게" 하는 이유는 무엇인가? 그것은 물 없는 사막에서 살아가야 하는 어린 나무(어린 벗)에게 하는 말이다. 한일 강제병합인 경술국치의 해 1910년 5월에 태어난 금아는 7세에 아버지를, 10세에는 어머니마저 잃었다. 어린 나이에 이 넓은 세상에서 기댈 데가 없었다. 얼마나 외롭고 쓸쓸하고 두려웠을까? 어린 금아는 일제 치하라는 척박한 시대에 얼마나 고단한 삶을 살아야 했을까? 여기서 어린 벗은 금아 자신이고 사막은 부모 없는 어린 고아가 사는 세상이다. 그래서 이 시는 자신을 위로하기 위한 고백시이다.

그러나 "어린" 아이는 제아무리 척박한 곳이라도 끝까지 살아남는 식물처럼 꿋꿋하게 자란다. 생명은 끈질기고 모진 것이다. "춥고 어두운 밤 사막에는 모진 바람이 일어"도 "어린 나무"는 죽지 않는다. 여기서 나무는 생명이다. 나무가 없다면 지구상의 생명의 먹이사슬 체계는 유지

되지 못할 것이다. 나무는 흙과 햇빛과 단비가 있어야만 꽃 피울 수 있다. 어린 나무, 즉 어린아이는 새순처럼 끈질긴 생명력의 상징이다. 이 시는 위대한 어린이 찬가이다. 이 시는 어린아이와 어린 나무를 통해 우리에게 우주와 세계와 삶의 비밀을 보여준다. 1913년 인도의 시성 라빈드라나트 타고르(Rabindranath Tagore, 1861~1941)가 동양인으로서는 최초로 노벨문학상 수상에 결정적 기여를 했던 시집 『기탄잘리(*Gitanjali*)』의 그 유명한 서문을 쓴 영국의 시인 윌리엄 버틀러 예이츠(William B. Yeats, 1865~1939)도 마찬가지로 말한다. 예이츠는 그의 서문에서 결론으로 타고르의 시 「바닷가에서」의 한 구절을 인용하고 있다.

> 그들은[아이들은] 모래로 집 짓고 빈 조개껍질로 놀이를 합니다. 가랑잎으로 그들은 배를 만들고 웃음 웃으며 이 배를 넓은 바다로 띄워 보냅니다. 아이들은 세계의 바닷가에서 놀이를 합니다.
> 그들은 헤엄칠 줄을 모르고 그물 던질 줄도 모릅니다. 진주잡이는 진주 찾아 뛰어들고 장사꾼은 배를 타고 항해하지만 아이들은 조약돌을 모으고 다시 흩뜨립니다. 그들은 숨은 보물을 찾지도 않고 그물 던질 줄도 알지 못합니다.
> ― 김병익 역, 『기탄잘리』(60)

예이츠는 타고르의 이 시에 등장하는 "순진성"과 "단순성"을 가진 아이들을 거의 "성자들"이라고 말한다(Tagore, 13). 필자는 금아의 시 「어린 벗에게」와 타고르의 시 「바닷가에서」의 주제가 같다고 믿는다. 이 두 시에서 아이들은 세속을 벗어나 영원한 생명의 상징이 되고 있기 때문이다.

3. 사랑의 윤리학을 위하여

금아 선생은 1996년 수필집 『인연』의 신판을 펴내면서 자신이 글 쓰는 이유를 "그동안 나는 아름다움에서 오는 기쁨을 위하여 글을 써왔다. 이 기쁨을 나누는 복이 계속되고 있음에 감사한다."(5)고 적고 있다. 금아가 좋아하던 존 키이츠(John Keats, 1775~1821)의 장시 『희랍 항아리 송가』에 "아름다운 것은 진실하고 진실한 것은 아름답다."와 "아름다운 것은 영원한 기쁨이다."라는 구절이 있다. 금아는 결국 "아름다움"과 "기쁨"을 위해 글을 썼다.

수필 「만년(晩年)」에서 금아는 "사랑"이 자신의 삶의 최고 목표라고 말한다.

> 하늘에 별을 쳐다볼 때 내세가 있었으면 해 보기도 한다. 신기한 것, 아름다운 것을 볼 때 살아 있다는 사실을 다행으로 생각해 본다. 그리고 훗날 내 글을 읽는 사람이 있어 '사랑을 하고 갔구나' 하고 한숨지어 주기를 바라기도 한다. 나는 참 염치없는 사람이다.
>
> — 『인연』(320)

사랑의 실천이 궁극적 목표였던 금아 문학에서 핵심적인 단어들 정(情), 사랑, 아름다움, 기쁨은 결국 그의 시세계의 지배적 이미지들인 물, 여성, 어린아이를 통해 반복되고 변형되어 구체화된다. 이것들은 다시 충일한 생명의 노래가 되고 실천하는 사랑의 윤리학이 된다.

생명의 근원인 "물", "여성", "어린아이" 이미지들은 금아 문학의 형식과 주제(사상)를 결정한다. 이 세 가지 생명의 이미지와 함께 금아 시의 형식은 (1) 서정시, (2) 정형시, (3) 단시(짧은 시)로 전개되며, 이 세 가지 시 형식은 금아 시의 주제에 잘 어울리는 양식이다. 서정성을 통해 인간과 인간, 인간과 자연 간의 정(情)과 사랑을 노래하고, 규칙적 형식을 통해 음악성에 기초한 생의 리듬과 반복이 드러나며, 짧은 시를 통해 응축되고 강력한 음악적 효과를 성취할 수 있다. 금아 시의 주제(사상)는 (1) 단순, 소박, 검소, (2) 정(情)과 사랑, (3) 겸손과 온유(부드러움)이다. 금아의 절친한 친우였던 수필가 윤오영은 다음과 같이 금아라는 인간을 규정하였다.

> "손때 묻고 오래 쓰던 가구를 사랑하되, 화려해서가 아니라 정든 탓이라"고 했다. 그는 정(情)의 사람이다. 그는 "녹슨 약저울이 걸려 있는 가난한 약방"을 자기 집 서재에서 그리워하고 있다. 그는 청빈의 사람이다. 그는 "자다가 깨서 보려고 장미 일곱 송이를 샀다". 그는 관조의 사람이다. 그는 도산 장례에 참례 못한 것을 "예수를 모른다고 한 베드로보다 부끄럽다"고 했다. 그는 진솔의 사람이다. 그는 진실과 유리된 붓을 희롱하지 않는 사람이다.
>
> — 『곶감과 수필』(192~3)

이런 특징들이 동서양을 아우르고자 했던 금아 문학의 "구체적 보편"(concrete universal)으로 이어진다. 이러한 보편성이야말로 금아 문학이 오늘날과 같은 세계시민주의 시대에도 지속 가능성을 가질 수 있는 근거가된다. 1910년 태어난 금아 피천득은 1919년에 있었던 3 · 1운동을 통과하고 기나긴 식민지시대를 거쳐 해방과 한국전쟁, 4 · 19, 5 · 16, 1988년 올림픽 그리고 2002년의 월드컵까지 근대한국의 다양한 역사를 가로지르며 100세 가까이 살았다. 혼돈과 격변의 시대를 겪어온 작가로서 자신을 온전하게 지키는 데에는 위에서 언급한 생존전략들이 필요했을 것이다.

피천득 선생은 공식적으로 가톨릭교의 세례를 받았기에 기독교도라고부를 수가 있겠지만 여하튼 그는 어떤 종교인보다도 종교적인 삶을 살았다. 금아 선생의 삶과 문학과 사상은 일치되고 있다. 모순과 배반의 시대에 선생만큼 생명을 경외하고 사랑을 완성하고자 한 시인도 흔치 않을 것이다. 노장사상과 성서에도 중요하게 등장하는 물, 여성, 어린아이를 통해금아 시를 읽는 접근 방식을 더욱 확대시켜 그의 수필문학은 물론 번역과시문학에도 적용할 수 있을 것이다. 결국 금아에게 시, 수필, 번역시는 하나였다. 금아의 문학세계는 이 세 장르를 서로 유기적으로 연계시켜 논의할 때 온전히 드러날 수 있으리라. 그의 창작시는 그가 사랑했던 영미, 중국, 일본, 인도의 번역시들과 분리될 수 없을 것이다. 이런 의미에서 금아문학의 원류는 한국 고전시(황진이)와 동시대 시인들(소월 등), 나아가 그가 암송할 정도로 좋아했던 많은 외국 시들과의 비교문학적 안목에서 폭넓게 규명될 필요가 있다. 이런 작업이 제대로 이루어질 때 금아 문학은가장 한국적이면서도 동시에 세계적인 의미를 가지게 될 것이다.

지금까지 필자는 주제별로 금아의 시를 논의하였다. 그러나 이런 지나치게 분석적인 논의의 한계는 분명하다. 이제는 간략하게나마 물, 여성, 어린아이가 가지는 사회 역사적 상황과 연계시켜 보기로 한다.

　작가와 학자가 역사와 현실의 억압구조 아래서 취할 수 있는 방식은 크게 보아 두 가지이다. 우선 역사와 현실의 진흙 구덩이 속에 들어가 같이 뒹굴고 싸우면서 일어나는 방식이 있다. 아니면 역사와 현실에 일정한 거리를 두고 현실 분석에 토대를 두고 새로운 이론과 방책을 세우고자 노력하는 것이다. 일반적으로 전자의 적극적 투쟁 방식이 후자의 소극적 저항 방식보다 윤리적으로 우월한 것으로 여기는 경향은 어떤 면에서 당연하다. 그러나 주어진 상황에 따라 그 대항 전략이 달라져야 하고, 어떤 의미에서 두 가지 방식이 상호 보완적인 역할을 할 수 있을 것이다. 이론과 실천은 동전의 양면이기 때문이다. 일제 강점기에 전방에서 싸우는 작가가 아니라 서정시인으로 후방에 머무는 게 과연 바람직한 자세였을까? 하지만 보이는 싸움도 필요하지만 숨겨진(보이지 않는) 저항도 동시에 필요하고, 비둘기처럼 순진한 동시에 뱀처럼 지혜로울 필요가 있다.

　피천득의 경우는 후자의 길을 택한 문인이며 학자였다. 그렇다면 피천득을 언어의 장막 뒤에 숨는 비겁한 방관자로만 보아야 할까? 우리는 19세기 말 자본주의가 절정으로 달려가던 시대에 서정시인으로 살았던 샤를 보들레르(Charles Baudelaire, 1821~1867)를 떠올릴 수 있다. 그는 미국의 시인 에드가 알랜 포우(Edgar Allan Poe, 1809~1849)에게 상징주의를 배워 자본주의의 모던 파리에 대항하는 시적 전략을 구축했다. 서정시인이 무조건 비참여문인인가? 1930년대 민족적인 시인이었던 김소월은 당대 최고의 서정시인이었으며 우리의 것을 지키고 개발하면서 겉보기에는 소극적이었지만 근본적인 저항을 수행하지 않았던가?

이 지점에서 피천득의 시에 대해 이미 깊은 사유를 한 바 있는 김우창의 탁월한 글 「시가 만드는 현실」을 소개하기로 하자. 김우창은 자신이 과거에 금아가 "작고 고운 것만"을 말함으로써 "시대의 큰 요청들"을 비켜간다는 인상을 준다고 말한 것에 대해 그 편협성을 시인하면서, 그는 계속해서 작고 아름다운 것 뒤편에 있는 피천득의 고결한 도덕성을 가장 양심적인 민족지도자 도산 안창호와 심층적으로 연결시키고 있다.

> 선생님의 시 가운데에도 뜨거운 애국시가 있으며, 옛날을 들추지 아니하더라도 우리가 익히 보아온 금아 선생과 관련하여 우리가 생각하게 되는 것은 드높게, 한결같이, 또 깨끗하게 걸어오신 그 삶의 자취입니다. 그것은 도덕적 삶입니다. … 그것은 험악한 시대가 부르는 도덕적 요구에 금아 선생 나름의 응답을 아니할 수 없으시었기 때문이라고 말할 수 있습니다. 금아 선생의 시에서 보는 바와 같은 섬세한 것에 대한… 주의가, 궁극적으로는 우리의 전통적 수양에 있어서의 마음의 수양…을 도덕적 인격완성의 근본으로… 저는 지적한 일이 있습니다. … 거리를 가지고 생각하는 일 그리고 사물과 다른 사람들의 삶에 대하여 조심하고 또 생각하는 일 ─ 이것이야말로 도덕적 삶, 바른 사회의 정신적 기초가 되는 것일 것입니다. 그리고 또 이것이 공정성과 정의에 이어지는 것일 것입니다. … 그러한 시대에서 선생님의 삶과 문학은 우리에게 하나의 준거가 될 것입니다.
>
> ─ 『산호와 진주와 금아』 (130~3)

김우창이 금아의 시에서 높이 평가한 작고 고운 것, 즉 섬세한 것들이 그 토대가 되는 "도덕적 삶," "바른 사회의 정신적 기초"의 "객관적 상관물"로 필자가 앞에서 장황하게 논의한 물, 여성, 어린아이의 물적 특성 그리고 인격적 본성이 서로 연계될 수 있지 않을까 생각해본다. 금아 시의 소재와 내용이 함께 만나 새로운 형식을 가진 서정시로 다시 태어나는 것이다.

그러나 금아 시가 작고 짧고 예쁘다고 해서 여리고 약한 것은 아니다. 금아에게서 온유한 것은 강한 힘이다. 물, 여성, 어린아이와 같이 가장 부드러운 것들이 가장 강한 것들을 포섭할 수 있다. 시인 이만식은 금아 시의 단순우아미가 오히려 큰 "힘"을 가질 수 있다고 설득력 있게 지적하였다.

> 그의 시세계의 언어는 너무 단순하여 해석할 필요가 없을 지경입니다. 그러나 거의 대부분의 시가 독자로 하여금 멈추고 자신의 삶을 돌이켜보게 하는 강력한 여운을 갖고 있습니다. 그의 시세계는 우아한 방식으로 매우 강력하고 힘이 있습니다. … 소년이나 어린아이가 쓸 수도 있겠다는 의심이 들 만큼 그의 언어가 너무나도 단순하지만, 그의 시세계의 놀랍고도 주목할 만한 양상은 모든 시에서 그의 메시지가 명확할 뿐만 아니라 강력하게 전달된다는 것입니다. … 동요의 순수함에서는 볼 수 없는 강력한 힘이 들어 있습니다. 이러한 힘의 성격, 즉 겉으로는 순수하고 우아하게 보이지만 그 안에 내재되어 있는 강력한 힘을 이해하는 데에 피천득 문학의 핵심이 놓여 있다고 여겨집니다. (이만식, 18~20)

그렇다. 이것이 바로 우리의 삶을 지탱시켜주는 피천득 문학의 "힘"이다. 부드럽고 약한 것들이 거칠고 강한 것들을 끌어안고 간다는 것은 역설(paradox)임이 분명하다. 어린 양같이 온유한 예수가 수십만의 강력한 군대를 가진 로마 제국의 황제를 넘어서지 않았는가?

제 4 장
피천득의 수필문학
■ 인연, 기억, 여림, 돌봄의 윤리학

그의 글은… 자기 성찰에서 피어난 꽃이다. 모든 일이 밑천이 들어야 하듯이 그의 수필은 상당한 밑천을 바치고 얻은 취득이다. 말하자면 공(空) 것이 아니다. 한 인간성을 다치지 않게 했고 세속에 빠지지 않게 했고 그로 하여금 이런 맑은 글이 흘러나오게 한 것이니 말하자면 그의 수필은 비싼 수필이다. … 진정에서 쓴 글이므로 진주같이 맑고 난초같이 향기롭고 아담하다. … 나는 그를 이 세상에 희귀한 존재의 하나로 본다. 그의 수필은 대개 그의 존재와 같은 존재다. 무릇 자기의 존재와 같은 존재, 이것이 수필로서 제일의(第一義)가 되는 것이다.

— 윤오영, 「친우 피천득의 수필」(38~9)

한낮에도 별은 떠 있다. 그러나 보이지 않는다. 별이 영롱하게 빛나는 것은 밤의 어둠이 찾아왔을 때이다. 피천득 선생님의 수필집 『인연』을 읽으며 떠오르는 것은 어둠이 내려야만 별이 보인다는 평범한 진리다. 이 혼탁한 시대 세기말적인 어둠과 가치 혼돈의 암흑이 지배하는 이 시대에 피 선생님의 수필을 읽는 것은 마치 밤하늘에 떠 있는 별을 발견하는 것과 같다.

— 최인호, 「밤하늘의 별, 모래밭의 진주 같은 …」(40)

1. 새로운 수필론

피천득은 과연 "보이지 않는" 작가인가?

피천득의 수필과 번역시와 소설은 중·고등학교 국어 교과서에도 실리고 많은 사람들에 의해 소리 없이 꾸준히 읽히고 있다. 따라서 우리는 그를 보이지 않는 작가라고 말할 수는 없다. 그러나 문단이나 평단에서 금아는 크게 다루어진 적이 별로 없다. (금아 자신은 이를 즐기는 것이 분명하다―예술은 숨기는 기술이라 했던가?) 왜 그럴까? 그의 글에는 그간 문단이나 평단을 지배해 온 치열한 이념성이나 유행하는 과감한 실험성이 없기 때문일까? 혹은 학자들이나 평론가들이 금아의 세계를 별다른 논쟁거리가 없고 단순하고 쉽고 평범하다고 단정하기 때문일까? 아니면 금아가 쓴 작품수가 아주 적기 때문일까?[1] (그는 글쓰기를 지나치게 아끼는 문인

---

1) 수필가 김정빈은 피천득의 글이 고급적이면서 동시에 대중적이라고 언명한 바 있다: "『금아 문선』이 나오던 당시 나는 일조각출판사를 찾아가 선생의 책을 대중판으로 찍어 널리 소개해 주십사고 청했었다. 그렇지만 출판사에서는 '금아 선생의 글은 고급하기 때문에 양

중 한 사람이었다.) 문단에서 금아는 "이미 언제나" 잊힌 작가인가? 아니면 그저 너무 보편 내재한 존재여서 우리가 보고도 못 보는 작가일까?

여기에서 이러한 문제들을 모두 다룰 수는 없다. 나는 곧장 그가 쓴 글의 푸른 바다로 뛰어들고자 한다. 서투른 잠수부지만 그의 "산호와 진주"를 찾아 따올 수 있으면 얼마나 좋을까. 아니면 그저 "조약돌과 조가비"라도 주워올 테다. 이 장(章)은 금아 선생의 수필집 『인연』을 중심으로 〈다시 읽기/새로 쓰기(re-reading/re-writing)〉를 시도하는 것이다. 땜장이(bricoleur) 비평가(?)이자 힘없는 추수꾼이 감히 선생의 글을 타작한다면 어떤 결과가 나올까? "산호와 진주"처럼 바다 깊숙이 가라앉아 화려하면서도 은은한 빛을 발하고, "종달새"처럼 높이 떠올라 노래하는 금아의 "수필"세계를 드러내어 우리 눈에 "보이게" 할 수 있을까? 거창하게 말하면 금아의 문학세계를 극대화하여 초조와 번잡의 세계에서 벗어나 "금아(의 서정문학세계)로 돌아가자" 또는 "우리의 세계상을 금아화(琴兒化)하자"라고 주장하는 것이 필자의 소박한 꿈이다.

1) 금아와 〈수필〉 장르 – "형식"과 "운명"

헝거리 출신의 철학자이자 미학자인 게오르그 루카치(Georg Lukacs

주처럼 귀하게 읽힌다. 대중은 이 책을 이해하지 못할이다.'라며 받아들이지 않았다. 다행히도 지금 대중은 선생의 책을 사랑한다. 고급하면서도 대중적인 작가는 셰익스피어와 디킨즈를 제한다면 극히 드문 일. 그러나 금아 선생의 글은 두 마리의 토끼를 다 붙들고 있다"(196).

1885~1971)는 1919년 마르크스주의로 전향하기 이전에 쓴 「에세이의 특성과 형식에 관하여」(1910년 10월 플로렌스에서 씀)에서 "에세이"를 하나의 예술 형식으로 정의 내렸다. 그는 "모든 글쓰기는 운명-관계라는 상징적 용어로 세계를 재현한다. 운명의 문제는 형식의 문제를 결정짓는다."고 선언하며 운명과 형식을 불가분의 관계라고 했다. 다만 그 중 어느 것을 더 강조하는가의 문제가 있을 뿐이다. "시의 경우는 형식이 운명으로부터 형식을 받아들여 언제나 운명처럼 보이게 만든다. 그러나 에세이에서는 형식이 운명 자체가 된다. 따라서 형식은 운명을 만들어 내는 원리이다"(7). 루카치의 견해로는 비평가는-단순히 문학비평가만이 아닌 넓은 의미의 문명비평가와 문화비평가까지 포함하여-하나의 에세이스트로 운명을 형식과 연결시키는 사람이다.

> [비평가는] 형식 속에서 운명을 흘끗 바라보는 사람이다. 그의 가장 심원한 경험은 형식들이 그 자체 내부에 간접적으로 그리고 무의식적으로 숨겨 놓은 영혼의 내용이다. 형식이란 그의 위대한 경험이다. 직접적 실재로서의 형식은 그의 글에 진정으로 살아있는 내용인 심상-요소이다. … 형식은 세계관이고 입장이며 삶에 대한 태도이다. … 그러므로 운명에 대한 비평가의 순간은 사물들이 형식이 되는 순간에-모든 감정과 경험이 … 형식을 받아들이는 순간-용해되어 형식으로 응고된다. 그것은 외부와 내부, 영혼과 형식이 통합되는 신비스러운 순간이다.(8)

피천득의 도반(道伴)이었던 윤오영은 그의 유명한 『수필문학 입문』에서 금아 수필의 문체와 구성에 대한 심도 있는 논의를 진행하였다. 먼저 그는 어떤 종류의 문학을 논하더라도 3가지 입장, 즉 학구적 입장, 평론가적 입장 그리고 작가적 입장이 있다고 전제하고 이중 "가능하고 또 유익한 것은 오직 작가적 입장에서의 수필론"이라고 말한다. 이것은 "작가로서의 자기세계를 개척"하는 것을 뜻하고 "작품 모색의 과정의 기록"(144)이라는 것이다. 윤오영은 수필의 가장 구체적인 좋은 예로 금아의 대표적 수필론인 「수필」을 들고 있다. 그는 이 글의 전문을 제시한 뒤에 다음과 같은 결론을 내린다.

> 이것은 피천득의 수필론이다. 논이라면 학술논문이나 논설문을 생각할지 모르나 수필가로서 쓴 것은 문장론, 작품론, 문화론, 시사론이 다 수필인 것이다. … 그러나 그런 수필론들은 우리에게 아무 흥미도 없다. 수필문학을 파악하는 데 아무 도움도 주지 못한다. 오직 한 작가의 작품을 구체적으로 파악함으로써 수필문학을 이해하려 할 때 이 글은 시사하는 바가 클 것이다. 이것은 한 작가로서 자기의 문학세계를 말해 준 것이요, 스스로의 수필문학을 탐색하는 과정의 기록인 까닭이다. 이 수필의 세계에 공명하고 동도(同道)에 반려가 되어도 좋고, 또 다른 세계를 개척하며 자기의 수필을 탐색하고 그 과정을 보여 주는 것도 좋다. 그리하여 여러 개성들의 수필론이 기록되고 또 탐색되고 작품화될 때 비로소 수필문학은 정립될 것이다. 우리의 산문문장은 이미 한 단계 탈피해서 문학성을 추구해 가며 자기세계의 개척과 개성적인 문체로 문학수필을 지향하고 있다. (146~7)

윤오영은 피천득이 작가적 입장의 구체적인 문학론인 「수필」을 통해 한국 수필문학의 정체성을 정립했을 뿐 아니라 수필작가로서도 크게 성공을 거두고 있다고 구체적인 작품분석을 통해 지적했다(30, 34, 53, 150~1). 그런 다음 그는 계속해서 금아의 약점과 장점을 아래와 같이 잘 지적해내고 있다.

피천득은 소년소녀의 문학같이 곱고 아름다울 뿐이다. 사실… 그것은 차라리 그의 약점이다. 그의 장점은 정서의 솔직한 구체화와 농도 있는 성구(成句)의 사용에 있다. 한 예로 그의 「오월」이란 글 중에 "신록을 바라보면 내가 살아 있다는 사실이 참으로 즐겁다. 내 나이를 세어 무엇하리. 나는 오월 속에 있다." 이 한마디가 족히 남의 신록예찬의 수십 페이지의 서술에 필적할 농도를 지니고 있다. 글을 잘못 쓰더라도 최소한 두 가지만은 지켜야 한다. 첫째, 무엇인가 자기가 생각해 낸 꼭 하고 싶은 말이 하나는 포함되어 있어야 한다. 둘째, 명문은 못쓰더라도 일반 문장에서 과히 벗어나지는 말아야 한다. 내가 원하는 수필은 시로 쓴 철학이 아니면 소설로 쓴 시다. (150~1)

윤오영은 피천득 수필의 장점으로 "정서의 솔직한 구체화"와 "농도 있는 성구(成句)의 사용"을 지적했다. "시로 쓴 산문(사유)"이고 "이야기(소설)로 쓴 시"(산문시)인 금아의 수필이야말로 윤오영이 원하는 수필이 아니겠는가. 다음에서 다른 몇 사람의 견해를 들어보자.

수필가 차주환은 피천득 수필을 "금강석"같다고 주장하며 다음을 그 근거로 제시한다.

그가 "금강석같이 빛나는 대목"이라는 말을 썼지만, 그의 수필을 전체적으로 빛나는 금강석에 비겨보아도 괜찮을 것 같다. 다이아몬드는 테불이 어떠니 패세트가 어떠니 하고 그 깎음새를 따지기도 하지만 중요한 것은 그 흠이다. 어느 다이아몬드 치고 흠 없는 것이 없지만 그 흠을 어떻게 처리해서 좋은 깎음새와 함께 찬란함을 줄이지 않고 같이 빛나게 되느냐에 따라 가치가 평가된다고 한다. 피천득 씨의 수필은 무섭게 파고들어 따져볼 경우에는 결코 완전무결하도록 흠이 없지는 않을 것이다. 그러나 그의 수필에서 별로 흠을 느끼지 않게 되는 것은 정수(精粹)를 써내는 데 전력하고 내온(內蘊)을 드러내는 데 몰입하기 때문에, 극소 부분이기는 하겠지만, 외부적인 조잡한 이

른바 흠을 잊어버리게 하기 때문일 것이라 여겨진다. (181)

영문학자인 평론가 김우창은 「금아 선생의 수필」이라는 글에서 금아 선생의 미문(美文)의 비결을 일상적 대화와 이야기를 주고받는 대화적 상상력이라고 보고 있다.

선생의 글은 과연 산호나 진주와 같은 미문(美文)이다. 그리고 우리가 알아야 할 것은 이러한 미문이 겉치레의 곱살스러움을 좇는 결과 다듬어지는 것만은 아니라는 점이다. 다 알다시피 다른 사람을 부리고자 하는 언어는 딱딱해지고 추상화되고 일반적이 되고 교훈적이 된다. … 금아 선생의 문장이나 태도는 수필의 본래적인 정신에 부합하는 것이라고 볼 수도 있다. 수필은 평범한 사람의 평범함을 존중하는데 성립하는 장르다. 대개 그것은 일상적인 신변사를 웅변도 아니고 논설도 아닌, 평범하게 주고받는 이야기로서 말하고 이 이야기의 주고받음을 통해서… 이 드러냄의 장소는 외로운 인간의 명상이나 철학적인 사고보다는 이야기를 주고받는 대화의 장이다.

— 『산호와 진주와 금아』(163)

또 다른 문학평론가 이태동은 피천득의 수필에서 배어나오는 "언어의 힘"이 언어의 형식(문체)과 내용(주제)이 일치되는 데서 분출된다고 설명한다.

만일 피천득의 탁월한 언어적인 힘이 없었을 것 같으면, 작은 것의 아름다움을 주제로 한 그의 수필이 예술로서 지금처럼 그렇게 호소력을 갖지 못했을 것이다. 그가 그의 작품에 사용한 언어는… 시대를 뛰어 넘을 수 있을 정도로 시정(詩情)적이면서도 결곡하다. 특히 잠언(箴言)에서 볼 수 있는 것과 같은 간결하고 진솔한 문체는 그의 수필을 깨끗하게 만들어 군더더기 없이 진실만을 나타내기 때문에 독자들의 마음 깊이까지 공감의 물결을 일으키기에 충분하다. 이것은 그의 언어가 침묵의 생략을 통해 깨끗함만을 제외하고는 모든 것을 배제함으로써 진실을 발견하려는 그의 목적을 반영해주고 있을 뿐만 아니라 그것과 일치된다.

— 「작은 것이 지닌 아름다움의 발견 – 피천득의 수필세계」(63)

금아에게 "수필"이란 장르는 형식적으로 "균형"과 "대조"의 미학이다. 그의 삶과 사상이 응축되어 있는 그의 유명한 「수필」의 한 구절을 보자.

수필은 한가하면서도 나태하지 아니하고, 속박을 벗어나고서도 산만하지 않으며, 찬란하지 않고 우아하며 날카롭지 않으나 산뜻한 문학이다.

— 『인연』(16)

이 얼마나 놀라울 정도로 완벽한 균형과 대조와 절제인가!

수필은 흥미는 주지마는 읽는 사람을 흥분시키지는 아니한다…. 수필의 색깔은 황홀 찬란하거나 진하지 아니하며, 검거나 희지 않고 퇴락하여 추하지 않고, 언제나 온아우미하다. 수필의 빛은 비둘기빛이거나 진주빛이다…. 수필은 플롯이나 클라이맥스를 필요로 하지 않는다. 가고 싶은 대로 가는 것이 수필의 행로(行路)이다.

— 『인연』(15~6)

금아에게 수필은 하나의 문학 형식으로 "정열이나 심오한 지성을 내포한"(15) 문학이 아니고 "산책"이며 "미소", "독백", "방향(芳香)"이 있는 "산뜻한 문학"이다. 그러나 수필이 단순히 이런 것이라면 무미한 것이 되리

라. 수필은 이러한 균형 속에 있으면서도 "한 조각 연꽃잎을 꼬부라지게" 할 수 있는 "마음의 여유"가 필요한 "눈에 거슬리지 않은 파격(破格)"이다.

수필은 피천득에게 하나의 "운명"이며 "존재 양식"이며 "이데올로기"이며 "무의식"이다. 그의 생애와 사상 모두가 이러한 (무서운) 균형 위에 놓여 있다. 겸손(소박), 가난(청빈), 염결(단순)은 금아에게 삶과 사상의 삼위일체이다. 금아로서는 이런 것이 너무나 당연할 정도로 내면화되고 습관화되었기에 오늘과 같은 "초조"하고 "번잡"한 생활 속에서도 그런 점을 자신이 지닌 미덕으로 여기지도 않는다.

그러나 금아의 삶과 사상이 여기에서 끝난다면 그의 수필은 "향취"와 "여운"이 없고 "친밀감"을 주거나 "미소"를 띠게 하지 못할 것이다. 금아의 삶은 은은한 빛이나 "향취"와 "여운"이 있고, 청빈하면서도 여유가 있다. 그는 쇼팽을 듣고, 포도주의 향내를 맡으며, 향 좋은 커피를 사서 마시고, 꿈도 꾸어 보고, 여행도 하고, 독서 삼매경에 빠지기도 한다. 그는 이것을 "작은 사치"라 했다. 천편일률적으로 균형을 위한 균형이 아니라 "파격"으로 균형감을 더한다. 잔잔한 호수의 수면 위에 떨어진 조약돌이 일으킨 "파문"으로 우리는 역동적인 아름다운 감동을 느끼는 게 아닐까?

삶이라는 "운명"과 수필이라는 "형식"이 만나는 금아의 글에는 무엇보다 우리를 억박지르는 억압이 없다. 어떤 이념적 강권도 없다. 어떤 도덕적 꾸짖음이나 윤리적 책임 추궁도 없다. 어떤 인식론적 강요도 없다. 우리를 필요 없이 죄의식이나 열등감에 빠지게도 하지 않는다. 그렇다고 그의 글이 무도덕적이거나 무윤리적인 것은 아니다. 그의 글이 해방적이라고 말할 수는 없을지라도 탈억압적, 또는 비억압적인 것은 분명하다. 우리 독자는 양자택일의 곤혹스런 선택을 강요당하지 않고 편안하게 그의 글을 자주 찾게 된다. 아껴 쓰는 그의 절제된 글에는 섣부른 "비판"이 많지 않다. 그는 "풍자"조차도 아낀다. "아이러니"도 즐기지 않는다. 그는 우리의 삶―자연, 사회, 인간―에 대하여 욕설을 퍼붓거나 빈정거리지 않는다. 삶이 혹시 그를 배반하더라도 그는 결코 두려움에 떨거나 분노로 이를 갈거나 비수를 품지 않는다. 그의 글에 가시가 없는 것은 아니나 홍어뼈(?)와 같이 씹으면 씹을수록 촉감도 좋고 상큼한 맛이 더 난다. 그의 가시는 우리를 찔러 피 흘리게 하지 않는다. 그는 다만 자연과 인간에 대한 무한한 경외와 공경의 마음으로 우리와 함께 공감(sympathy)과 동정(compassion)을 느끼며 "염려"하고 "돌보고" "사랑"할 뿐이다.

그의 글에는 또한 편 가르기도 보이지 않는다. 이념적, 종교적, 지역적, 종족적, 성별적 편 가르기가 없다. 무릇 모든 글에는 필자의 주체적 입장이 들어 있다. 어떤 특정한 입장과 틀은 글을 논리정연하고 깊이 있고 힘차게 보이도록 한다. 그러나 금아의 글은 어떤 특정한 입장 없이―특정한 입장을 가지지 않고 글을 쓰겠다는 입장 이외에는―쓰였다. 그리하여 그의 글은 단순 소박해 보인다. 내용이나 형식에서 치열성이 결여된 "부드러운" 또한 "약한" 글로 치부되기도 하고, "작고 예쁘다."고 깔봄을 당하기도 한다. 그러나 그것은 약해서 휠지언정 부러지지 않는 버드나무처럼 약한 것은 강한 것이라는 역설이 적용된다. 이런 글은 쓰기가 쉽지 않다. 자신과 주변에 대한 깊은 성찰과 관조에서 자연스럽게 흘러넘쳐 나온 글이 독자에게 주는 결과와 보람은 엄청나다. 특수성과 보편성을 함께 지닌 "보편적 특수성(concrete universal)"의 글은 현대 독일에서 최고의 사회이론가인 위르겐 하버마스가 말한 소위 의사소통적 "공영역(public sphere)"을 확보할 수 있지 않겠는가?

금아의 글은 형식 면에서도 억압이 없지만 내용도 난잡하지 않고 현학적이지 않으며 직선적 논리를 강요하지 않는다. 그의 글은 인과(종속) 관계에 따른 직선적 논리 구조를 가진 문단보다 환유적 구조를 가지고 대등한 관계가 강조되는 병렬적 구문으로 이루어졌다. 어떤 의미에서 그의 글은 선이 아니라 점으로 이루어졌다. 글의 흐름이나 혼(魂)은 일직선으로 움직이지 않고 점으로 흩뿌려져 있듯이 보편 내재(immanent)적이다. 몇몇 서사적(narrative)인 글들에는 아리스토텔레스가 『시학』에서 "혼" 또는 "중추"(등뼈)라고 강조한 플롯 같은 것이 있기도 하지만 대부분의 경우 그의 글에는 뼈조차 없다. 연체동물 같다기보다 물렁뼈 조직과 같다고 할까? 어떤 글은 경구적이거나 단상적인 양식을 띠기도 한다. 길이도 다양한 그의 글은 특별히 시간적, 연대기적으로 구성된 것이 아닌 처음, 중간, 끝의 구분이나 배열이 없는 경우도 있다. 그의 글은 독자를 어떤 장르적, 양식적 틀 속에 가두지 않는다. 그의 글은 질서-무질서, 논리-비논리의 이분법으로 논의하기 어렵다. 어떤 의미에서 서양 문학으로 훈련받은 금아가 자신의 뿌리인 동양적 글쓰기(노장적 글쓰기?) 양식을 실천하고 있다고 말할 수 있겠다.

그러나 금아의 글에는 이상한 변형(metamorphosis)의 힘이 있다. 사소한 것은 아주 중요하게, 진부한 것은 새롭고 신기하게 변형된다. 거대하고 신비스러운 것을 친근하고 사랑스러운 것으로, 어렵고 무거운 것을 쉽고 가벼운 것으로 만들고 특이한 슬픈/기쁜 "기억들"을 범속하게 만든다. 그러나 그 범속화는 비범속화의 과정을 겪어 그의 글은 워즈워스가 말하듯이 "자연스러운(일상적인) 것을 초자연적인(신비스러운) 것으로 만드는" 과정을 다시 반복하게 된다. 이러한 이중적 탈바꿈으로 우리는 금아를 쉽게 읽으면서도 또 다시 어렵게 느끼는 게 아닐까? 이런 변형의 전략은 러시아 형식주의자들이 지적하듯이 인식론적이다. 일상성 속에 함몰된 우리의 인식 구조를 각성시키고 껍질을 벗겨냄으로써 삶을 항상 새롭게 바라보게 하는 예술의 기능인 것이다.

금아의 수필은 수필이란 장르가 시와 소설의 중간지대라는 명제를 가능케 해준다. 수필은 삶에 가장 밀착된 장르이다. 지나치게 주술적이고 서정적일 수 있으며, 고도로 응축된 음악적 언어 구조를 가진 시의 영역과 달리 수필의 세계는 주관화된 객관의 세계이다. 또한 합리주의와 과학적인 사고로 이루어진 문학적 형식인 (서양의) 소설은 플롯을 중심으로 지나치게 과학적(인과적)이고 서술적(이야기적)이다. 그러나 금아에게 수필은 프랑스의 과학자이자 상상력 이론가인 가스통 바슐라르(Gaston Bachelard)의 이른바 "몽상적" 중간지대로서의 문학이다. 수필은 시적 서정성과 소설적 서사성에 함몰되지 않고 이 둘을 합칠 수 있는 장르이고 "상상력"과 "이성"이, 기계학과 신비학이 함께 자리할 수 있는 장르이다(달리 표현하면 전근대와 근대가 포월되어 탈근대로 넘어가는 장르가 될 수도 있다). 앞서 언급했던 루카치에게로 다시 돌아가자.

[에세이는] 사소한 과학적 정확성의 완전성이나 인상적인 참신성에 저항하여 자체의 단편성을 조용히 그리고 자랑스럽게 배치시킬 수 있다. 그러나 에

세이의 가장 순수한 성취, 가장 힘찬 완수는 일단 위대한 미학이 개입되면 힘을 잃는다. … 에세이는 따라서 단지 잠정적이고 우연적이다. … 이 점에서 에세이는 진정으로 완벽하게 단지 하나의 선구자처럼 보이고 어떤 독립적인 가치가 에세이에 부가되지 않는다. … 에세이는 하나의 판단이다. 그러나 에세이의 본질적이며 가치 결정적인 요소에서 중요한 것은 사법 제도에서와 같이 기준을 정하고 판례를 만들어 내는 평결이 아니고 판단과 논구의 과정이다. (17~8)

에세이란 형식은 예술과 철학을 이어준다. 에세이는 삶으로부터 끌어낸 사실들이나 그러한 사실들의 재현을 사용하여 삶에 대한 질문으로서의 세계관을 개념적으로 경험적으로 표현한다. 그러나 에세이는 분명한 개념적인 대답을 주지는 않는다. 따라서 에세이는 하나의 "선구자"에 불과하며 언제나 "잠정적"이고 "우연적"이고 삶에 대한 하나의 "제스처"인 것이다. 이 말은 수필이란 장르를 결코 약화시키지 않으면서 다른 장르와의 차이를 전략화하고 그 가능성을 극대화하는 것이다.

체코의 언어학자 로만 야콥슨(Roman Jakobson)의 말을 빌리면, 수필은 "환유"의 세계이다. 이것은 표면 구조─심층 구조의 관계 속에서 표면을 통해 심층을 단순히 환기시키는 은유적 관계가 아니고, 오히려 일상성의 삶의 조각 자체가 심층의 일부를 그대로 보여주는 환유적 관계이다. 금아의 "조약돌과 조가비"와 "산호와 진주"가 환유적 구조를 가지는 것과 같다. 우리는 조약돌과 조가비를 해변에서 우연히 줍는다. 모양이나 색깔이 정해진 게 없다. 금아 수필의 인식소와 관념형은 "우연"과 "불확실성"이다. 금아는 신비스러운 것과 영적인 것에도 아주 관대하다. 그의 "인연"은 어떤 것인가? 그것은 애초부터 필연적인 것이 아니다. 우연에 의해 이루어졌으나 필연적인 숙명처럼 우리의 삶에 영향을 끼친다. 따라서 수필이란 형식은 "인연"이란 운명을 담아내는 최적의 문학형식이 된다. 금아 선생에게 "수필"이란 양식은 어려웠던 여러 상황─조실부모, 상해 유학 생활, 일제하의 생활, 해방, 6·25전쟁 등─을 견디면서 살아남게 한 하나의 생존장치였다. 그의 수필은 하마터면 폐허가 될 수도 있었을 삶을 지탱시켜주던 버팀목이었다.

금아의 수필은 비평적 에세이, 문학적 에세이, 신변적 에세이 등과는 구별되는 일종의 "서정적" 에세이다. 금아는 살아 있을 때 한 신문기자와의 인터뷰에서 최근 문학에 대한 질문을 받고 "서정적인 면으로 다시 돌아오는 것 같다."고 답했다. "문학이 사람의 정서와 품성을 순화시킬 수 있다."고 믿는 금아 문학의 핵심은 서정성이 아닌가 한다. 그것은 금아의 산문이 가지는 시적 구조와 정서 때문에 시적 산문이라고 말할 수 있다. 그의 산문에는 관념의 서늘함(썰렁함?)보다는 이미지(심상)의 풍만함(풍요로움?)이 있다. 그의 수필을 소리 내어 읽어내려 가면 우리는 마치 종이 위의 글자를 접시 위의 음식처럼 먹고 마시는 것이다. 흰 종이 위에 가지런히 배열된 조용한 어휘들은 어느새 합성되어 우리의 청각적 상상력을 불러일으킨다. 여기에서 그의 수필은 우리와 하나가 되는 "육화(肉化, incarnation)"를 가져온다. 서정성이 이 모든 것의 토대가 된다. 따라서 금아의 수필은 위대한 "서정"문학의 줄기이다. 그의 서정적 수필은 최고의 경지에 달하여 쉽게 모방하기 어렵다. 모든 모방은 아류일 뿐이다. 금아의 위치가 바로 이러하기에 그는 한국 문학사에서 무시하기에는 너무나 위험한 서정적 수필가이며 시적인 에세이스트이다.

2) 금아 수필의 껍질 벗기기 - 〈전략적 읽기〉

금아 수필의 특성은 독자 친화적이라는 점이다. 어떤 의미에서 독창성이 강조되는 개인주의 시대에 저자(성)가 없다고나 할까? 그의 글은 일원적 해석과 의미 창출을 강요하지 않는다. 그의 글은 우리를 편하게 하고 잠들게 하고 꿈꾸게 하고 우리를 치유한다. 마음이 우울할 때, 사나워질 때, 자지러지도록 외로울 때 그의 글을 집어 들면, 날카로운 지성이나 강력한 해방 논리는 없지만 한없는 평안을 준다. 이 얼마나 놀라운 일인가? 그의 글에는 "저자의 권위(author-ity)"가 죽어 있다. 아니 무의식처럼 잠들어 있는가? 아니 신화처럼 숨겨져 있다. 아니 있는 듯 없는 듯하다. 그의 글 고랑은 따뜻하다. 뜨겁지 않은 "조춘"의 지열이 느껴지고 포근하다. 더욱이 싱싱하다. 씨앗인 독자는 그의 밭고랑에서 땅의 물과 자양분을 빨아들이고 산들바람과 태양의 열과 빛을 받아들인다. 그리하여 광합성 작용이라는 놀라운 (신비스럽고 초자연적인) 과정을 통해 필수적인 영적 탄수화물을 만들게 된다.

금아의 글은 숫돌이 되기도 한다. 우리는 그를 통해 삶에 대한 빛나는 예지의 칼을 갈 수 있다. 금아는 금, 은, 철보다 강한 흙으로 빚은 질그릇이다. 피천득은 "연적"이며 "붓"이다. 뾰족한 쇠로 된 펜이 아니다. 그의 수필을 읽는다는 것은 연적 위에 이미 갈아놓은 먹물을 묻혀 자유롭게 붓 가는 대로 쓰면서 스스로가 의미를 생산해내는 것이다. 우리는 단순히 의미를 찾을 수도 있고, 또는 금아 자신도 예기치 않은 의미를 창출하거나 좀 더 커다란 의미 체계를 생산할 수도 있다. 쉽고 단순하게 보이는 금아의 글에서 엄청나게 다양한 의미의 통로가 발견될 때도 있다. 이것을 프랑스의 철학자, 역사가, 사회분석가인 미셸 푸코(Michel Foucault)는 "담론적 실행(discursive practices)"이라 했던가? 마르크스나 프로이트의 글이 얼마나 많은 담론적 가능성을 부여하는가? 이런 견해는 본질의 과장, 왜곡, 훼손이라고 여겨질 수도 있겠으나, 금아의 글은 선문답 식이나 수많은 의미망을 내포한 복잡한 글은 아니지만 단순성으로 가장되어 있다고 하겠다. 물론 나는 워즈워스의 특징이라고 콜리지(S. T. Coleridge)가 지적한 "자연스러운 것의 초자연화"처럼 "단순한 것의 복잡화"를 시도하려는 것은 아니다. 윌리엄 블레이크(William Blake, 1772~1834)의 경우 "순진의 노래"의 세계에서 "경험의 노래"의 세계로 옮아가고 있지만, 금아의 경우는 이 두 세계가 처음부터 통합되어 있다. 그의 글은 초기, 중기, 후기와 같은 시기 구분이 거의 불가능하다. 처음과 중간과 끝이 단순성이라는 커다란 구조 속에 포용되어 있다. 독자는 이러한 단순성 속에서 복잡한 것을 가려내야 한다. 그렇다고 유태계 미국의 문학이론가 해롤드 블룸(Harold Bloom) 식의 창조적인 "오독(misreading)"을 강요하는 건 아니지만 어느 정도의 해체구성(deconstruction)은 필요할 것이다.

우리는 독자로서 금아 글에 텍스트 이론-또는 상호 텍스트 이론 또는 하이퍼 텍스트 이론, 한 걸음 더 나아가 담론(discourse)이나 서사(narrative) 이론까지-을 소개하지는 않더라도 단순한 수용적인 또는 순응주의적인 텍스트 읽기를 금아의 텍스트에 적용한다면 별 소득이 없을 것이다. 다시 말해 그것은 작가의 단순화 전략에 휘말리는 상황이 될 뿐이다. 지금까지 알려진 또는 용인된 읽기 방법을 그대로 따르는 것은 수동적이고 소비주의적인 독법일 뿐이다. 금아의 단순 소박성 아니면 단순 소박성의 권위(모순어법?)가 우리를 무장해제 시킬 것이다. 이렇게 되면 모든 의미망은 폐쇄되고 작은 의미의 정액(씨앗들)은 동결되어 버린다. 이런 의미에서 우리는 그의 수필을 적어도 "저항적(창조적)"으로 읽어야 한다. 금아에 대한, 금아의 글밭에 대한, 금아의 글쓰기에 대한 모든 선입견, 편견 등에 저항해야 한다. 필자가 사용하는 "다시 읽기"는 바로 이 저항적 읽기의 또 다른 이름이다. 이를 통해 금아의 글 속에 내파되어 편재해 있는 숨겨진 ─ "꼭꼭 숨어라. 머리카락 보인다." ─ 이데올로기(프랑스의 구조주의 마르크시스트 루이 알튀세르(Louis Althusser)적인 의미) ─ 아니 "이미 언제나" 드러나 있는데 그저 우리가 보지 못하는─를 발견하거나 적어도 느낄 수 있다. 금아의 글에 웬 이데올로기? 그렇다면 이데올로기보다 "관념형"(이념 또는 인식소)이라는 말이 좀 나을까? 그러나 이데올로기란 없다는 말도 하나의 이데올로기이다. 이데올로기가 없는 글이 어디에 있는가? 금아의 글에 이데올로기가 없다는 것은 그의 글에 영혼이 없거나 등뼈가 없다는 말과 같다. 누구에게나 그렇듯이 금아의 글에도 니체 식의 "권력에의 의지(will to power)"는 아니더라도 미셸 푸코 식의 편재된 (미시적) 권력에의 의지는 있을 것이다.

필자의 금아 텍스트 읽기는 일종의 해체적 읽기일 수 있다. 왜냐하면 우리는 그의 글의 단순성과 소박성이라는 표면에 머무르기보다 고고학자처럼 심층으로 들어가 텍스트의 무의식을 발굴해내야 하기 때문이다. 그러려면 그의 텍스트의 표면에 저항하고 위반해야 한다. 해체는 텍스트 자체가 독자를 가로막는 어떤 억압된 부분을 무장 해제시키는 것이다. 그것은 제멋대로 마구 읽겠다는 것이 아니고, 프랑스의 철학자 데리다(Jacques Derrida)의 "텍스트 밖에는 아무것도 없다."는 명제 아래 텍스트 내에 숨겨져 있는 의미를 찾아내려는 텍스트와의 처절한 투쟁이다. 데리다 자신의 말을 들어 보자.

> 읽기란 언제나 작가가 명령하는 것과 명령하지 않은 것 사이에 존재하는, 자신이 사용하는 언어 양식에 대한 작가가 감지하지 못하는 어떤 관계에 목적을 두어야 한다. 이 관계는 그림자와 빛, 약점이나 힘에 대한 어떤 정량적인 분배가 아니라 비평적 읽기가 생산해 내야 하는 의미화 구조이다. … 읽기란 보이지 않는 것을 보이게 만드는 시도
>
> ─『그라마톨로기』(158, 163)

읽기란 작가가 텍스트에 표현하고자 의도하는 것을 재구성해내는 작업만이 아니라 의미를 생산해낸다는 의미에서 비평가는 텍스트의 손님(guest)─기생자가 아니라 오히려 숙주─주인(host)이 되는 것이다. 그러므로 읽기는 모두 저항적 읽기이고 위반적 읽기여야 하는지도 모른다. 그렇지 않다면 우리는 언어의 표면적 구조 속에서 배회하며 영원한 언어의 감옥 속에 갇힌 죄수가 될 뿐이다. 물론 이러한 읽기 이론들이 금아의 글의 세계를 여는 만능열쇠가 될 수는 없다.

저항적 읽기에서 나온 "전략적 읽기(tactical reading)"라는 방법은 프랑스의 사회학자 미셸 드 세르토(Michel de Certeau)의 저서 『일상적 삶의 실천』에서 연유된 것이다. 이것은 독자가 어떤 문화, 사회적인 특정한 개인적 전략을 가지고 작품을 읽기 때문에 주류를 이루는 공식적인 독법의 견지에서 볼 때 부분적이고 불완전하며 비정상적인 오독이 될 수 있다. 어떤

의미에서 나는 금아의 글을 전략적으로 "저항적 독서"를 하고 있는 것이다. 금아의 글에서 이전의 관행적 글읽기로 생각지 못하던 어떤 이데올로기와 권력에의 의지가 꿈틀거림을 느꼈기 때문이다. 텍스트 표면에 노출되어 있는 것보다는 텍스트 이면 즉 무의식 속에 (저자의 의지와 관계없이) 감추어져 있는 어떤 것을 발굴해내고 싶다. 극단적으로 금아의 글은 무엇인가 숨기기 위해 늘어놓은 이야기일 수도 있다고 의심해보았다. 일종의 심층모델적(deep structure) 읽기를 위해 소위 프랑스의 마르크스주의 이론가들인 발리바르(Balibar)와 마슈레이(Macherey)가 말하는 "징후적 독서(symptomatic reading)"가 필요한 것은 아닐까. 텍스트에서 억압되어 눈에 잘 띄지 않고 말이 되어지지 않은 부분을 찾아내보려는 시도이다. 바로 이것이 텍스트의 진정한 의미, 나아가 작가 피천득 자신도 깨닫지 못하는 의도일 수도 있기 때문이다.

지금까지 진부한 독서 이론을 장황하게 들먹인 것 같다. 필자의 논지는 금아의 글이 "기억의 부활"이라는 승화 작용을 통해 일종의 "종교적 상상력"을 고취하고 있다는 것이다. 금아는 인간의 고달픈 실존문제를 어떤 철학자나, 종교가나, 예술가보다도 치유할 힘이 많은 치료자인지도 모른다. 나아가 "근대"(주의) 이래로 인간 문명은 급속도로 세속화되어 단순한 것, 자연적인 것, 신비스러운 것… "종교적인 것"이 많은 지식인들에 의해 열등하고 유치하고 비이성적이고 전근대적이고 미신적인 것으로 치부되는 근대성 말기 시대로 접어들고 있다. 금아는 어떤 의미에서 다니엘 벨(Daniel Bell)이 40여 년 전 예언한 "성스러운 것의 회귀"를 이미 몇 십 년 전부터 실천하고 있다. 사회학자이며 미래학자인 다니엘 벨은 탈근대·

탈산업 시대에 새로운 종교의 출현을 조심스럽게 예견했다. 그의 논리로 보면 금아는 이미 "새로운" 종교의 일단을 실천하고 있다.

금아는 맹목적으로 합리주의를 믿는 이성주의자는 아니다. 그는 초자연적이고 신비롭고 초월적인 것도 껴안지만, 인간은 이성적 동물이라는 명제보다 "이성이 가능한" 동물이라고 생각한다. 그의 "이성"은 자연을 거스르고 정복하는 이성이 아니라 자연에 순응하는 자연친화적 이성이다. 그의 종교에 대한 태도는 "신에 대한 지성적인 사랑(amor intellectualis Dei)"을 가졌던 스피노자(Spinoza)나 아인슈타인(Einstein)의 태도와 같다. 금아가 좋아하던 스피노자도 가장 진실한 종교는 단순한 미덕─겸손, 가난, 정결─을 실천하는 것이라고 하지 않았던가? 스피노자는 대학 교수직 제의를 거부하고 렌즈를 갈아서 생계를 유지하며 단순하고 염결하게 살았다. 이런 의미에서 금아는 근대가 우리에게 눈이 멀어 맹목적이 될 때까지 가져다 준 엄청난 빛(계몽, enlightenment)─기술의 발전과 풍요─에도 불구하고 애초부터 파행적 근대성을 비껴가며 전근대, (후)/탈근대마저 포월(철학자 김진석의 개념)하는 작가라고 말할 수 있다. 금아의 "탈근대"로의 출구는 "근대"와 곧바로 이어지는 것이 아니라 "전근대"로 휘돌아가는 방식의 하나이다. 이것이 저항적이든, 전략적이든, 징후적이든, 해체적이든지 간에 금아의 글을 다시 읽고 새로 쓰고 싶다.

3) 『인연』의 구조와 변형

한의사는 "치료"하려면 우선 진맥부터 한다. 맥을 잘 짚어야 침을 놓을 자리가 올바르게 결정될 것이다. 맥도 못 잡으면서 어찌 침을 놓을 수 있 겠는가? 우선 1996년 출간된『인연』의 헌사, 제사, 서문 등을 살펴보고 『인연』의 구조와 변형의 논리를 논의해 보자. 우선 "엄마께"로 되어 있는 헌사를 보자. 뒤에서도 다시 논의되겠지만 헌사의 위치에서 두 가지를 주 목해 본다. 그것은 겉표지와 속표지 사이에 있다. 금아는 이 헌사의 위치 가 지닌 의미를 극대화시키고 싶었을까? 아니면 이 헌사를 숨기고 싶었던 것은 아닐까? 아무튼 이 헌사에서 보듯이 "엄마"는『인연』의 주제이며 제 1동인(動因)이다. "엄마"는 금아의 이데아세계이며 원형(archetype)이다. 모 든 것이 여기에서 변형의 논리에 따라 파생된다. 다른 비유를 들면 엄마 는 "햇빛"이고 금아는 프리즘이다. 햇빛이 이 프리즘을 통과하여 분사되 는 일곱 가지 색깔이 그의 수필세계이다. 엄마는 바람이고 금아는 칠현금 (lyre)이다. 바람이 지나가면 빚어지는 음악이 금아의 수필세계이다. 또한 엄마는 "원형"이다. 이 원형의 압축(condensation)과 대치(displacement)라는 과정을 겪고 나온 변형송이 그의 수필세계이다.

다음의 유명한『인연』의 제사를 보자.

> 깊고 깊은 바다 속에 너의 아빠 누워 있네
> 그의 뼈는 산호 되고 눈은 진주 되었네

금아는 일종의 플라톤주의자이다. "산호"와 "진주"는 금아에게 이데아 의 세계이다. 금아가 일곱 살 때 돌아가신 금아의 "아빠"는 "엄마" 속에 통합되어 있다. 엄마는 아빠인 동시에 엄마이다. 아빠=엄마=부모라는 등 식이 성립된다. 제사의 "너의 아빠"는 금아의 무의식, 기억, 욕망의 바다

이다. 그는 산호이고 진주이다. 산호와 진주는 아름다움과 기쁨의 "객관
적 상관물"이다.

> 산호와 진주는 나의 소원이었다.
> 그러나 산호와 진주는 바다 속 깊이깊이 거기에 있다.
>
> — 『인연』(7)

산호와 진주는 금아에게 이데아이지만, 문학을 자신의 이상 국가에서
추방시킨 플라톤과는 달리 금아는 형이상학을 추구하지 않는다. 그는 아
리스토텔레스처럼 "시학"을 택했다. 산호와 진주가 그의 무의식(욕망)이
기는 해도 그는 프로이트 같은 정신분석학자가 아니다. 헌사는 "엄마께"
에서 "서영이에게"로 변형되고 전이되었다. 엄마의 세계는 산호와 진주이
다. (엄마가 돌아가셔서 변형된) 서영이의 세계는 조약돌과 조가비이다.
엄마의 세계는 가볼 수 없는 초월의 세계이나 서영이의 세계는 편재의 세
계이다. 엄마는 무의식이요, 서영이는 의식이다. 엄마는 부재(absence)요,
서영이는 현존재(presence)이다. 엄마는 이데올로기요, 서영이는 호명(呼
名, interpellation)이다. 그렇다면 엄마는 이데아의 실재이고 서영이는 현
상일까? 엄마는 금아에게 "뮤즈"의 여신이다. 엄마는 오비디우스적 "변
형"의 모체이다. 엄마의 변형이 서영이요, 엄마의 전이가 서영이요, 엄마
의 환유가 서영이다. 엄마가 (억압의 대상으로서의) 욕망이라면 서영이는
(억압의 잠시 동안의 현현체로서의) 꿈이다. (욕망으로서의 엄마를 억압
하고 돌아서면 서영이가 꿈이 되어 나타나는 것일까?) 엄마가 그리움이라
면 서영이는 눈물이다. 일단 이러한 이원론으로부터 시작하자. 금아에게

엄마와 서영의 두 세계는 그의 삶과 사상의 양대 축이며 그 역동적인 구조 속에서 탄생되는 몽상의 중간지대가 금아의 수필세계이다. 지금까지 말한 것을 요약하면 다음과 같다.

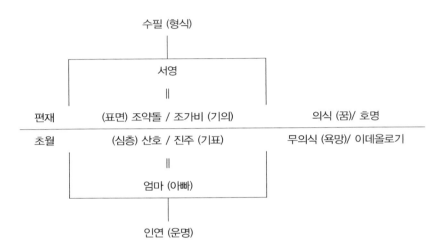

자, 그럼 이제부터 바다 속 깊이 있는 산호와 진주의 속삭임과, 하늘 높이 나르는 종달새의 영롱한 노래 소리를 자세히 들어보자. 금아는 "청각적" 상상력이 뛰어나다. 그는 또한 사소하게 보이는 사물들과 인연들을 잘 포착하는 탁월한 인식론적 시각을 가지고 있다. 금아는 또한 섬세한 후각, 미각, 촉각도 골고루 갖추고 있다. 우리의 감성적인 오관(五官)을 모두 작동시켜 금아의 글 가운데로 나아가자. 아니 전 오관인 예감과 후 오관인 육감까지 필요할 것이다. 예지로 번뜩이는 그의 영혼과의 교류를 통해—공명을 통해—혼의 울림을 얻으려면 우리는 최소한 오관의 준비운동이 필요하리라.

2. 금아 수필의 4원소

이제는 금아의 수필세계에 대한 주제 분석으로 들어가자. 단도직입적으로 말해서 금아 수필의 생태윤리학은 인연, 기억, 여림, 돌봄이다. 왜 생태윤리학인가? 삼라만상이 상호 연관되어 있다고 생각한 철학자 스피노자의 통찰력은 "관계"를 중시한다. 이 중에서도 금아 수필의 책 제목과도 같은 "인연(karma)"이 중심 개념이다. 대기와 같은 인연은 인간과 자연, 인간과 인간, 인간과 사회, 인간과 사물과의 관계를 다시 살려내는 모태이다. 인연은 결국 관계에 대한 인식이요 그에 따른 실천이다. 개인주의, 이기주의, 자아주의에 빠져 있는 우리는 "인연"에 대한 인식을 통해 상호 의존적 관계 회복을 필요로 한다. 반면에 "기억"은 상호 침투적 관계 회복을 위한 중요한 방략이다. 또한 기억은 금아의 재창조의 시공간이다. 영원히 늙지 않는 어린 시절을 황금새로 만들어 입력시켜 놓고 언제나 들어가 뛰노는 마음의 뒷마당이다. 금아에게 재창조의 시공간은 "기억" 장치의 환유이다.

그러나 그것은 단순히 입력되어 저장된 정태적 자료가 아니다. 그것은 이미 언제나 유동적이고 억압이 없고 같이 놀고 동참할 수 있는 자유로운 상상계이며 억압 없는 우주 유영 지역이자 금아 상상력의 자궁이다. 따라서 기억은 창조를 위한 풍요로운 신화의 저수지이다. 기억의 불에 의해 오히려 치유되고 정화된 우리는 "여림"의 세계로 나아간다. 물의 이미지를 가진 여림은 부러지거나 망가지지 않고 삶을 사랑할 수 있는 윤리학의 원천이다. "여림"의 물이 우리를 돌보는 흙(대지)에 다다르면 사랑의 육화인 열매를 맺을 수 있다. 돌봄은 변화를 현현시키는 실천윤리의 마지막 완성 단계이다. 따라서 금아의 수필세계에서는 인연, 기억, 여림, 돌봄을 통해 생태윤리학이 수립된다.

1) "인연"의 <흔적>과 <전이> ― "엄마"라는 상상계와 "서영이"라는 실재계

『인연』의 등뼈인 엄마 이야기를 다시 해보자. 제사는 셰익스피어의 극 『태풍』 1막 2장에 나오는 에어리얼의 노래에서 따왔다. 그런데 여기에서 이른바 "말의 실수(slip of tongue)"가 있다. 제사의 출처를 설명하는데 "에머리엘의 노래"로 되어 있다. 여기서 "머"는 "어"이어야 한다. 물론 이것은 식자공의 오식이거나 출판사 편집부 직원이 잡아내지 못한 실수일 수도 있다. 아마도 이것은 피천득과 편집부원의 실수일 것이다. 실수일지라도 "무의식적"인 실수로 여겨지는 건 무슨 까닭일까. 프로이트에 의하면 "말의 실수"는 일종의 억압된 욕망으로 무의식의 표출이다. 이것은 혹시 실수를 가장한 금아의 욕망이 표현된 건 아닐까? 일부러 그 잘못을 보고도 금아는 그대로 놔둔 건 아닐까? 아니면 편집부원이 금아의 엄마에 "역전이(counter-transference)"를 일으켜 그대로 놓아둔 것일까?

아무래도 금아 헌사의 엄마가 여기에 재전이 된 것 같다. "에머리엘"을 "어머니"(엄마)로 바꾸어 "에어리얼의 노래"를 "어머니의 노래"로 만들고 싶었을 것이고, 다시 그것은 "어머니를 위한 노래"가 되고 "엄마를 위한 수필"이 되는 변형이 아니겠는가? 에어리얼은 정령이다. 엄마는 지상에 없어도 이미 언제나 어디에나 존재한다. 정령(요정)은 엄마와 서영이가 공유하는 시공간이다. 이것이 바로 "에어리얼"이 무리 없이 "엄마"가 되는 환유적 치환 과정이 아니겠는가?

어려서 돌아가신 엄마는 없음(absence)이지만 기억에서 그 흔적(trace)은 남아 있다. 여기서 흔적은 분명 확실히 존재했던 엄마에 대한 회상들이다. 그러나 흔적이 엄마는 아니다. 흔적은 산호와 진주가 되고 다시 조약돌과 조가비로 변형되었다. "엄마"라는 초월적 기표는 수많은 기의(signified)를 만들고 다시 그것이 기표(signifier)가 되어 계속 미끄러지면서 차연(différance) —의미의 차이와 연기— 을 만들어낸다. 엄마라는 기표는 서영이라는 기의가 되고, 서영이는 다시 기표가 되어 엄마라는 기의가 된다.

따라서 여기에서 가장 중심적 기표는 "엄마"와 "흔적"이다. 『인연』의 모든 글들이 엄마의 흔적이기에 그 흔적부터 살피자. 흔적의 이론가인 자크 데리다를 베개 삼아 피천득을 읽을까? 데리다는 언어와 흔적 사이의 언제나 불안정한 관계 속에서 차이의 실마리를 찾는다. 데리다는 글쓰기를 하나의 도구나 개념이 아니라 하나의 경험으로 강조했다. 글쓰기에 대한 이러한 인식은 작가는 원저자의 존재 없이도 존재할 수 있는 흔적을 남긴다는 기이한 사실을 깨닫게 한다. 글쓰기란 그 자체가 이미 분열되지 않고는 존재할 수 없는 흔적이다. 왜냐하면 글쓰기란 언제나 다른 존재, 다른 흔적으로 되돌아가기 때문이다. "원래의 흔적(original trace)"-엄마-은 끊임없이 새롭게 다른 차이를 생산해 낸다.

피천득의 엄마는 존재하지 않는 하나의 흔적이므로 그는 끊임없이 불안과 갈망에 빠지면서 그 원래의 흔적을 전이시키고 환치시키고 보충시킨다. 이렇게 보면 흔적으로서의 엄마에 대한 흔적 채우기 또는 흔적 없애기 작업이 그의 수필 창작이다. "엄마"는 곧 "수필"이다. 금아는 엄마의 가장 큰 흔적으로 서영이라는 보충된 환유적 대치물을 만들어 낸다. 그러나 서영이의 등장으로 엄마의 흔적이 완전히 채워지거나 지워지지는 않는다. "서영이"라는 제목하에 실린『인연』의 수필들은 매우 감동적(pathetic)이다. 이것은 살아 있는 서영이가 제목은 차지했지만, 엄마의 흔적이 얼마나 지울 수 없는 것인가를 결정적으로 보여준다.

> 어려서 나는 꿈에 엄마를 찾으러 길을 가고 있었다. 달밤에 산길을 가다가 작은 외딴집을 발견하였다. … 거기에 엄마가 자고 있었다. 몸을 흔들어 보니 차디차다. 엄마는 죽은 것이다. … 하얀 꽃을 엄마 얼굴에 갖다 놓고 "뼈야 살아라!" 하고, 빨간 꽃을 가슴에 갖다 놓고 "피야 살아라!" 그랬더니 엄마는 자다가 깨듯이 눈을 떴다. 나는 엄마를 얼싸안았다. 엄마는 금시에 학이 되어 날아갔다.
>
> ―「꿈」,『인연』(51~2)

금아는 돌아가신 엄마의 흔적을 "학"으로 만들었다. 하지만 엄마는 부메랑이다. 금아가 제아무리 힘껏 엄마의 흔적을 내던져도 "언제나 이미" 서영이가 되어 다시 돌아오는 것이다!

금아가 엄마의 흔적을 지워버리지 못하는 이유는 무엇인가? 엄마와 아기 이야기를 가장 아름답게 풀어낸 프랑스의 구조주의 정신분석학자 자크 라캉(Jacques Lacan)의 "상상계(imaginary)" 이론을 꺼내 보자. 상상계는 라캉이 1950년대 "거울 단계(mirror stage)" 이론을 만드는 과정에서 생각해낸 이론이다. 여기서 상상은 상상력을 가리키는 것이 아니고 판타지를 가리키지도 않는다. 그것은 어떤 쾌락을 가져다주는 대상에 대한 이미지들이다. 어린아이의 자아에 대한 인식이 부각되는 것은 언제나 "타자"에 의해서다. 라캉에 따르면 인간의 주체 형성은 소외와 공격성이 중심이 되는 상호 주관적인 맥락 안에서만 형성된다. 이 과정은 인간이 태어난 후 처음 2년 동안에 이루어진다.

여기에서 필자가 주목하는 부분은 라캉의 거울 단계 초기에 일어나는 "상상계 질서"이다. 이 질서는 소외, 적대감, 공격성이 생겨나면서 개인적 주체가 형성되는 상징계 이전의 단계로 그 단계는 아버지의 법칙과 언어체계의 억압이 시작되기 전이다. 또한 어린아이가 어머니(객체)와의 완전한 합치를 이루어 "차이"를 통한 자아 형성이 되기 이전이며, 어떤 결핍이나 욕망, 억압(repression)이 없는, 다시 말해 "무의식"이 생기기 이전의 "열락(jouissance)"의 상태를 가리킨다. 금아의 엄마는 고통스러운 욕망의 대상만이 아니다. 금아는 상상계 속 엄마와의 관계 속에 있다. 왜냐하면 엄마의 다른 현현인 "서영이 얼굴에는 아무 불안이 없"(「어느 날」, 『인연』, 128)

기 때문이다. 아무런 억압이 없는 서영이는 엄마라는 상상계의 객관적 상관물이다. 금아는 아주 짧은 기간에 일어나고 사라지는 상상계의 질서를 영속화시키는 엄청난 능력을 가진 작가이다. 상상계에서의 즐거움의 흔적이 주는 힘이 금아로 하여금 글을 쓰게 하는 충동, 기쁨, 보람이다.

그러나 무엇보다 피천득이 엄마의 흔적을 지울 수 없는 것은 운명적인 "인연(因緣)" 때문이다.

> 인생은 작은 인연들로 아름답다.
>
> —「新春」, 『인연』(19)

그러나 엄마와의 인연은 결코 작은 것이 아니다.

> 엄마가 나의 엄마였다는 것은 내가 타고난 영광이었다. … 내게 좋은 점이 있다면 엄마한테서 받은 것이요, 내가 많은 결점을 지닌 것은 엄마를 일찍이 잃어버려 그의 사랑 속에서 자라나지 못한 때문이다.
>
> —「엄마」, 『인연』(111)

금아에게 엄마와의 인연은 단순한 모자 관계를 떠나 "영광"이고 "미덕"의 원천이다. 금아의 인연의 윤리학은 엄마와의 인연에서 시작된다.

> 우리가 제한된 생리적 수명을 가지고 오래 살고 부유하게 사는 방법은 아름다운 인연을 많이 맺으며 나날이 적고 착한 일을 하고, 때로 살아온 자기 과거를 다시 사는 데 있는가 한다.
>
> —「長壽」, 『인연』(90)

금아는 "과거의 인연"이 자신의 생애의 일부분이기 때문에 결코 소홀히 하지 않는다.

앞서도 언급했지만 금아에게 엄마는 과거를 다시 살려내고 내세와 연계되는 시공간을 통합시키는 전이의 "공영역"이다.

> 나는 엄마 같은 애인이 갖고 싶었다. 엄마 같은 아내를 얻고 싶었다. 이제 와서는 서영이가 아빠의 엄마 같은 여성이 되기를 바랄 뿐이다. 그리고 또 하나 나의 간절한 희망은 엄마의 아들로 다시 태어나는 것이다.
>
> ─ 「엄마」, 『인연』(112)

이 구절에 나타나는 엄마와의 복잡한 인연의 전이 과정은 놀랍다. 엄마가 애인이 되고 아내가 되고 서영이가 되고 다시 그는 엄마의 아들로 태어난다. 이 인연의 고리에서 자신은 어느새 엄마가 된다. 금아는 서영이의 엄마가 된다. 그러나 무엇보다도 놀라운 전이는 금아가 어린아이가 되고 서영이가 엄마가 되는 것이다. 금아는 서영이의 엄마이고 동시에 서영이는 금아의 엄마가 된다. 엄마가 투사된 서영이는 상상계 속의 어머니이다. 금아는 모호하고 석연치 않고 마음을 졸이는 생활인 "상징계"에서 벗어나, "아무 불안"이 없는 서영이화된 엄마라는 "상상계"의 품속에 편안히 안기고 싶은 것은 아닐까?(「어느 날」, 『인연』, 127~8) 여기에서 전이의 순환 구조가 만들어진다.

금아가 서영이의 엄마가 되는 전이과정에서 금아는 엄마의 흔적이다. 그리고 서영이는 어린 시절의 금아가 된다. 이것으로 끝나지 않는다. 서영이가 금아의 엄마가 되어 엄마의 흔적이 된다. 이 순환 구조에서 가장 중요하게 떠오르는 것은 역시 엄마이다. 서영이가 금아의 삶의 배꼽이라면 엄마는 탯줄이다.

이밖에 금아에게는 크고 작은 아름다운 인연이 많다. 가령 도산, 춘원, 로버트 프로스트 등과의 기쁜 인연을 통해 그는 인간으로, 작가로 성장하였다. 물론 슬프고 애달픈 인연도 있다.

> 그리워하는데도 한 번 만나고는 못 만나게 되기도 하고, 일생을 못 잊으면서도 아니 만나고 살기도 한다. 아사코와 나는 세 번 만났다. 세 번째는 아니 만났어야 좋았을 것이다.
>
> — 「인연」, 『인연』(157)

여기에서 아사코와 엄마와 서영이의 관계는 어떻게 되는 것일까? 아사코와의 인연은 엄마와의 인연, 서영이와의 인연과도 연계된 보이지 않는 어떤 끈이 있을 것이다.

2) "기억"의 부활과 변형 — "나이를 잃은 영원한 소년"

19세기 초 낭만주의시대 영국 시인 존 키이츠는 "시는 거의 회상(기억)이다."라고 한 편지에서 밝힌 바 있다. 금아에게도 기억은 창작의 제1동인이다. 금아의 기억의 문화 시학은 어둡고 슬픈 기억들을 새로운 의미로 변형시키고 전이시켰다. 프로이트는 하나의 심리적, 정신적 응어리는 상처받은 영혼에 의해 적대감, 원한, 복수심 등이 되어 무의식으로 가라앉아 있다가 언젠가 모습을 바꾸어 수면 위로 떠오른다고 말했다. "억압된 것은 반드시 되돌아온다."는 프로이트의 명제는 금아에게도 마찬가지로 기억을 통해 적용된다. 그러나 금아에게는 프로이트와는 달리 회상하고 싶지 않은 기억들이 긍정적인 밝은 모습으로 떠오른다. 이러한 차이는 엄청난 것이다. 정신과 의사이며 과학자로 자처하던 프로이트는 주로 19세기 말 서구 백인 중산층 사회의 여성 환자들을 다루고 그것을 체계화하여 정신분석학 이론으로 발전시켰다. 그의 이론은 병적이고 비관적이고 자학적으로 오늘날 비서구권의 인간 심리 성찰에도 통찰력을 주고 있지만 그의 "거대 이론"을 비서구지역까지 보편화하기에는 아직도 분명 많은 한계와 제약이 있다.

피천득은 역사적, 사회적으로 어둡고 불행한 시대를 방랑하며 살았고 개인적으로도 슬픈 기억을 축적하며 살아왔지만, "비극적 환희"를 간직하고 있다. 그는 이론화나 체계화도 되어있지 않다. 그는 단지 예술가였다. 척박하고 고단한 삶을 승화시켜 산호와 진주로 변형시켜 "아름다운" 이미지로 전이시킨 그는 언어의 연금술사이다. 금아의 단순화는 삶과 사회와 역사를 단순화시킨다거나 그저 망각하고 눈감아 버리기 식의 단순화가 아니다. 그것은 여러 단계의 과정을 거치면서 프로이트와 마르크스까지 (아니 예수나 부처까지) 끌어안으면서 함께 뒹굴다가 다시 일어나 부활과 변형이라는 치열한 내면화 과정을 겪은 뒤에 나오는 "객관적 상관물"이다. 금아에게 삶과 사회는 하나의 은유적 변신이라는 단순 초월과 환유적 구조화 과정을 통한 복합 포월[2]이다. 엄청난 변용력을 가진 금아는 아무

---

2) 철학자 김진석은 포월(匍越)에 대해 다음과 같이 설명하고 있다: "기어가기. 그냥 오랫동안

리 슬픈 "기억"이라도 "기쁨"으로 승화시키고 만다.

금아에게 "기억"은 존재의 핵심이다. 현존 이전의 삶의 원리까지도 부활시킨다. 종달새를 예로 들어 보자.

> 종달새는 갇혀 있다 하더라도 … 푸른 숲, 파란 하늘, 여름 보리를 기억하고 있다. 그가 꿈을 꿀 때면, 그 배경은 새장이 아니라 언제나 넓은 들판이다.
>
> ─「종달새」, 『인연』(24)

우리의 삶이 새장에 갇혀 있다 하더라도 푸른 하늘과 들판을 기억해 낼수 있다면 우리는 즐겁지는 않더라도 최소한 삶을 참고 견딜 힘이 생길 것이다.

> 나는 음악을 들을 때, 그림이나 조각을 들여다볼 때, 잃어버린 젊음을 안개속에 잠깐 만나는 일이 있다.
>
> ─「봄」, 『인연』(26~7)

금아에게 기억의 "부활"은 "언제나 한결같이 아름"다운 젊음의 부활이다! 금아는 어떤 순간이라도 수시로 과거 속으로 가는 비상한 능력을 가

한평생 가까이 또는 한평생보다 더 오래, 기어가기. 열심히 기어가다 보니, 어느새 넘어가 있음을 깨닫게 되기. 그리고 그 넘어감도 뭐 대단히 멀리 훌쩍 뛰어 넘어간 게 아니라, 거의 보이지 않을 거리를 움직이며 또는 거의 제자리에서 그냥 머물고 있는 듯한데도 어느 아득한 경계를 넘어가 있음을 깨닫기. 기고 있는데 넘어 있음. 앞으로도 길 것인데 그래도 어느새 어떤 중요한 경계는 가로질러 갔고 넘어가 있음. 땅에 바짝 붙어 기면서 앞으로 또는 위로 별로 나아가지 않은 것 같은데도, 그럼에도 불구하고 열심히 기었고 또 기고 있는데, 어느새 넘었고, 넘었었음을 알기. 포월(匍越)"(212~3).

지고 있다.

> 읽던 글을 멈추고 자기의 과거를 회상하는 일이 있다. 또 과거를 회상하다
> 가 글에서 읽은 장면을 연상하는 적도 있다.
>
> — 「그날」, 『인연』(116)

> 꾀꼬리 소리가 들린다. 경쾌한 울음이 연달아 들려온다. 꾀꼬리 소리는 나
> 를 어린 시절로 데려갔다.
>
> — 「비원」, 『인연』(277)

금아의 기억과 회상의 역동성은 현재 우리 존재의 무게를 지탱시켜 주
는 삶의 역동성으로 전환된다. 기억을 창조와 존재의 힘으로 전환시키는
능력은 축복이다. 기억의 상실은 존재 자체의 불안이고 흔들림이다. 기억
상실증에 걸린 사람은 과거를 잃어버린 불행한 사람이다.

> 과거를 역력하게 회상할 수 있는 사람은 참으로 장수를 하는 사람이며, 그
> 생활이 아름답고 화려하였다면 그는 비록 가난하더라도 유복한 사람이다.
> 예전을 추억하지 못하는 사람은 그의 생애가 찬란하였다 하더라도 감추어
> 둔 보물의 세목(細目)과 장소를 잊어버린 사람과 같다. … 우리가 제한된 생리
> 적 수명을 가지고 오래 살고 부유하게 사는 방법은 아름다운 인연을 많이 맺
> 으며 나날이 적고 착한 일을 하고, 때로 살아온 자기 과거를 다시 사는 데 있
> 는가 한다.
>
> — 「長壽」, 『인연』(90)

과거를 부활시키며 살아간다면 우리는 "나이를 잃은 영원한 소년"(「파

리에 부친 편지」, 『인연』, 31)이 되고 시공간을 초월하여 우리 인생을 연장시킬 수 있다.

> 수공 가위와 크레용이 든 가방을 메고 서영이가 아침 일찍이 유치원에 가는 것을 보면, 예전 지금으로부터 30여 년 전 내가 유치원에 다니던 생각이 난다. … 선생님은 나를 달래느라고 색종이를 주셨다. 그 빨간빛 푸른빛 초록 연두 색깔이 그렇게 화려하게 보이던 일은 그 후로는 없다. …
> 그 아이는 지금 어디서 사는지, 아마 대학에 다니는 따님이 있는 부인이 되었을 것이다. 그러나 내 기억 속에 사는 그는 영원한 다섯 살 난 소녀이다.
> ― 「찬란한 시절」, 『인연』(121~2)

이렇게 기억의 생명력은 모든 것을 부패시키지 않고 우리의 과거를 지탱시켜 주고, 삶을 소생시키는 힘과 과거를 다시 사는 능력을 가지고 있다. 금아에게 기억과 회상은 행복에 이르는 길이다.

> 과거는 언제나 행복이요, 고향은 어디나 낙원이다.
> ― 「黃浦灘의 秋夕」, 『인연』(92)

그러나 기억은 단순히 삶을 부활하고 고양시키는 데 그치지 않고 윤리적 상상력을 고양시킨다.

> 얼음을 깨고 물을 길어다가 나를 위하여 정성을 들이셨다는 외삼촌 할아버지. 겨울에 찬물이 손에 닿을 때가 아니라도 가끔 그를 생각한다.
> ― 「외삼촌 할아버지」, 『인연』(151)

이와 같은 "외삼촌 할아버지"나 "유순이" 같은 사람은 금아를 읽는 우리들에게도 살아 있는 도덕 교과서이다. 금아의 "숭고하다기에는 너무나 친근감을 주고 근엄하기에는 너무 인자하"셨던 도산 안창호에 대한 기억은 각별하다.

> 내가 병이 나서 누웠을 때 선생은 나를 실어다 상해 요양원에 입원시키고, 겨울 아침 일찍이 문병을 오시고는 했다. 그런데 나는 선생님 장례에도 참례치 못하였다. 일경(日警)의 감시가 무서웠던 것이다. 예수를 모른다고 한 베드로보다도 부끄러운 일이다.
>
> ─「島山」, 『인연』(168)

> 선생은 상해 망명 시절에 작은 뜰에 꽃을 심으시고 이웃 아이들에게 장난감을 사다 주셨습니다. 저는 그 자연스러운 인간미를 찬양합니다.
>
> ─「島山 선생께」, 『인연』(170)

금아가 도산의 인간적인 면을 강조하는 것은 "강한 사상"에만 능한 혁명가나 투사가 가장 결하기 쉬운 "여린 마음"을 도산이 가지고 있었기 때문이다. 금아는 젊은이들에게 도산으로부터 "인내와 용기, 진실"을 배울 것을 권한다.

피천득은 "인간미", "인도주의 사상", "애국심"을 불어넣어 준 춘원 이광수와도 아주 깊은 인연을 맺었다. 편지를 통한 춘원의 가르침에 대한 금아의 기억은 다음과 같다.

> "기쁜 일이 있으면 기뻐할 것이나, 기쁜 일이 있더라도 기뻐할 것이 없고,

슬픈 일이 있더라도 슬퍼할 것이 없느니라. 항상 마음이 광풍제월(光風霽月)
같고 행운유수(行雲流水)와 같을지어다."

— 「春園」, 『인연』(174)

그러나 금아는 "1937년 감옥에서 세상을 떠났더라면 얼마나 다행한 일
이었을까"하며 춘원이 일제 말기 친일한 "크나큰 과오"를 너무나도 안타
깝게 생각하였다.

이 구절을 읽으며 40여 년 전의 일이 생각난다. 1971년 금아 선생께서
일찍 정년퇴임하시고 학교를 떠나시기 전 나는 선생의 "영문학사", "19세
기 영시" 과목을 수강하는 행운을 누린 거의 마지막 세대이다. 당시에 선
생은 윌리엄 워즈워스 시를 읽으며 워즈워스가 너무 오래 산 나머지 젊어
서 쓴 많은 좋은 시들을 나이 들어서 오히려 나쁘게 고쳤다면서 워즈워스
가 전성기에 죽었더라면 더 좋았을 것이라고 말씀하셨을 때, 그는 아마
그때 춘원을 회상하셨을 지도 모른다.

금아는 학계나 사회에서 권위를 부리며 겸손할 줄 모르는 사람들을 어
린 시절로 환원시켜, 미워하기보다는 "불쌍히" 여기고 조롱이나 풍자를
아낀다.

요즘 나는 점잔을 빼는 학계 '권위'나 사회적 '거물'을 보면, 그를 불쌍히 여
겨 그의 어렸을 적 모습을 상상하여 보는 버릇이 생겼다. 그러면 그의 허위의
탈은 눈같이 스러지고 생글생글 웃는 장난꾸러기로 다시 환원하는 것이다.

— 「낙서」, 『인연』(256)

금아의 기억과 회상의 법칙은 남을 미워하지 않고 연민의 정을 가지게

한다. 금아는 인간의 허위의 모습을 어린 시절로 환원시켜서까지 받아들인다. 가식이 없는 어린이들은 쉽게 가까워질 수 있다. 이것은 그의 위대한 연민과 사랑의 철학이다. 부처의 "자비(慈悲)", 공자의 "인애(仁愛)", 예수의 "사랑"과도 맥이 닿는 지점이다. 영국 낭만파 시인 셸리(P. B. Shelley, 1792~1822)가 감동적인 문학론인 「시의 옹호」라는 유명한 글에서 시의 도덕적 기능을 설명한 다음의 말은 금아 이해에 시금석이 될 수 있다.

> 도덕의 요체는 사랑이다. 즉 자기의 본성에서 빠져나와 자기의 것이 아닌 사상, 행위 혹은 인격 가운데 존재하는 미와 자신을 일체화하는 것이다. 인간이 크게 선해지기 위해서는 강렬하고 폭넓은 상상력을 작동시키지 않으면 안 된다. 다른 한 사람, 다른 많은 사람의 처지에 자신을 놓지 않으면 안 된다. 동포의 괴로움이나 즐거움도 자기의 것으로 삼아야 한다. 도덕적인 선의 위대한 수단은 상상력이다. 그리고 시는 원인인 상상력에 작용함으로써 결과인 도덕적 선을 조장한다. 시는 언제나 새로운 기쁨으로 가득 찬 상념을 상상력에 보충하여 상상력의 범주를 확대한다. 이와 같은 상념은 다른 모든 상념을 스스로의 성질로 끌어당겨 동화시키는 힘이 있다. (108)

이런 맥락에서 금아는 공감적 "상상력"이 뛰어난 사람이다. 상상력은 궁극적으로 타자에 대한 사랑이다. 사랑은 타자에 대한 돌봄이며 모든 도덕의 근원이다.

나이 들어가는 것을 견디는 힘도 결국은 "회상"이다.

> 여기에 회상이니 추억이니 하는 것을 계산에 넣으면 늙음도 괜찮다.
> ─ 「送年」, 『인연』(316)

기억을 부활시키는 능력은 금아를 "노대가"는 아니라 해도 "졸리 올드 맨"(好好翁)이 될 수 있게 해준다. 금아는 "어려서 잃었으나 기억할 수 있는 엄마 아빠가 계시"(319)기 때문에 만년에도 "나이를 잃은 영원한 소년"이 될 수 있었다.

3) "여림"의 생태윤리학 – "작은 것이 아름답다"

피천득은 위대한 인물이나 강하고 딱딱한 사람에게서 매력을 느끼지 못했다. 그는 그저 수수하고 섬세한 19세기 초 낭만주의 에세이스트인 찰스 램(Charles Lamb) 같은 사람을 좋아한다.

> 나는 그저 평범하되 정서가 섬세한 사람을 좋아한다. 동정을 주는 데 인색하지 않고 작은 인연을 소중히 여기는 사람, 곧잘 수줍어하고 겁 많은 사람, 순진한 사람, 아련한 애수와 미소 같은 유머를 지닌 그런 사람에게 매력을 느낀다.
>
> – 「찰스 램」, 『인연』(191)

"쇼팽을 모르고 세상을 떠났더라면 어쩔 뻔했을까!"(『인연』, 287)라고 말할 정도로 금아가 쇼팽의 음악을 특히 좋아하는 이유도 그 부드러움/여림 때문일 것이다. 예수는 짧은 생애 동안 세 번만 울었다지만 금아는 "어려서 울기를 잘하였"던 (「눈물」, 『인연』, 76) "센티멘털리스트"이다. 눈물을 흘릴 줄 아는 "여린 마음"을 가진 작가이다. 그의 눈물은 "연민의 정"을 가지고 우리 모두의 고통을 나누는 "공감적 상상력"이다. 금아의 글은 모두 "눈물로 쓴 편지"라고 해도 과언이 아니다.

> 사람은 본시 연한 정으로 만들어졌다. 여린 연민의 정은 냉혹한 풍자보다
> 귀하다.
> 소월도 쇼팽도 센티멘털리스트였다.
> 우리 모두 여린 마음으로 돌아간다면 인생은 좀 더 행복할 수 있을 것이다.
> — 「여린 마음」, 『인연』(291)

금아는 각박한 효율주의 삶과 허무한 공리주의 세계를 촉촉이 적셔 주
는 마음의 글밭을 가졌다. 금아는 윤택한 감상주의를 위해 척박한 합리주
의를 버렸다. 그러나 그의 감상주의는 요즘 유행하는 퇴폐적이고 무의지
적인 나약한 값싼 감상이 아니다. 이것은 신고전주의 시대의 이성과 기계
주의에 저항하기 위하여 나온 감(수)성(sentiment/sensibility)에 가깝다. 이
러한 감성에서 나온 눈물은 이성중심주의의 근대성에 저항하고 종교적이
기까지 하다.

> 눈물은 인정의 발로이며 인간미의 상징이다. 성스러운 물방울이다. 성경에
> 서 아름다운 데를 묻는다면 ⋯ '누가복음' 7장, 한 탕녀가 예수의 발 위에 흘
> 린 눈물을 자기의 머리카락으로 씻고, 거기에 향유를 바르는 장면이다. ⋯ 이
> '눈물 내리는 마음'이 독재자들에게 있었더라면, 수억의 비극은 일어나지 않
> 았을 것이다.
> — 「눈물」, 『인연』(76~7)

금아는 지능 지수(IQ) 못지않게 감정 지수(EQ)와 영성 지수(SQ)도 중요
하게 여겼다. 지아니 바티모(Gianni Vattimo)라는 현대 이탈리아 철학자는

"연한/여린 사상(weak thought)"을 주장했다. 서구에서의 근대정신은 너무 강하다. 그것은 논리와 합리주의로 무장되고 경직되어 있다. 서구 근대인들은 결코 여린 마음과 눈물을 가지지 못했다. 여린 마음은 유치하고 감상적인 어린애의 마음이라고 폄하된다. 눈물 없는 냉혹한 기계주의자들은 진보와 발전이라는 이름 아래 자연을 적대시하며 착취 파괴하였다. 그들은 또한 자신의 가치관을 남에게 강제로 전달하고 맹목적인 식민주의와 제국주의라는 허위 지배 이데올로기로 비서구 타자들을 괴롭혔다. 그들에게 여린 마음이 있었더라면 끔찍한 문명사적 잘못은 저지르지 않았을 것이다.

금아는 "센티멘털가치" 외에는 아무것도 아닌 그런 물건들을 사랑하며 살았던 친구 윤오영을 다음과 같이 그리고 있다.

> 그는 정(情)으로 사는 사람이다. 서리같이 찬 그의 이성(理性)이 정에 용해되면서 살아왔다. 세속과의 타협이 아니라 정에 용해되면서 살아왔다. 때로는 격류같다가도 대개로 그의 심경은 호수 같다. … 감격적이고 때로는 감상적이 되기도 한다. 그러나 그는 자제할 줄 안다.
>
> — 「치옹(痴翁)」, 『인연』(203, 207)

여기서 금아가 말하는 치옹의 세계는 이성, 논리, 계산적인 사고가 지배하는 곳이 아니다. 그것은 생명과 생명이 끈끈하게 인연을 맺게 하는 시공간이다.

금아에게는 문학의 본질도 정(情)이다.

사상이나 표현 기교에는 시대에 따라 변천이 있으나 문학의 본질은 언제나 정이다. 그 속에는 '예전에도 있었고 앞으로도 있을 자연적인 슬픔 상실 고통'을 달래 주는 연민의 정이 흐르고 있다.

― 「순례」(270)

피천득에게 문학의 제일 중요한 기능은 "슬픔, 상실, 고통"과 더불어 살아가는 인간을 긍휼히 여기는 것이다. 그는 "긴장, 초조, 냉혹, 잔인"으로 불행한 현대인을 위해 "현대문학은 어둡고 병적인 면을 강조하여 묘사한 것이 너무 많다."(「유머의 기능」, 312)고 지적한 뒤, 현대문학이 잔인하게 현장 보고만 하고 현실 재현에만 급급하여, 연민의 정을 가지고 대안을 제시하거나 치유적인 위로의 역할을 제대로 하지 못한다고 말한다. 결국 문학의 기능은 단순히 가르치는 도덕도 아니고 단순히 즐거움을 주는 오락도 아니다. 문학은 선택하지 않은 "고통" 속에서 무기력하게 살아가며 미래에 대한 불안 속에 놓인 인간 실존의 본질적인 문제를 다루어야 한다. 문학으로 종교를 대체하자는 것이 아니라, 문학이 도그마적인 교리―때로 너무나 억압적인―와 지나치게 세속적인 제도 속에서 상실된 진정한 의미의 "종교적 상상력"을 회복시키는 데 일조할 수 있다는 말이다. 문학은 최소한 인간 중심주의라는 인문적 오류에 빠지지 않으면서 광야를 걸어가는 실존적 인간이 고통을 견디며 살아갈 수 있게 만드는 시공간이어야 한다.

"유머"는 이러한 인간 실존문제에 대해 세속적으로나마 "다정하고 온화하며 지친 마음에 위안"을 주는 작은 기술이다.

유머는 위트와는 달리 날카롭지 않으며 풍자처럼 잔인하지 않다. 비평적이
아니고 동정적이다. … 가시가 들어 있지도 않다. … 위트는 남을 보고 웃지
만 유머는 남과 같이 웃는다. 서로 같이 웃을 때 우리는 친근감을 갖게 된다.
… 유머는 가엾은 인간의 행동을 눈물 어린 눈으로 바라볼 때 얻어지는 것이
다. 그러므로 유머에는 애수(哀愁)가 깃드는 때도 있다.

—「유머의 기능」(311)

금아의 지적대로 유머는 우리가 스스로 노력하여 마음껏 이용할 수 있
는 "인간에게 주어진 큰 혜택"이며 세속적 은총이 아닐 수 없다.

피천득은 "여림"의 철학을 구현하는 실천 방식으로 "작은 것이 아름답
다."라는 강령을 채택한다.

인생은 작은 인연들로 아름답다.

—「신춘(新春)」(19)

종달새는 조금 먹고도 창공을 솟아오르리니, 모두들 햇빛 속에 고생을 잊
어보자.

—「조춘(早春)」(22)

나의 생활을 구성하는 모든 작고 아름다운 것들을 사랑한다. … 여러 사람
을 좋아하며 아무도 미워하지 아니하며 몇몇 사람을 끔찍이 사랑하며 살고
싶다.

—「나의 사랑하는 생활」(222~3)

나는 작은 놀라움, 작은 웃음, 작은 기쁨을 위하여 글을 읽는다.

—「순례」(274)

금아는 사소하고 작은 우리의 일상생활을 연민의 정으로 사랑한다. 그는 "작고 이름지을 수 없는 멋 때문에 각박한 세상도 살아갈 수" 있었다 (「멋」, 226). 금아는 거창한 주의나 운동에 가담하지 않았다. 그러나 그는 밑바닥에서 조용히 명예(무혈)혁명을 시도했던 참을성 있는 세속적 일상사의 혁명가이며 "신역사주의자"이다. 포스트구조주의와 해체구성론 이후 잃어버린 역사를 다시 찾으려는 이론이 있다. 이 신역사주의(New Historicism)는 옛날처럼 "커다란 역사"만을 찾는 것이 아니라 "작고 사소한 역사"를 찾아내려는 전략을 갖고 있다. 금아는 커다란 이데올로기에 휩싸인 왕조사나 전쟁사가 아닌 작고 사소한 개인적 이야기 속에서 우리의 삶의 흐름을 드러내고자 한다. 이런 맥락에서 금아는 작은 역사를 중시하는 신역사주의자다.

피천득의 이야기는 우리 시대 하나의 작은 사회사이다. 작가는 (자신도 모르는 사이에) 어떤 이론을 배태한다. 문학 이론뿐 아니라 문화 이론은 실천에 뒤이어 더디게 구성된다. 프로이트는 70회 생일 기념식에서 어네스트 존스(Ernest Jones)가 자신을 "무의식의 발견자"라고 칭송하자 그는 무의식은 이미 많은 작가들에 의해 발견되었고 자신은 다만 정리하고 이론화했을 뿐이라고 말하지 않았던가.

> 누구나 큰 것만을 위하여 살 수는 없다. 인생은 오히려 작은 것들이 모여
> 이루어지는 것이다.
>
> — 「멋」(226)

금아는 자신의 일생을 평가하는 자리에서 다음과 같이 탄식한다.

나는 반세기를 헛되이 보내었다. 그것도 호탕하게 낭비하지도 못하고, 하루하루를, 일주일 일주을, 한 해 한 해를 젖은 짚단을 태우듯 살았다. 민족과 사회를 위하여 보람 있는 일도 하지 못하고, 불의와 부정에 항거하여 보지도 못했고, 그렇다고 학구에 충실치도 못했다. 가끔 한숨을 쉬면서 뒷골목을 걸어오며 늙었다.

— 「送年」(315~6)

피천득은 삶과 죽음을 넘나드는 격렬한 독립투사도 아니고 정치적 이상주의, 정치적 종교(이데올로기)도 가지지 않았으며 강한 자아의 밑바닥을 끝까지 탐구하는 악마적 낭만주의자나 모더니스트도 아니다. 그러나 금아는 작고 사소하나 아름다운 것들을 위해 한평생 삶의 불꽃을 태웠다. 그의 불길은 화염은 아니더라도 오래오래 지속되는 불씨이며 천천히 타는 연기 내음은 화염보다 강렬하다. 그는 이러한 작은 빛나는 비늘 조각들이 결국 우리의 실존을 지탱시켜주는 중요한 것임을 글로 삶으로 실천으로 우리에게 보여주었다. 위와 같이 극단적으로 겸손한 자기 조롱은 웅변적으로 자신을 숨기고 감추는 작고 아름다운 생활을 보여준다.

피천득의 "여림"의 생태윤리학은 앞장에서 이미 지적했듯이 여리고 부드러운 것이 굳세고 힘찬 것보다 도(道)에 가깝다는 노자사상에서도 아주 잘 나타난다. 노자는 "물", "여성", "어린아이"를 무(無)와 도(道)의 상징으로 보았다. 노자가 도의 최고 위치에 올려놓은 갓난아이와 어머니는 부드럽고 작고 아름다운 것의 현현체이며 "뼈가 약하고 힘줄이 부드럽지만 고사리 같은 주먹이야 단단히" 쥐고, "왼종일 울어대도 목이 쉬지 않음은 조화를 극진하게 갖춘 까닭"이라고 말한다(『老子翼』 55장).
노자는 또한 여성(어머니)을 모든 것을 낳고 기르는 도와 비교하며 "낳
지만 가지지 않고, 해놓은 보람을 자랑하지 않으며 길러 놓아도 주장하
지 않는다."고 말했다(10장). 노자는 결국 도를 갓난아이를 길러주는 어
머니로 보았다.

> 그러나 도는 넓고 넓어서 다함이 없다. 뭇사람들은 마음껏 즐기기를 마치
> 큰 잔치를 받는 듯하며 봄철에 높은 데에 올라가서 내려다봄과 같다. 그러나
> 나는 홀로 고요하여 동할 낌새도 없다. 마치 웃음조차 미처 배우지 못한 갓난
> 아이처럼, 둥둥 떠서 돌아갈 곳이 없는 것처럼. 뭇사람들은 모두 슬기에 넘치
> 는데 나는 홀로 뜻을 잊은 것 같다. 바보 같은 내 마음이여! 흐릿하여라. 세상
> 사람들은 밝고 밝은데 나만 홀로 어두운 것 같아라. 세상 사람들은 잘게도 살
> 피는데 나만 홀로 덤덤하여라. 그러나 나는 깊고 고요하긴 바다와 같고, 불고
> 가는 바람처럼 멈출 데가 없는 것 같다. 뭇사람들은 모두 쓸모가 있지만 나만
> 홀로 투박스럽기가 촌뜨기 같다. 나만 홀로 남과 다르지만, 어머니처럼 길러
> 주는 도를 섬긴다. (송욱 번역, 20장)

놀랍게도 갓난아이와 어머니를 통해 노자와 금아는 만난다. 두 사람 모
두 갓난아이와 여성(어머니)의 부드러움, 약함을 "여림"의 생태윤리학으
로 세우고 있다. 성경에도 "갓난 아기"가 나온다: "모든 악독과 모든 기만
과 외식(外飾)과 시기와 모든 비방하는 말을 버리고 갓난아기들 같이 순전
하고 신령한 젖을 사모하라"(베드로 전서 2: 1~2). 그러나 이러한 "여림"
이 궁극적으로 마음에서 손과 발로 이어지는 실천이 수반되지 않는다면
무슨 의미가 있겠는가?

4) "돌봄"의 실천윤리 − 사랑의 육화와 변형

우리가 딱딱하게 굳어있지 않고 부드럽고 여리다면 이제는 사랑을 실천할 준비가 된 셈이다. 가소성(可塑性)은 사랑을 실천할 수 있는 유연성을 주기 때문이다. 예수도 율법을 지켜도 사랑을 실천하지 않으면 구원받을 수 없다고 우리에게 그 놀라운 산상수훈을 주지 않았던가?

피천득의 "돌봄"의 윤리 실천은 서영이의 엄마 노릇 그리고 서영이에게 하듯 서영이가 놓고 간 인형을 돌보는 데서 시작된다. 아니 "엄마 노릇(mothering)"이다. 엄마 노릇은 『인연』의 중요한 주제 중 하나이다. 『인연』에서 금아는 서영이에게 시종일관 "아빠 노릇"보다 엄마 노릇을 하고 있다. 금아는 자신을 끔찍이 사랑했고 돌아가실 때에도 마지막으로 금아의 이름을 불렀던 엄마가 되어, 어린 시절 엄마의 사랑을 마음껏 받지 못했던 자신이 전이된 서영이를 돌보는 엄마 노릇을 한다. 금아는 미국으로 떠난 서영이의 엄마 노릇을 계속하고자 서양 인형 난영이를 서영이의 동생처럼 보살핀다. 금아의 엄마 노릇을 보자.

> 날마다 낯을 씻겨 주고 일주일에 한두 번씩 목욕을 시키고 머리에 빗질도 하여 줍니다. 여름이면 엷은 옷, 겨울이면 털옷을 갈아입혀 줍니다. 데리고 놀지는 아니하지만 음악은 들려줍니다. 여름이면 일찍 재웁니다. 어쩌다 내가 늦게까지 무엇을 하느라고 난영이를 재우는 것을 잊어버릴 때가 있습니다. 난영이는 앉은 채 뜬눈을 하고 있습니다. 이런 때는 참 미안합니다. 내 곁에서 자는 것을 가끔 들여다봅니다. 숨소리가 들리는 것 같습니다. … 자는 것을 바라보면 내 마음도 평화로워집니다. 젊은 엄마들이 부러운 나는 난영

이 엄마 노릇을 하며 살고 있습니다.

— 「서영이와 난영이」(146~7)

금아는 일찍 돌아가신 "젊은 엄마"의 행복한 대리역을 꿈꾸면서 엄마를 다시 살려내어 부활시킨 뒤 자신의 과거뿐 아니라 엄마의 과거까지도 다시 살고 있다. 여기서 난영이는 물론 사랑을 많이 받지 못한 어린 자신이다. 난영이에게 잘해주는 것은 자신이 어린 시절 부족했던 엄마의 사랑을 채우는 일이기도 하다.[3]

이 대목에서 주목하고 싶은 것은 엄마 노릇을 통한 금아의 욕망 해소 이외에 엄마 노릇에 대한 가치 부여이다. 흔히 가정이라는 제도로서의 어머니 이데올로기는 가부장제의 통제하에 놓이지만, 아기와의 관계에서

---

3) 필자는 19세기 영국소설가 샤롯 브론테의 유명한 소설 『제인 에어(Jane Eyre)』(1847)를 읽고 가르칠 때마다 제인 에어와 피천득 선생의 유년시절이 매우 비슷하다고 느낀다. 두 사람 모두 10세 이전에 어머니와 아버지를 모두 여의고 천애 고아가 되었다는 점에서 그렇다. 특히 『제인 에어』에서 몹시 외로웠던 어린 제인이 인형을 가지고 노는 모습은 피천득이 미국으로 공부하러 간 딸 서영의 동생인 인형 난영이를 가지고 놀고 보살피는 장면과 중첩된다. 그 부분은 다음과 같다: "그러면 나는 인형을 무릎에 올려놓고는 난로의 불이 흐릿해질 때까지 주위를 둘러보며 방에는 나 혼자뿐이며 달리 도깨비가 나타난 것이 아니라는 것을 확인하곤 하였다. 그러다가 타다 남은 불이 둔한 감빛으로 되면 이음매나 끈을 살며시 잡아당기고 급히 옷을 벗고는 추위와 어둠을 피해 침대로 기어들었다. 이 침대 속으로 나는 언제나 인형을 가지고 들어갔다. 사람이란 무엇인가를 사랑하지 않고서는 못 배기는 법이다. 달리 애정을 쏟을 만한 그럴듯한 것이 없었던 나는 조그만 허수아비처럼 초라하고 퇴색한 우상을 사랑하고 귀여워하는 가운데서 즐거움을 구하였다. 그 조그만 인형이 살아 있어서 감정을 가지고 있다고 생각하며 얼마나 바보같이 고지식하게 그것을 사랑했던가를 회상해 보면 내가 생각해도 묘한 느낌이 든다. 인형이 포근하고 따뜻하게 누워 있으면 나는 얼마간 행복스러운 기분이 되는 것이었고 인형 또한 그러리라고 여겨졌다"(유종호 번역, 『제인 에어 1』, 48).

경험하는 어머니 역할은 놀라운 변형과 창조의 기능을 가진다. 출산과 육아를 맡는 어머니 여성은 결코 생물학적 "저주"가 아니고 "축복"이다. 금아는 엄마 노릇에서 "돌봄"의 윤리학을 세운다.

> 엄마 노릇을 해 보지 못한 것이 언제나 서운합니다. 그리고 엄마들을 부러워합니다. 특히 젖먹이 아기를 가진 젊고 예쁜 엄마들이 부럽습니다. … 나는 젖 먹는 아기를 바라다볼 때 신의 존재를 부인하고 싶지 않습니다. … 이 세상에서 아기의 엄마같이 뽐내기 좋은 지위는 없는 것 같습니다. … 그 아기는 엄마가 낳은 것입니다. 그리고 젖을 먹여 기르고 있습니다. 아이는 커 가고 있습니다. 자라고 있습니다.
>
> ― 「서영이와 난영이」, 143~4

다른 동물의 새끼들과는 달리 사람의 아기가 성장하여 사람 구실을 하게 만드는 데에는 엄청난 시간과 노력이 필요하다. 여기에서 어린 아기에 대한 엄마의 "돌봄"의 윤리는 인간관계 중에서 가장 중요한 토대가 된다. 이 "돌봄"의 철학은 인연으로 맺어진 모든 인간관계, 인간과 동물, 인간과 자연과의 관계에서도 적용되어야 한다는 것이 금아의 사랑의 윤리학일 것이다.

지아비를 먼저 보내고도 지아비를 돌보는 아름다운 모습이 있다. 금아의 어머니도 30대에 세상을 떠났다.

> 엄마는 아빠가 세상을 떠난 후 비단이나 고운 색깔을 몸에 대신 일이 없었다. 분을 바르신 일도 없었다. 사람들이 자기 보고 아름답다고 하면 엄마는 죽은 아빠에게 미안한 생각이 들었을 것이다. … 황진이처럼 멋있던 그는 죽

은 남편을 위하여 기도와 고행으로 살아가려고 했다.

－「엄마」(111~2)

피천득은 외삼촌 할아버지에 관한 기억도 생생하다. 어린 시절 정성을 다해 자신을 돌보아 주셨기 때문이다. 그는 금아에게 호두, 잣, 과실, 월병 등을 사다주시고 연, 팽이, 윷, 글씨 쓰는 분판을 만들어 주셨다. 그는 엄마에게 맞아 멍든 종아리를 어루만져 주시고, 금아를 때린 동네 아이들을 야단도 치셨으며, 피천득이 커서 큰 인물이 되라고 기도를 드렸다. 그러나 그 자애로운 월병 할아버지는 피천득이 대학도 졸업하기 전 해방도 보지 못하고 세상을 떠나셨다. 금아는 탄식한다.

> 오래 사셨더라면 내가 도지사가 못 되었더라도…. 할아버지를 내 집에 모셨을 것을. 얼음을 깨고 물을 길어다가 나를 위하여 정성을 들이셨다는 외삼촌 할아버지, 겨울에 찬물이 손에 닿을 때가 아니라도 가끔 그를 생각한다.
>
> －「외삼촌 할아버지」(150~1)

1932년 상하이사변 때 일이다. 금아는 요양원에 입원하여 총소리, 대포 소리, 폭탄 떨어지는 소리를 들으며 유순이라는 "깨끗하게 생긴 간호부"의 극진한 간호를 받았다. 그녀는 금아에게 성경도 빌려주고 타고르의 시도 읽어주었다. 금아는 격렬한 시가전이 벌어지는 와중에 다시 요양원으로 달려갔다. 유순이를 찾아 내오기 위해서였다. 그녀의 대답은 간단명료했다: "고맙습니다. 그러나 저는 책임으로나 인정으로나 환자들을 내버리고 갈 수는 없습니다"(「유순이」, 164). 귀국 후 금아는 춘원 이광수 소설

『흙』의 여주인공 이름을 "유순"이라고 지어드렸다. "돌봄"의 사랑을 실천한 유순은 이렇게 춘원의 소설 속에서 이름이나마 영원히 살아남게 되어 우리도 "가끔 그를 생각할" 수 있게 되었다.

이 밖에도 도산 선생의 민족과 정의에 대한 돌봄의 예도 있다. 이렇듯 금아가 어려서부터 배우고 자란 "돌봄"의 실천윤리학은 그의 기억에 강렬하게 각인되어 그의 삶과 사상의 등뼈가 되었다. 금아는 사랑과 책임을 추상적이고 어려운 도덕이나 윤리학으로부터 배운 게 아니다. 주변의 작고 아름다운 인연과 기억을 통해 그의 생태윤리학이 수립된 것이다.

3. 〈종교적 상상력〉을 향하여

종교는 사회를 위한 규제적이고 기능적인 속성을 가지고 있는 것도 아니고 인간 본성 속에 내재한 구성적 속성을 가지는 것도 아니다. 필자가 여기에서 말하는 "종교적 상상력"이란 인간의 궁극적 그리고 실존적 문제들에 대한 반응들이다. 즉 종교는 인간의 유한성─생로병사에 대한 인간의 무력감─에 대한 인식이 그에 따른 인간의 어려운 상황과 자신들을 화해시키기 위해 일관성 있게 답을 찾아내기 위한 노력이다.

피천득의 실존적 문제는 무엇이었던가?

그것은 무엇보다 죽음의 문제였다. 자신의 죽음이 아닌 어린 시절의 아버지와 어머니의 죽음이 그것이다. 아버지에 대한 직접적인 기록은 없으나 어머니(금아는 언제나 "엄마"라고 부른다)에 대한 기억과 회상은 생생하다. 금아는 총명하고 감수성이 강한 너무나도 외로운 소년이었다. 청상과부로 자신만을 돌보며 사시던 청초한 젊은 여인인 엄마가 어려서 돌아가신 것은 금아에게는 최대의 실존적 위기였을 것이다. 이 엄청난 인연의 끊김-죽음-에 대한 숙고는 이때부터 시작되었을 것이다. 금아는 산호와 진주 조개가 깊은 바다 속에서도 익사하지 않고 아름답게 살아가는 것처럼 인연의 숙명적인 무게에 짓눌려 망가지지 않고 감내하며 살아가는 방법을 터득해야 했다.

"인연"이란 말은 불교용어이기는 하지만 "범속한" 금아는 인연을 지나치게 난해화, 신비화하여 인연의 무게를 추상화시켜 도피하는 방식을 택하지 않았다. 인연을 정면돌파하려는 금아의 생존전략은 주로 기억이나 회상의 회복을 통해 죽음에 의해 끊긴 존재의 고리들을 종교적 상상력으로 통합하는 것이었다. 금아의 실존전략은 "기억의 부활"이다. 기억은 금아에게 고통이기도 했지만 기쁨의 원천이었다. 끔찍한 기억이라도 그것을 아름답게 만드는 것이 금아이다.

기억의 부활은 금아가 허무주의, 극단주의, 심미주의에 빠져 또 다른 죽음에 이르는 것을 막아주었다. 금아의 총체적 삶에 대한 인식은 언제나 종교적 상상력에 기대고 있다. 금아는 수필을 통해 과거(엄마)를 현재(서영)에 되살리고 나아가서 미래(서영이의 결혼, 출산, 육아)까지도 연결시켜 죽은 자를 되살리는 부활 변형의 기적을 수행하였다.

피천득은 인연의 고리에서 자신의 역할을 충실하고도 완벽하게 하고 싶어했다. 아빠 역할, 엄마 역할, 또는 아들 역할, 할아버지 역할을 모두 하고 싶었다. 자신이 존재의 고리를 모두 담당하는 것이다. 그의 실존의 중심은 언제나 서영이었다. 서영이를 통해 그는 자상한 아빠 노릇, 또는 자애로운 엄마 노릇, 아니 서영이가 금아의 엄마가 되어 부족했던 사랑을 받고 싶었을 뿐 아니라 못다한 아들 노릇까지 하고 싶었던 것이다. 죽음을 재생의 신화로 되살린 금아의 실천 철학은 "돌봄"의 윤리학이다. 서영이를 돌봄으로써 부모 사랑을 자신이 실천하고 결과적으로 자신을 끝까지 돌보지 못한 자신의 부모들까지 돌보게 되는 대속(代贖)까지 수행하며 효도하게 된다. 금아는 엄마와 서영이를 연결시킴으로써 엄마의 아가(금아)로서 아가(서영)의 아빠로서 인연의 윤리적 책임을 완수한다. 이러한 연결은 죽음이 끊어버린 시간들을 통합하고 결국 시간 자체를 초월한다. 따라서 서영은 단순한 딸이나 여성이 아니다. 서영이는 금아의 삶과 연루된 인연의 큰 고리이며 총체이다. 금아의 실존문제를 치열하게 실천할 수 있는 시금석이며 싸움터였다.

이런 의미에서 속인인 금아는 어떤 종교의 경건한 신자나 성직자보다 종교적이다. 인연에서 몇 구절 인용해 보자.

> 진지하게 과학을 탐구하는 사람은 누구나 우주의 법칙 속에 나타나는 한 성령(Holy Ghost)을 확신하게 될 것이다. 대수롭지 않은 능력을 가진 우리가 겸허함을 느낄 수밖에 없는 그런 영적인 것을.
>
> ― 「아인슈타인」(214)

> 그는 자기의 힘이 닿지 않는 광막한 세계가 있다는 것을 알고 있습니다. … 그는 신의 존재, 영혼의 존엄성, 진리와 미, 사랑과 기도, 이런 것들을 믿으려고 안타깝게 애쓰는 여성입니다.
>
> ― 「구원의 여상」(252)

> 애욕·번뇌·실망에서 해탈되는 것도 적지 않은 축복이다. 기쁨과 슬픔을 많이 겪은 뒤에 맑고 침착한 눈으로 인생을 관조하는 것도 좋은 일이다.
>
> ― 「송년」(316)

금아는 고난의 어린 시절과 젊은 시절을 보냈지만 현세에 크게 불만을 품거나 울분을 토로하거나 비분강개하며 탄식하지 않았다. 그렇다고 내세로 성급하게 몸을 숨기지도 않았다. 과거의 무게에 짓눌리지도, 현재에서 쉽게 도피하지도 않고, 인연의 운명을 조용히 받아들이고 미래를 철없이 꿈꾸지도 않았다. 금아는 시간의 경계를 넘어서는 보편적인 인간 실존의 "작은" 문제들을 "아름답게" 풀어가는 "자연에 순응하는 미소"를 가진 수필가이다. 『인연』은 수필 형식으로 된 내러티브이지만 이런 맥락에서 보면 하나의 "철학서"이다. 엄격한 논리나 추상적 개념을 사용하지 않은 범속한 수필가의 가장 비철학적인 철학서이다. 이 수필집은 보통 사람을 위한 대중 철학서이고, 금아는 16세기 영국의 요절 시인 필립 시드니 경(Sir Philip Sidney, 1554~1586)이 유명한 『문학의 옹호론』에서 말하는 "대중 철학자(popular philosopher)"이다.

또한 연대기적으로 쓰이지 않았지만 『인연』은 금아의 영적, 문학적 자서전이다. 그러나 무엇보다 『인연』은 하나의 기도서이다. 희망이나 용기를 강하게 보여주지는 않지만 증오와 회한이 승화되고, 기쁨과 비전을 가져다주는 간구이다. 『인연』의 마지막 문단을 읽어 보자.

> 하늘에 별을 쳐다볼 때 내세가 있었으면 해 보기도 한다. 신기한 것, 아름다운 것을 볼 때 살아 있다는 사실을 다행으로 생각해 본다. 그리고 훗날 내 글을 읽는 사람이 있어 '사랑을 하고 갔구나' 하고 한숨지어 주기를 바라기도 한다. 나는 참 염치없는 사람이다.
>
> — 「만년」(320)

"사랑"은 피천득에게 "인연", "기억", "여림", "돌봄"을 통합시켜 주는 하나의 "대원리"이다. 이것을 지금까지 필자가 말한 것과 연결시켜 간략하게 도표로 만들어 보자. 희랍시대부터 가스통 바쉴라르에 이르기까지 서양에서는 만물의 근원을 대기, 물, 불, 흙의 4원소로 보았다. 금아 문학의 중심 개념인 인연, 기억, 여림, 돌봄은 바로 금아 세계의 4원소와 같은 것이리라. 다음의 원에서 네 가지는 금아에게는 존재의 바퀴요 실존의 굴렁쇠를 이루는 부분들이다.

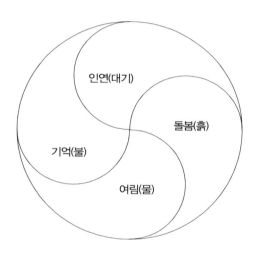

이 원에서 네 가지 원소가 모두 맞닿는 중심점은 이 존재의 바퀴를 굴리어 원을 만드는 컴퍼스의 다리 부분이며 동인(動因)이다. 이것은 다름 아닌 사랑이다. "사랑"은 예수의 신에 대한 경외감과 이웃에 대한 긍휼로서의 사랑이기도 하지만 부처의 대자대비(Great Mercy)이기도 하다. 유교에서 그것은 인애(仁愛)이다.

향년 98세의 나이로 그가 좋아하던 5월(2007)에 태어나서(29일)이 세상을 떠난(25일) 금아는 일생동안 흐트러짐 없이 겸손, 청빈, 염결을 지켜왔다. 특히 짧은 마지막 문장은 얼마나 신선한 겸손의 극치인가? 화란의 철학자 스피노자를 좋아한 금아는 진실로 "신에 대한 지성적인 사랑"을 보여준 가장 종교적으로 승화된 "속(俗)된" 사람이었다.

사진으로 보는
금아 피천득의 문학세계

▲ 금아 피천득(1910~2007)

▲ 어린 시절 피천득과 그의 어머니

▼ 피천득에게 크게 영향을 주었던 인물, (좌) 도산 안창호 (우) 춘원 이광수

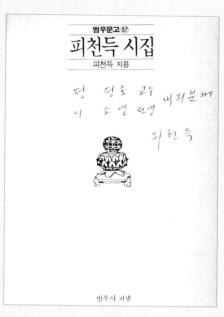

▲ 피천득 선생의 필체

▼ 필자와 피천득(1998년 5월 18일, 반포아파트 피천득 자택)

203

금아 피천득 서거 3주기, 모란공원 피천득 좌상 옆에서 필자(2010. 5. 29) ▲

롯데월드 3층 피천득 기념관 앞에서 필자와 금아의 차남 피수영 박사(2012. 4. 4) ▼

▲ 1930년대초 등단기에 작품이 실렸던 잡지들: 『동광』『신동아』『신가정』

▼ 피천득의 최초의 평론인 『「노산 시조집」을 읽고』가 실렸던 『동아일보』(1932년 5월 15일 ~18일 3회 연재)

▼ 피천득의 최초의 단편소설번역인 나다니엘 호돈의 「석류씨」가 실렸던 잡지 『어린이』(주간 윤석중, 12권 제1호, 1934년 1월)

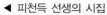 피천득 선생의 시집

1. 『서정시집』(상호출판사, 1947)

2. 『금아시문집』(경문사, 1959)

3. 『피천득 시집』(범우사, 1987)

4. 『생명』(동학사, 1994)

◀ 피천득 선생의 번역서

1. 『쉑스피어의 이야기들』
   (문교부, 1957)

2. 『셰익스피어의 쏘네트 시집』
   (정음사, 1979)

피천득 선생의 수필집 ▶

1. 『산호와 진주』(일조각, 1969)

2. 『수필』(범우사, 1976)

3. 『금아문선』(일조각, 1980)

4. 『인연』(신판)(샘터, 1996)

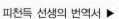
피천득 선생의 번역서 ▶

3. 『삶의 노래-내가 사랑한 시, 내가 사랑한 시인』(동학사, 1987)

4. 『어린 벗에게』(번역단편소설집) (여백, 2003)

◀ 피천득 최종결정판 전집
(전4권, 샘터, 2008)

1. 『인연』

2. 『생명』

3. 『내가 사랑하는 시』
(번역시집)

4. 『셰익스피어 소네트 시집』

◀ 피천득 작품 번역서

1. *A Flute Player*(피천득 작품
번역집)(삼화출판사, 1968)

2. *A Skylark*(피천득 작품 번역
집, 신판)(삼도출판사, 2001)

제 5 장
번역문학가 피천득
■ 창작과 번역의 대화

참으로 좋은 번역은 그대로 우리 시의 일부가 되고 아니면 적어도 그것을 살찌게 할 밑 거름이 될 수 있는 것이 아닌가 한다. … 금아 선생의 시 번역과 같은 것이 거기에 하나의 중요한 공헌이 될 것이다. 이 번역시집은 그 번역의 대상을 동서고금에서 고른 것이지만, 번역된 시들은 번역으로 남아 있기보다는 우리말 시가 됨을 목표로 한다. … 금아 선생이 우리말로 옮기신 세계의 여러 명편들이 우리에게 다시 생각게 하는 것은 이러한 詩心에 의 복귀, 마음의 고향에로의 복귀의 중요성이다.

　　　　－ 김우창, 「날던 새들 떼지어 제 집으로 돌아온다」, 『내가 사랑하는 시』(124, 137)

1. 왜 번역하는가?

번역(translation)은 인류문화사에서 가장 오래되고 중요한 어휘 중 하나이다. 번역은 아주 좁은 의미에서는 한 언어를 다른 언어로 옮기는 작업이지만, 이는 사물과 대상 사이에서의 인간의 인식작용 자체를 받아들이고 해석하고 수용한다는 광의의 의미를 가질 수 있다. 그렇기 때문에 외국의 이론이나 사상의 섭렵과 수입도 번역이라는 소통과정을 거칠 수밖에 없을 뿐만 아니라 일상적 독서과정도 모두 넓은 의미의 번역작업이다. 요즈음 전 지구적인 문화의 이동 및 그것의 수용과 변용과정도 크게 번역과정의 하나로 볼 수 있다. 특별히 우리가 사는 시대는 "번역 문화의 시대"(김영무, 136)라고 불리지만 어느 시대, 어느 문명권이고 간에 자아와 타자의 교환관계가 지속되었다면 이미 언제나 "번역의 시대"라고 부를 수 있으리라. 그러나 번역에 관한 논의를 좀 더 좁혀보자. 미국의 문학이론가 힐리스 밀러(J. Hillis Miller)에 따르면 영어 단어 "translation"은 어원상으로 "한 장소에서 다른 장소로 옮긴", "언어와 언어, 국가와 국가, 문화권과 문화권 사이의 경계선을 넘어 이송된" 의미로 "어떤 언어로 쓰인 표현을 선택하여 다른 장소로 운반한 다음 정착시키는 것과 같은 작업"이다(252~3). 번역은 결국 여기와 저기, 우리들과 그들, 그때와 지금의 끊임없는 대화적 상상력의 결과물이다. 외국어와 모국어의 틈새에서―"출발 언어"와 "도착 언어"라는 두 언어의 치열한 싸움의 접합지역에서―문학번역자는 시인과 작가의 창조의 고통과 희열을 함께 맛본다.

올해 2012년은 피천득 선생 탄생 102주년이 되는 해이고, 세상을 떠나신지 5년째 되는 해이다. 이 시점에서 우리는 다시 한 번 금아 문학 전체에 대한 새로운 정립이 필요하다. 그 동안 우리는 금아를 수필가로만 알고 있었고 일부에서 시인 피천득에 대한 논의가 있었으나, 문학번역가로서의 피천득에 관한 논의는 거의 없었다 해도 과언이 아니다. 피천득 선생은 수필가로만 알려져 거의 국민 수필가로서 인정받고 있으나 이러한 논의의 방향은 수정되어야 한다. 피천득은 1930년대 초반에 이미 서정시를 『동광』, 『신동아』, 『신가정』에 발표하며 시인으로 첫발을 내디딘 서정시인이다. 실상 피천득 문학의 토대는 시이므로 향후 금아 피천득 문학연구는 수필과 더불어 시 쪽에 더욱 관심을 가져야 할 것이다.

그러나 피천득 문학에서 시의 중요성을 부각시킨다고 해도 여전히 남는 문제가 있다. 바로 그의 외국 시와 산문 번역작업이다. 워낙 과작인 그의 작품세계에서 양으로 보나 질로 보아 그의 번역작업은 결코 무시할 수 없는 분야이다. 피천득 전집 4권 중에 번역시집은 그 중 반인 두 권에 이를 뿐 아니라 산문으로 된 번역본 『쉑스피어의 이야기들』(1957)과 단편소설 번역집인 『어린 벗에게』(2003)가 있다. 더욱이 금아에게 외국 시 번역은 그가 시인으로 성장하는 과정과도 밀접한 관계가 있다. 금아는 자신을 한 번도 전문번역가라고 내세운 적은 없지만, 그는 실로 모국어에 대한 토착적 감수성과 탁월한 외국어(영어) 실력의 측면에서 이미 준비된 번역가이다. 번역은 무엇보다도 "사랑의 수고"이다. 번역가의 길은 많은 시간과 정력을 필요로 하여 고단한 순례자의 그것과 같다. 금아는 거의 30년간 영문학 교수로 지내며 자신이 좋아하는 영미 시는 물론, 극히 일부지만 중국 시, 일본 시 그리고 인도 시와 영미 산문 및 단편소설들을 번역하였다. 이 장(章)에서는 지금까지 별로 본격적으로 논의된 바 없는 번역문학가로서의 금아의 작업과 업적이 시론적(試論的)으로나마 논의될 것이다.

2. 피천득 번역의 원칙과 범위

  피천득의 번역시 책 제목의 일부인 "내가 사랑하는"에서 볼 수 있듯이, 금아는 번역시 선정에 문학사적으로 중요성이 크다던가 대표적인 장시(長詩)를 선택하지 않았다. 금아는 "평소에 내가 좋아해서 즐겨 애송하는 시편들"(『내가 사랑하는 시』, 8)을 중심으로 철저하게 자신의 기질과 기호에 따라 주로 짧은 서정시들을 택했고, 나아가 자신의 문학세계를 충실하게 발전시키며 지켰다. 다시 말해 금아는 번역되어야 하는 외국 시와 자신이 번역할 수 있는 외국 시가 아니라, 자신이 좋아하며 암송하는 수준의 시들만을 번역하여 자신의 창작세계와 일치시킨 것이다. 산문의 경우도 난삽한 이론이나 장편이 아닌 서정적이고 짧은 산문과 단편소설을 번역하였다.

  피천득은 기본적으로 번역은 불가능하다고 전제하였는데, 그 이유를 "다른 나라 말로 쓰인 시를 완전하게 옮긴다는 것은 불가능한 일입니다. 시에는 그 나라 언어만이 가지고 있는 고유의 감정과 정서가 담겨있기 때문"이라고 밝혔다. 금아 선생은 자신이 시를 번역하여 "번역시집"을 내는 이유에 대해서 "내가 좋아하는 외국의 시를 보다 많은 우리나라의 독자들과 함께 나누고 싶"고 "외국어에 능통해서 외국의 시를 원문 그대로 감상할 수 있다면 가장 좋겠지만 현실적으로 그럴 수 있는 독자는 얼마 되지 않"기 때문이라고 말한다. 금아가 외국 시를 "번역하면서 가장 염두에 두었던" 점은 다음 3가지이다.

> 첫째, 시인이 시에 담아둔 본래의 의미를 훼손하지 않으면서
> 둘째, 마치 우리나라 시를 읽는 것처럼 자연스러운 느낌이 드는 번역을 하자
> 셋째, 쉽고 재미있게 번역을 해보자.
>
> — 앞의 책(8~9)

피천득의 번역작업을 논의할 때 필자에게 항상 먼저 떠오르는 사람은 "영국 번역가의 황금시대"였던 17세기 후반 영국 신고전주의시대의 대문호 존 드라이든(John Dryden, 1634~1700)이다. 엄청난 양의 시와 극 그리고 문학비평을 썼던 드라이든은 계관시인 등의 모든 공직에서 물러난 뒤 여생을 번역작업에만 몰두하여 영국 문학번역사에서 번역이론과 실제에 탁월한 업적을 남겼다. 드라이든은 후에 사무엘 존슨(Samuel Johnson, 1709~1784)으로부터 "영국 비평의 아버지"이며 "영국 산문의 법칙들"과 "번역의 올바른 법칙들"을 수립한 문인으로 칭송을 받았다. 영문학자이며 시인이었던 피천득을 영국 신고전주의 시대의 문인인 드라이든과 동등하게 비교하는 것은 불가능하겠지만, 필자는 문학번역의 법칙이나 전략을 보면 상당히 유사한 면을 볼 수 있다고 굳게 믿기에 금아 번역론과 드라

이든을 연계시키려 한다. 현재까지 엄청나게 많은 번역 이론들이 등장했어도, 결국 번역문제에 대한 가장 기본적인 논의의 틀은 이미 17세기 말에 드라이든이 정리해 놓았다고 볼 수 있다. 우선 드라이든이 편집한 책 『여러 사람들이 번역한 오비디우스의 서한집』(1680)의 서문을 살펴보자. 이 서문에서 드라이든은 번역의 영원한 주제인 번역방식 세 가지에 대해 다음과 같이 논의한다.

> 첫째로, 직역하는 것(metaphrase)은 작가가 한 언어에서 다른 언어로 한 마디 한 마디, 그리고 한 줄 한 줄 바꾸는 것이다. … 둘째는 의역(paraphrase)으로, 작가의 관점을 유지하는 번역으로써 의미는 상실되지 않았지만 그 의미에 따라 그 단어로 정확하게 번역되지는 않았다. 부연하는 것은 인정이 되지만 의미를 변화시키는 것은 허용되지 않는다. … 셋째로, 자유번역(imitation)이 있다. 그 이름은 단어와 의미를 다양화하기 위해서뿐만 아니라… 그것 모두를 버리기 위해서 자유를 가정하는 것이다. 그가 바라던 것처럼 원본으로부터 일반적인 힌트를 얻은 것을 바탕으로 차이를 두기 위한 것이다. (Kinsley, 184)

첫 번째 "직역" 방법은 출발 언어와 도착 언어 사이의 구조적인 차이가 단어들의 정확한 번역을 허용하지 않기 때문에 실행 불가능하다. 드라이든의 설명을 더 들어보자.

> 요약하여 말하자면, 단어를 그대로 옮기는 번역은 한 번에 많은 어려움을 가져다주기 때문에 번역자는 그 어려움들로부터 쉽게 벗어날 수 없다. 번역자는 동시에 그가 번역하는 작가의 사상과 어휘들을 고려해서 다른 언어로 대응되는 부분을 찾아내야 한다. 그리고 이것 외에도 번역자는 운율과 각운

의 제약에 놓이게 된다. 이것은 마치 족쇄를 단 다리로 밧줄 위에서 춤추는 것과 아주 흡사하다. … 춤추는 사람은 조심해서 추락은 면할 수 있을지 몰라도, 그에게서 동작의 우아함은 기대할 수 없기 때문이다.

– 앞의 책(185)

드라이든의 세 번째 방법 "자유번역"은 원본의 의미와 단어가 정확하지 않다. 드라이든이 이 당시 독특한 의미로 사용했던 "모방"은 완전히 새로운 작품이 되기 위한 자유이다. 완전히 새로운 작품이 되기 위해 가장 자유로워지는 것이다. 드라이든은 자유번역의 문제점을 다음과 같이 말한다.

나는 한 작가를 모방한다는 것은 같은… 그 선배 시인의 말을 번역하거나 원문의 의미를 지키지 않고, 그 시인을 하나의 견본으로 놓아두고 만일 그가 우리 시대에 우리나라에 살았다면 이렇게 썼을 것이라고 추정하고 자유롭게 쓰는 것이다. … 공평하게 말한다면 한 작가를 모방하는 것은 한 번역자가 자기 자신을 보여주는 가장 유리한 방식이지만 죽은 작가들의 기억이나 명성에 가할 수 있는 최대의 잘못이다. … 누가 그러한 방만한 자유번역을 옹호하겠는가?

– 앞의 책(186)

드라이든은 우리가 흔히 알고 있는 "있는 그대로 베낀다"는 의미의 "모방" 개념을 완전히 무시해버리고 "원본"의 의미와 정신을 완전히 왜곡하고 번역자가 제멋대로 하는 창조적 번역을 받아들일 수 없었다.

드라이든은 이 세 가지 유형 중에서 가장 균형 잡힌 방법으로 두 번째 방법인 "의역"을 선택하였다. 그것은 번역가에게 실행할 수 있는 어떤 기준을 제공한다. 의역 법칙은 언어적인 성실함과 활기차나 부정확한 자유사이에 균형을 만들기 위해 고안되었다. 시를 번역하기 위해서 번역가는 시인이 되어야 하고, 그 자신의 언어와 원작의 언어에 대해 전문가가 되어야 한다고 드라이든은 주장하였다.

> 나는 번역자가 족쇄를 차고서도 자유를 향해 어느 정도 뻗을 수 있다고 생각한다. 그러나 나는 원저자의 사상까지 새롭게 만드는 것은 도를 넘어서는 것이라 생각한다. 원저자의 정신은 전환될 수 있으나 상실되어서는 안 되기 때문이다. … 따라서 표현에는 자유가 허용될 수 있다. 원작의 어휘들과 행들이 엄격하게 규제될 필요는 없으나, 일반적으로 원저자의 의미만큼은 신성할 뿐만 아니라 침해되어서는 안 되는 것이다.
>
> — 앞의 책(187)

드라이든은 자유 번역주의와 축어적 직역주의를 피해야 할 양극단이라며 반대하였다. 그의 목표는 직역과 자유번역의 중간지대이며 하나의 타협이다.

드라이든은 이론가이자 실제 번역가로서 스스로를 더욱 더 자유롭게, 그리고 더욱 더 활기차게 보여주었다. 그는 법칙을 따르려고 노력하였고 직역과 자유번역의 중간적인 입장을 고수하였지만, 점차적으로 번역에서 번역자 중심의 "표현론적"인 양상과 독자 중심적인 "독자반응적" 양상을 인정하게 되었다. 이러한 그의 노력은 찬사 받을만하다. 드라이든은 번역가로서의 욕망과 권리, 그리고 독자의 즐거움과 시적 특질의 존재를 원문에서 통합하여 번역 이론의 미래 역사를 위한 확고한 기초를 마련하였다. 그는 시적 법칙과 번역의 법칙을 지키고자 했고, 또한 직역과 자유번역의 사이에서 균형을 잡으려고 노력했으나 실제 번역작업에서 균형을 지키는 것은 거의 불가능했다. 그는 고전 원작과 영어 번역 사이에서, 17세기 말 영국 시인으로서의 자유로운 창조적 욕망과 더불어 고전원작의 내용 및 정신을 함께 살려야 한다는 책무 사이에서 언제나 불안하게 균형을 유지하며 항해하였다. 바로 이런 점이 드라이든의 실제 번역가로써 그리고 번역이론가로서의 특징이자 장점일 것이다.

피천득의 시 번역 첫째 원칙인 "시인이 시에 담아 둔 본래의 의미를 훼손하지 않으면서"라는 말은 시의 본래의 뜻을 그대로 살리려는 "직역"과 거의 같은 것이며, 둘째 원칙인 "마치 우리나라 시를 읽는 것처럼 자연스러운 느낌이 드는"이라는 말은 "우리나라 언어인 한국어 질서와 어감이 맞는 느낌을 준다"는 뜻이어서 "자유번역"과 부합한다. 여기까지 보면 드라이든이 노력한 것 같이 피천득도 직역과 자유역 사이에서 균형과 조화를 잡으려고 노력하였다. 그러나 실제로 번역작업에서 이러한 균형을 맞추기란 매우 어려운 일이며 아마도 거의 불가능한 일일지도 모른다. 작품의 성격상 또는 번역자의 기질 때문에 잘못하면 한 쪽으로 기울어지게 마련이다. 드라이든이 자신의 번역 이론에 어긋나게 실제 번역현장에서 균형과 조화를 유지시키지 못했듯이 금아 선생도 좀 더 자유로움을 택했다. 금아는 공식적으로 번역의 셋째 원칙에서 그것을 표명하고 있다. "쉽고 재미있게 번역을 해보자"는 말 속에 역자인 금아 자신이 표현하고 싶은 자유와 소망, 그리고 시를 한국 독자들이 예상하는 반응을 염두에 두고 그들이 용이하게 즐길 수 있도록 배려하겠다는 뜻이다. 이 문제에 대해 심도 있게 논의한 바 있는 저명한 평론가이며 영문학자인 유종호는 오장환의 에세닌 번역과 에즈라 파운드의 중국의 이백 시 번역을 논하는 자리에서 "분방한 자유역"(108)을 이상적 문학번역의 형태라고 주장하였다. 유종호는 한문을 못 읽었던 파운드의 중국 시 번역을 논하면서 "원시 제목에 대해서 생략, 변조, 축소, 보충을 마음대로 가하고 있다. 그러한 의미에서 대담한 자유역이지만 전체적으로는 원시의 정서와 대의에는 아주 충실하다"(113)고 언명하였다. "쉽고 재미있게"라는 금아의 시 번역 전략은 여기에서 유종호가 말하고 있는 "분방한 자유역"에 해당된다고 볼 수 있다.[1]

금아는 자신의 전공분야인 영미 시뿐 아니라 일본, 중국, 인도 시도 번역하였다. 그 이유는 "높은 차원의 시는 동서를 막론하고 엇비슷합니다. 모두가 순수한 동심과 고결한 정신, 그리고 맑은 서정을 가지고 있"(『내가 사랑하는 시』, 12~3)기 때문이다. 여기에서 금아는 언어와 문화가 서로 다른 경우의 시라도 인간성을 토대로 한 문학의 보편성을 믿고, 나아가 일반문학 또는 세계문학으로서의 가능성도 인지하고 있는 듯 보인다. 자신의 번역시집의 최종목표를 금아 선생은 다음과 같이 선언한다.

> 이 책 속의 시인들은 아이들의 영혼으로 삶과 사물을 바라본 이들입니다. 그들의 시를 통해서 나는 독자들이 순수한 동심만이 세상에 희망의 빛을 선사할 수 있다는 믿음을 가질 수 있었으면 좋겠습니다.
>
> — 앞의 책(13)

---

1) 우리나라의 근대 초기인 개화기에 해외시 번역 소개 작업을 본격적으로 시작해 우리나라 근대시 형성에 다대한 영향을 끼친 안서 김억(1893~ ?)도 "창작으로써의 번역"을 강조하여 의역이나 자유역의 방식을 택하였다(김욱동, 211). 이렇게 볼 때 드라이든, 김억, 금아 모두 자신들이 창작하는 시인으로서 직역이나 축자역은 물론 거부하였고 직역과 의역 또는 자유역 간의 불안한 균형을 이상으로 삼았어도, 결국 창작과 관련되어 의역이나 자유역으로 기울어진 것을 공통적인 현상으로 보여준다.

금아의 시 번역작업의 의미를 논하기 위해 우선적으로 번역시 자체에 대한 자세한 분석과 검토가 있어야 한다. 그 다음에는 다른 번역시들이나 번역자들의 "비교"가 필요하다. 모든 논구의 과정에서 비교란 각 주체들의 정체성을 정립하는 데 필수적이다. 모든 것은 스스로 존재하지만, 때로는 다른 주변 존재들과의 관계 속에서 어떤 차이를 통해 변별성을 가질 수 있기 때문이다. 방법으로서의 비교는 문학연구와 비평에서도 기본적인 선행작업이 될 수밖에 없다.

예를 들어 18세기 영국의 위대한 비평가였던 사무엘 존슨은 윌리엄 셰익스피어(William Shakespeare, 1564~1616)의 위대성의 비밀을 풀기 위해 "비교"의 방법을 썼다. 그에 따르면 어떤 강이나 산이 길거나 높은 것은 그 자체의 길이나 높이보다 다른 강이나 산과의 비교에서 결정될 수 있다. 여러 사람들에 의해 다양하고도 반복적으로 수행되는 번역작업도 상호 비교를 통해 우선적으로 번역의 특징을 가려낼 수 있을 것이다. 따라서 피천득의 문학번역가로서의 작업을 정리하고 점검하기 위해서는 금아 번역 자체에 대한 자세한 검토와 동시에 다른 역자들에 의해 수행된 번역시들을 비교하는 것이 불가피해진다. 이것은 일종의 비교번역 비평(Comparative translation criticism)이 될 것이다. 그러나 여기서 비교는 우열판정을 위한 것이라기보다는 각 번역의 변별성과 특징을 찾아내는 것을 의미한다. 그 다음 단계인 우열판정의 문제는 논자에 따라 또는 필요에 따라 그 기준이 엄청난 편차를 보일 수 있다.

3. 시 번역작업의 구체적 사례

피천득은 셰익스피어의 소네트 154편 전부를 미국 하버드대학교 교환 교수를 다녀온 후인 1950년대 후반에 주로 번역하여 『셰익스피어 소네트 시집』이란 단행본으로 1976년에 처음 출간하였다. 번역시집 뒤에 붙어 있는 피천득의 3가지 평설 「셰익스피어」, 「소네트에 대하여」, 「소네트 시집 (詩集)」은 유익하고 재미있다. 그리고 번역시집 『내가 사랑하는 시』에 들어있는 시들은 주로 영미 시편들로 윌리엄 블레이크, 알프레드 테니슨 등 14명 시인들의 비교적 짧은 시들이다. 그 외에 중국 시인으로는 도연명과 두보의 시, 일본 시인으로는 요사노 아키코, 와카야마 보쿠스이, 이시카와 타쿠보쿠, 인도 시인으로는 R. 타고르의 시 두 편이 번역되어 시집 속에 포함되어 있다.

우리는 이 두 권의 번역시집에서 시 번역가로서의 피천득의 특징들을 모두 파악할 수 있다. 앞서 제시한 피천득의 번역방법에 비추어 볼 때 피천득의 번역시는 운율이나 흐름은 물론 그 내용에 있어서 한국 시를 읽는 것처럼 쉽고 자연스럽다. 14행시인 셰익스피어 소네트의 경우 완벽하게 한국어로 14행을 맞추어 번역되었다. 그러나 소네트의 일부는 우리 시 형식에 맞게 4행시로 3·4조와 4·4조에 맞추어 새롭게 축약번역(번안)이 시도되기도 하였다. 우리는 피천득의 번역시들의 내용과 형식, 기법을 좀 더 연구하여 한국에서 외국 시 번역의 새로운 모형을 찾아볼 수 있을 것이다.

1) 셰익스피어 소네트

영문학자 피천득은 모든 작가 중에서 셰익스피어를 세계 최고의 시인으로 꼽았다. 금아는 그의 수필 「셰익스피어」에서 다음과 같이 그를 높이 평가하고 있다.

> 우리가 흔히 듣는 "인도를 내놓을지언정 셰익스피어는 안 내놓겠다"고 한 칼라일의 말은 인도가 독립할 것을 예상하고 한 말은 아니요, 셰익스피어의 문학적 가치가 영국이 인도에서 향유하던 막대한 정치적, 경제적 가치보다도 더 큰 것이라는 것을 말하였던 것이다. 셰익스피어를 가리켜 '천심만혼(千心萬魂)'이라고 부르기도 하고 한 그루의 나무가 아니요 '삼림(森林)'이라고 지적한 사람도 있다. 우리는 그를 통하여 수많은 인간상을 알게 되며 숭고한 영혼에 부딪치는 것이다. 그를 감상할 때 사람은 신과 짐승의 중간적 존재가 아니요, 신 자체라는 것을 느끼게 된다. … 그는 세대를 초월한 영원한 존재이다. 그의 이야기를 듣는 데는 노력이 요구된다. … 셰익스피어는 때로는 속되고, 조야하고, 수다스럽고, 상스럽기까지 하다. 그러나 그 바탕은 사랑이다. 그의 글 속에는 자연의 아름다움, 풍부한 인정미, 영롱한 이미지, 그리고 유

머와 아이러니가 넘쳐흐르고 있다. 그를 읽고도 비인간적인 사람은 적을 것
이다. … 콜리지는 그를 가리켜 "아마도 인간성이 창조한 가장 위대한 천재"
라고 예찬하였다. 그 말이 틀렸다면 '아마도'라는 말을 붙인 데 있을 것이다.

― 『인연』(175~7)

　금아 선생은 모두 시로 쓰인 셰익스피어 극들도 좋아했지만, 무엇보다
14행의 정형시인 소네트를 무척 좋아하였다. 금아는 자신이 좋아하는 시
들은 암송하고 가르치며 번역하였다.

　소네트는 유럽에서 13세기에 이태리나 프랑스에서 시작되어 영국에서
는 16세기에 유행하기 시작하였다. 엘리자베스 조(朝)시대 문인들은 대부
분 소네트 시인을 겸하였다. 대표적인 정형시인 영국 소네트는 1행이 10
개의 음절로 되어 있고, 그 한 행에 강세가 약강으로 된 운각(foot)이 5개
로 이루어진다. 이런 형식의 시를 아이앰빅 펜타미터(iambic pentameter,
약강 5운각)라 부른다. 각운(end rhyme)은 두 행씩 짝지어져 있다. 14행
중 4행씩 한 스탠자가 되어 3개의 스탠자에 마지막 두 행이 결론의 장(후
장)이 되며 대개 이것은 마치 글의 순서인 기승전결(起承轉結) 형식과 흡사
하다. 금아는 소네트를 "가벼운 장난이나 재담"이라고 볼 수 있고 "단일
하고 간결한 시상(詩想)을 담는 형식"이어서 "소네트들의 연결(sequence of
sonnets)"을 쓸 수 있다고 하였다. "작은 것은 아름답다."고 믿는 금아는
언제나 감정이 응축되고 고도로 절제되어 있는 짧은 서정시를 좋아했다.
또 소네트를 "영국 민족에게 생리적으로 부합되는 무슨 자연성"이 있다는
전제하에 자신의 기질과 기준에 따라 셰익스피어 소네트를 좋아하여 전
편을 번역하였다.

금아는 셰익스피어 소네트를 해설하는 「소네트에 대하여」라는 글에서 흥미롭게도 영국 소네트를 우리나라의 대표적인 정형시인 "시조(時調)"와 비교하고 있다. 우선 두 정형시 사이의 유사점을 보자.

첫째 둘 다 유일한 정규적 시형으로 수백 년 간 끊임없이 사용되었다는 점, 둘째 많은 사람들이 써왔다는 점이 같고 … 셋째 소네트에 있어서나 시조에 있어서나 전대절(前大節)과 후소절(後小節)이 … 확실히 구분되어 있다. … 소네트의 마지막 두 줄은 시조의 종장(終章)에서와 같이 순조로운 흐름을 깨뜨리며 비약의 미(美)와 멋을 보여주는 것이다. 넷째 내용에 있어 소네트와 시조 모두 다 애정을 취급한 것이 많다.

— 앞의 책(174~5)

소네트와 시조의 서로 다른 점을 피천득을 통해 살펴보자.

평시조 한 편만을 소네트와 고려할 때 시형의 폭이 좁다고 할 것이요, 따라서 시조에서는 시상의 변두리만 울려 여운을 남기고, 소네트에 있어서는 적은 스페이스 안에서도 설명과 수다가 많다.

영시에 있어서도 자연의 미는 가장 중요한 미의 하나를 차지하고 있지마는, 시조에 있어서와 같이 순수한 자연의 미를 예찬한 것이 드물다. 시조는 폐정(閉靜)과 무상(無常)을 읊는 것이 극히 많으며, 한(恨) 많고 소극적이나 소네트의 시상은 낙관적이며 종교적인 색채를 가진 것이 많다.

— 앞의 책(175~6)

금아는 오늘날과 같이 복잡다단한 문명생활 속에서 소네트와 시조 모두 주류적인 역할을 할 수 없다는 것을 인정하나 영국과 한국의 생활에서 각 국민의 "생리와 조화"되는 점이 있다고 지적하고 있다 (앞의 책,

176).

　피천득은 소네트 번역의 말미에 「소네트 시집」이라는 해설문을 제시하였다. 셰익스피어 소네트 시집에 실린 시는 모두 154편이다. 그는 "이 『소네트 시집』 각편은 큰 우열의 차를 가지고 있다. 어떤 것들은 다만 기교 연습에 지나지 않고, 좋은 것들은 애정의 환희와 고뇌를 우아하고 재치 있게 표현하였으며, 그 속에서는 진실성과 심오한 철학이 있다. … 대부분의 시편들이 우아명쾌(優雅明快)하다."(앞의 책, 181~2)고 지적하였다. 금아 선생은 154편의 소네트 중에서 "영문학사상 가장 위대한 걸작품으로, 제 12, 15, 18, 25, 29, 30, 33, 34, 48, 49, 55, 60, 66, 71, 73, 97, 98, 99, 104, 106, 107, 115, 116, 130, 146[번]"을 꼽았고, 자신이 번역한 이 소네트 시집을 "같은 빛깔이면서도 여러 종류의 구슬이 섞여 있는 한 목걸이로 볼 수도 있고, 독립된 구슬들이 들어 있는 한 상자라고 할 수도 있"(앞의 책, 181)다고 평가했다. 피천득은 세계 최고의 문학가인 윌리엄 셰익스피어의 소네트 전편을 번역하는데 오랜 기간의 노력과 정성을 들였다. 이 번역으로 금아 선생은 영문학자와 한국 시인으로서 중요한 기여를 하였으며, 문학 번역가로 피천득의 업적을 평가하는 시금석을 제공하였다.

　우선 윌리엄 셰익스피어의 소네트 번역부터 살펴보자. 금아는 소네트 29[2]번을 다음과 같이 번역하였다.

---

2)　여기에 소네트 29번 영어 원문을 제시한다.

　　When in disgrace with fortune and men's eyes,

운명과 세인의 눈에 천시되어,

혼자 나는 버림받은 신세를 슬퍼하고,

소용없는 울음으로 귀머거리 하늘을 괴롭히고,

내 몸을 돌아보고 나의 형편을 저주하도다.

희망 많기는 저 사람,

용모가 수려하기는 저 사람, 친구 많기는 그 사람 같기를,

이 사람의 재주를, 저 사람의 권세를 부러워하며,

내가 가진 것에는 만족을 못 느낄 때,

그러나 이런 생각으로 나를 거의 경멸하다가도

문득 그대를 생각하면, 나는

첫새벽 적막한 대지로부터 날아올라

천국의 문전에서 노래부르는 종달새,

그대의 사랑을 생각하면 곧 부귀에 넘쳐,

내 팔자, 제왕과도 바꾸려 아니 하노라.

이 소네트 29번을 셰익스피어 전공학자 김재남(1922~2003)은 다음과 같이 번역하였다.

행운의 여신과 세인의 눈에게 얕보인 나는

자신의 버림받은 처지를 혼자서 한탄하며,

무익한 울부짖음을 가지고 반응 없는 하늘을 괴롭혀 주고,

자신을 돌아다보고 자신의 운명(運命)을 저주하고 있소.

I all alone beweep my outcast state,

And trouble deaf heav'n with my bootless cries,

And look upon myself and curse my fate,

그리고 나는 좀더 유망한 사람이 되기를 원하여
용모나 친구 관계에 있어 그 사람을 닮아 보고 싶어하고,
학식은 이 사람같이 돼 보고 싶어하고, 역량에 있어서는 저사람 같이 돼 보
고 싶어하고 있소
그러나 나는 가장 원하는 것에 있어 가장 욕구 불만이오.

이렇게 생각하면 나는 나 자신을 경멸할 지경이지만,
다행히도 그대에게 생각이 미치면 나의 심경은
새벽녘 껌껌한 지상으로부터 날아오르는 종달새같이
하늘의 입구에서 찬미가를 부르게 되오.

그대의 총애를 돌이켜 생각하면 굉장한 재보가 찾아와주니 말이오
이래서 나는 나의 처지를 왕하고도 바꾸기를 원치 않는 것이오.

김재남의 셰익스피어 전집 한글 번역은 세계에서 일곱 번째 그리고 한
국 최초로 1964년(총 5권)에 이루어졌다. 그 후 1971년 개정판(전8권)이

Wishing me like to one more rich in hope,
Featured like him, like him with friends possessed,
Desiring this man's art, and that man's scope,
With what I most enjoy contented least;

Yet in these thoughts myself almost despising,
Haply I think on thee, and then my state,
Like to the lark at break of day arising
From sullen earth, sings hymns at heaven's gate:

For thy sweet love rememb'red such wealth brings,
That then I scorn to change my state with kings.

나왔고 1995년에 3차 개정판(총1권)이 나왔다. 그러나 역자 서문 어디에도 김재남 자신의 번역 방법에 관한 구체적 논의가 없어 아쉽다. 다만 1964년판에 추천사를 쓴 저명한 문학비평가이며 영문학자였던 최재서 선생은 셰익스피어 전집 번역자격을, 첫째 셰익스피어의 "작품들을 계통적으로 연구한 전문 학자"라야 하고, 둘째 "난해한 혹은 영묘한 셰익스피어의 표현을 우리말로 옮기는 데는 문학적 재능"이 필요하다고 전제하고 있다. 최재서는 김재남이 이 두 가지 조건을 구비한 "유려한 번역"자로 추천하고 있다(김재남, 11). 1995년판 추천사를 쓴 셰익스피어 학자 여석기 선생도 이 3번째 개정판에서 김재남 선생의 번역이 "우리말 표현을 더욱 의미있게 세련되게 하는 작업이 수반"(6)되었다고 적고 있다. 이렇게 볼 때 국내의 원로 셰익스피어 학자들이 김재남의 번역을 높이 평가하고 있음을 알 수 있다.

여기에서 시인 피천득과 전문학자 김재남의 번역을 비교해보면 그 차이가 뚜렷하다. 필자가 이 두 번역을 비교하는 것은 번역의 우열을 가리기 위한 것이 결코 아니다. 다만 시인과 전문학자의 번역에 어떤 특징적인 차이가 있는가를 살펴보기 위함이다. 피천득의 번역은 한국어 흐름과 독자들을 위해 좀 더 자연스러운 의역인 반면, 김재남의 번역은 전문학자답게 정확한 번역을 위한 직역에 가깝다. 피 선생은 자신의 번역방법으로 셰익스피어 소네트를 번역하여 일반 독자들을 위해 훌륭한 한국 시로 새로이 재창조하고자 한 노력이 역력하다. 반면 김 선생은 시적 특성을 살리기보다 다른 학자들이나 영문학과 학생들을 위한 정확한 번역시로 만들고자 한 것 같다. 이러한 비교는 소네트 거의 전편에 해당된다고 볼 수 있다. 따라서 여기서는 더 이상의 예시는 하지 않겠다.

특히 피천득은 14행시라는 영국형 소네트의 형식을 완전히 무너뜨리고 다음과 같이 실험적으로 전혀 새로운 3 · 4조나 4 · 4조로 짧은 서정적 정형시로 번안하여 재창작하기도 했다.

내 처지 부끄러워
헛된 한숨 지어보고

남의 복 시기하여
혼자 슬퍼하다가도

문득 너를 생각하면
노고지리 되는고야

첫새벽 하늘을 솟는 새
임금인들 부러우리

피천득이 외국 시 번역작업에서 위와 같은 과감한 실험을 한 것은, 영국의 대표적인 셰익스피어의 정형시를 한국의 일반 독자들이 쉽고 재미있게 즐길 수 있도록 철저하게 토착양식의 한국 시로 변형시키기 위함이었을 것이다. 영국 시형인 소네트의 14행시는 사라졌지만 그 영혼은 한국어로 남아 그대로 전달되는 것이 아닐까? 앞서 언급한 유종호는 이런 종류의 번역을 "분방한 자유역"이며 한 걸음 더 나아가 "홀로서기 번역"이라 부르면서 다음과 같이 언급하고 있다.

번역은 자체로서도 훌륭한 시로 읽히는 홀로서기 번역을 지향하고 있다. 우수한 시인들이기 때문에 가능한 노력이지만 이를 통해 정평있는 번역시의 고전이 나오기를 기대한다. 그것은 우리 시의 성장을 위해서 좋고 무엇보다도 문학적 감수성의 적절한 형성을 위해서 필수적이다. … 일급의 시인작가들이 번역을 통해서 자기세련과 모국어 문학에 기여하고 있다는 것은 기억해 둘만 하다. … 이러한 시들이 대체로 분방한 자유역이면서 우리말의 묘미를 활용하여 음율적이라는 점을 지적하였다. 쉽게 말해서 우리말로 충분히 동화되어 있어 투박한 번역이란 느낌이 들지 않는 것이다. … 우리말로 잘 읽히는 번역시가 우선 좋은 번역이다. (116~7)

물론 외국 시를 우리말에만 자연스럽게 완전히 순치시킨 번역이 최종 목표는 아닐 것이다. 가능하면 외국 시의 이국적이며 타자적인 요소들이 함께 배어나오면 좋겠지만, 잘못하여 생경한 축자적 직역을 그것과 동일시하는 것은 큰 문제가 될 수 있다. 금아의 외국 시 번역작업의 목표는 이국적 정취가 아니라 문학의 회생이다. 번역을 통한 외국 시와의 관계 맺기는 결국 외국 시를 하나의 새로운 시로 정착시키고 한국 시와 시인에게 또 다른 토양을 제공하여 외국 시와 한국 시, 외국 시인과 한국 시인(번역자) 사이의 새로운 역동적인 확장으로 나아가는 길이 아니겠는가.

2) 영미 시

소네트 이외에 영미 시 번역에서의 피천득의 작업을 살펴봄에 있어서 소네트의 경우처럼, 영미 시 번역의 거의 일인자로 알려진 영문학자 이재호(1935~2009)의 번역을 같은 선상에 놓아 피천득의 번역과 비교해보기로 한다. 그 과정에서 두 사람의 번역의 변별성이 드러나고 차이도 확연히 드러날 수 있을 것이다. (물론 이번에도 두 사람의 번역의 우열을 가리고자 하는 것이 아니다). 우리는 이런 차이를 통해 피천득 번역의 특징을 더 잘 이해할 수 있을 것이다.

우선 19세기 초 영국 낭만주의의 대표적 시인 바이런 경(Lord Byron, 1788~1824)의 짧은 시 "She Walks in Beauty"의 번역을 살펴보자.[3] 이 시를

---

3) 영어 원문은 다음과 같다.

> She walks in beauty, like the night
>   Of cloudless climes and starry skies,
> And all that's best of dark and bright
>   Meet in her aspect and her eyes:
> Thus mellow'd to that tender light
>   Which heaven to gaudy day denies.
>
> One shade the more, one ray the less,
>   Had half impair'd the nameless grace
> Which waves in every raven tress,
>   Or softly lightens o'er her face,
> Where thoughts serenely sweet express
>   How pure, how dear their dwelling place.
>
> And on that cheek, and o'er that brow
>   So soft, so calm, yet eloquent,
> The smiles that win, the tints that glow,
>   But tell of days in goodness spent,
> A mind at peace with all below,
>   A heart whose love is innocent!

피천득은 아래와 같이 번역하였다.

그녀가 걷는 아름다움은

그녀가 걷는 아름다움은
구름 없는 나라, 별 많은 밤과도 같아라
어둠과 밝음의 가장 좋은 것들이
그녀의 모습과 그녀의 눈매에 깃들어 있도다
번쩍이는 대낮에는 볼 수 없는
연하고 고운 빛으로

한 점의 그늘이 더해도 한 점의 빛이 덜해도
형용할 수 없는 우아함을 반쯤이나 상하게 하리
물결치는 까만 머릿단
고운 생각에 밝아지는 그 얼굴
고운 생각은 그들이 깃든 집이
얼마나 순수하고 얼마나 귀한가를 말하여준다

뺨, 이마, 그리도 보드랍고
그리도 온화하면서도 많은 것을 알려주느니
사람의 마음을 끄는 미소, 연한 얼굴빛은
착하게 살아온 나날을 말하여 주느니
모든 것과 화목하는 마음씨
순수한 사랑을 가진 심장

이재호의 번역은 다음과 같다.

그녀는 아름답게 걷는다

구름 한 점 없는 별이 총총한 밤하늘처럼
그녀는 아름답게 걷는다,
어둠과 광명의 精華는 모두
그녀의 얼굴과 눈 속에서 만나서 :
하늘이 속되이 빛나는 낮에게 거절하는
그런 부드러운 빛으로 무르익는다.

그늘이 한점 더 많거나, 빛이 하나 모자랐더라면,
온 새까만 머리카락마다 물결치는
혹은 부드러이 그녀의 얼굴을 밝혀 주는
저 이루 말할 수 없는 우아함을 반이나 해쳤으리라,
그녀의 얼굴의 맑고 감미로운 思想은 表現해 준다
그 思想의 보금자리가 얼마나 순결하며, 사랑스런가를,

매우 상냥하고 침착하나 웅변적인
그리고 저 뺨과 저 이마에서
사람의 마음을 사로잡는 微笑, 훤히 피어나는 얼굴빛은
말해 준다, 선량히 지냈던 時節,
地上의 모든 것과 화평한 마음,
순진한 사랑의 심장을.

위의 두 번역을 비교하기 전에 이재호의 영시 번역론을 논의해보자. 이
재호의 널리 알려진 영미 번역시집『장미와 나이팅게일』은 1967년 초판이
나왔고 그 이듬해에 개정판이 나왔다.「서문」에서 이재호는 "원시의 리
듬, 어순, 의미 등에 … 한국어가 허락하는 한 가장 충실히 따르"고자 했

고, "원시를 가장 근사치(近似値)로 전달하고자 함이라고 언명하며 "의역(義譯)을 하게 되면 원시의 향기가 많이 사라진다."고 보았다. 이재호는 계속해서 "영시를 공부하기엔 의역보다 직역(直譯)이 큰 도움이 된다."(5)고 말하고 있다. 이 교수의 영시 번역 전략은 철저하게 직역주의였고, 이를 통해 "이 시집이 한국인의 감수성과 언어감각에 새롭고 고요한 혁명을 일으키기를 기대"하였다(6). 이재호는 의역을 통해 원시가 지나치게 순화되는 것보다 직역을 통해 한국 독자들에게 원시의 생경함을 주는 것을 중시한 것처럼 보인다.

피천득의 번역은 번역투의 때가 거의 벗겨진 한 편의 자연스러운 한국시여서 번역시라고 눈치 채지 못할 정도이다. 반면에 이재호의 번역은 자신의 시 번역 소신인 원문 충실의 직역을 중시하다 보니 번역된 시가 자연스럽지 못하고 금세 번역투의 어색함이 드러난다. 물론 이런 차이는 번역의 우열의 문제가 아니라 두 사람의 번역에 대한 목적의 차이일 것이다. 또한 이는 한국의 서정시인으로서의 피천득과 영문학자이면서 동시에 영시 교수인 이재호의 번역의 방향과 전략의 차이일 것이다. 피천득의 대상은 한국의 일반 보통 독자들이고, 이재호의 대상은 일반 독자들뿐만 아니라 나아가 영시를 배우거나 공부하는 사람들이다.

피천득이 1937년 상하이 대학교 영문학과를 졸업할 때 학부논문의 주제는 예이츠였다. 20세기 시인 윌리엄 버틀러 예이츠의 유명한 시 "The Lake of Innisfree"에 대한 두 사람의 번역을 살펴보자.[4]

---

4) 영어 원문을 다음에 제시한다.

피천득은 위 시를 다음과 같이 번역하였다.

이니스프리의 섬

나 지금 일어나 가려네. 가려네, 이니스프리로
거기 싸리와 진흙으로 오막살이를 짓고
아홉 이랑 콩밭과 꿀벌통 하나
그리고 벌들이 윙윙거리는 속에서 나 혼자 살려네

그리고 거기서 평화를 누리려네, 평화는 천천히 물방울같이 떨어지리니
어스름 새벽부터 귀뚜라미 우는 밤까지 떨어지리니
한밤중은 훤하고 낮은 보랏빛
그리고 저녁때는 홍방울새들의 날개 소리

I will arise and go now, and go to Innisfree,
And a small cabin build there, of clay and wattles made;
Nine bean rows will I have there, a hive for the honey bee,
And live alone in the bee-loud glade.

And I shall have some peace there, for peace comes dropping slow,
Dropping from the veils of the morning to where the cricket sings;
There midnight's all a-glimmer, and noon a purple glow,
And evening full of the linnet's wings.

I will arise and go now, for always night and day
I hear lake water lapping with low sounds by the shore;
While I stand on the roadway, or on the pavements gray,
I hear it in the deep heart's core.

나 일어나 지금 가려네, 밤이고 낮이고
호수의 물이 기슭을 핥는 낮은 소리를 나는 듣나니
길에 서 있을 때 나 회색빛 포도(鋪道) 위에서
내 가슴 깊이 그 소리를 듣나니

이재호의 번역은 아래와 같다.

이니스프리 호도(湖島)

나는 이제 일어나 가야지, 이니스프리로 가야지,
나뭇가지 엮어 진흙 발라 거기 작은 오막집 하나 짓고;
아홉 콩 이랑, 꿀벌집도 하나 가지리.
　　　그리고 벌이 붕붕대는 숲속에서 홀로 살으리.

그럼 나는 좀 평화를 느낄 수 있으리니, 평화는 천천히
아침의 베일로부터 귀뚜라미 우는 곳으로 방울져 내려온다;
거긴 한밤엔 온 데 은은히 빛나고, 정오는 자주빛으로 불타오르고,
저녁엔 가득한 홍방울새의 나래소리.
나는 이제 일어나 가야지, 왜냐하면 항상 낮이나 밤이나
湖水물이 나즈막히 철썩대는 소리 내게 들려오기에;
내가 車道 위 혹은 회색 포도 위에 서 있을 동안에도
　　　나는 그 소릴 듣는다 가슴속 깊이.

이 시의 첫 연의 2~3행을 다시 자세히 비교해 보자.

거기 싸리와 진흙으로 오막살이를 짓고
아홉 이랑 콩밭과 꿀벌통 하나 (피천득)

나뭇가지 엮어 진흙 발라 거기 작은 오막집 하나 짓고;

아홉 콩 이랑, 꿀벌집도 하나 가지리. (이재호)

이 두 번역을 비교해 보면 두 역자의 특징이 드러난다. 피천득의 번역
은 시상과 운율이 좀 더 시적으로 흘러가고, 이재호의 번역은 약간은 산
문적이다.

3) 동양 시

다음으로 중국 시 중 진나라 때 시인이었던 도연명(365~427)의 시 한
수를 살펴보자. 피천득은 도연명의 시 중 유명한 「귀거래사」, 「전원으로
돌아와서」, 「음주」 3편을 번역하였다. 이 중에서 「전원으로 돌아와서」를
살펴보자.[5]

젊어서부터 속세에 맞는 바 없고
성품은 본래 산을 사랑하였다
도시에 잘못 떨어져
삼십 년이 가버렸다

---

5) 원문은 다음과 같다

1. 少無適俗韻 性本愛邱山 2. 誤落塵網中 一去十三年
3. 羈鳥戀舊林 池魚思故淵 4. 開荒南野際 守拙歸園田
5. 方宅十餘畝 草屋八九間 6. 楡柳陰後簷 桃李羅堂前
7. 曖曖遠人村 依依墟里煙 8. 狗吠深巷中 雞鳴桑樹巓
9. 戶庭無塵雜 虛室有餘閒 10. 久在樊籠裏 復歸返自然

조롱 속의 새는 옛 보금자리 그립고

연못의 고기는 고향의 냇물 못 잊느니

내 황량한 남쪽 들판을 갈고

나의 소박성을 지키려 전원으로 돌아왔다

네모난 택지(宅地)는 십여 묘

초옥에는 여덟, 아홉 개의 방이 있다

어스름 어슴푸레 촌락이 멀고

가물가물 올라오는 마을의 연기

개는 깊은 구덩이에서 짖어 대고

닭은 뽕나무 위에서 운다

집 안에는 지저분한 것이 없고

빈 방에는 넉넉한 한가로움이 있을 뿐

긴긴 세월 조롱 속에서 살다가

나 이제 자연으로 다시 돌아왔도다 (103~4)

권위 있는 중국문학자 김학주의 번역은 다음과 같다.

전원으로 돌아와(歸園田居)

젊어서부터 속세에 어울리는 취향(趣向) 없고,

성격은 본시부터 산과 언덕 좋아했네

먼지 그물 같은 관계(官界)에 잘못 떨어져,

어언 30년의 세월 허송했네.

매인 새는 옛날 놀던 숲을 그리워하고,

웅덩이 물고기는 옛날의 넓은 연못 생각하는 법.

남녘 들 가에 거친 땅을 새로 일구고,

졸박(拙樸)함을 지키려고 전원으로 돌아왔네.

10여 묘(畝) 넓이의 택지(宅地)에

8, 9간(間)의 초가 지으니,

느릅나무, 버드나무 그늘, 뒤 추녀를 덮고,

복숭아나무, 오얏나무, 대청 앞에 늘어섰네.

아득히 멀리 사람들 사는 마을 보이고,

아스라이 동리 위엔 연기 서리었네.

깊숙한 골목에서 개짖는 소리 들리고,

뽕나무 꼭대기에서 닭 우는 소리 들리네.

집안에 먼지나 쓰레기 없으니

텅 빈 방안에 여유있는 한가함만이 있네.

오랫동안 새장 속에 갇혀 있다가

다시 자연 속으로 되돌아온 것일세.

  피천득의 번역과 김학주의 번역도 앞서 여러 번 지적했듯이 역시 시인과 학자 간의 번역 차이가 드러난다. 특히 첫 4행을 비교해 보면 각각 번역의 특징이 잘 나타난다. 피천득의 번역은 거의 시적이고, 김학주의 번역은 번역투(산문적)가 엿보인다. 특이한 점은 피천득의 번역에는 11~12행이 누락되어 있다는 것이다. 이것은 실수라기보다 의도적인 생략이 아닌가 싶다. 지나친 의역을 시도하는 역자의 오만일 수도 있지만, 금아는 이 두 시행을 군더더기로 보았을 것이다. 중국 시에서 한국 독자에게 불필요하다고 생각되는 부분을 과감하게 삭제하여 더욱 시적 효과를 높이는 것을, 우리는 미국 시인 에즈라 파운드(Ezra Pound)가 중국 시를 번역할 때도 익히 보았다.[6] 이것은 거의 창작번역에 가깝다고 볼 수 있다.

---

6) 에즈라 파운드의 중국 시 번역에 관한 논의는 이창배의 「파운드의 한시 번역시비」 참조.

피천득은 어려서부터 당시 한때 한반도에 열풍[7]처럼 풍미했던 타고르의 시를 번역이나 원문(벵갈어에서 영어로 번역한 것)으로 읽었음에 틀림없다.[8] 1913년 아시아 최초로 노벨문학상을 받은 인도의 시성 라빈드라나트 타고르(Rabindranath Tagore, 1861~1941)의 시집 『기탄잘리(Gitanjali)』[9](1913)에서 선택한 두 편의 시 중 짧은 36번의 번역을 살펴보자. 타고르는 1920년대에 영국의 식민지였던 인도와 같이, 일본의 식민지 경험을 하고 있던 당시 조선에 대해 각별한 관심을 가졌고 조선을 "고요한 아침의 나라"라고 부르며 1920년 『동아일보』 창간을 위해 「동방의 등불」이라는 시를 기고했다. 윌리엄 버틀러 예이츠가 그 유명한 「서문」을 써 준 『기탄잘리』는 당시 조선 문단에서 번역으로 많이 읽혔고, 타고르 열풍이라고 부를 정도로 대단한 인기를 누리고 있었다. 타고르에 대한 피천득의

---

7) 고(故) 김병철 교수의 번역문학사 참조.

8) 이 번역시의 영어 원문은 다음과 같다. 타고르는 원래 자신의 토착어인 벵갈어로 시를 썼으나 자신이 직접 영어로 번역하였다.

> This is my prayer to thee, my lord — strike, strike at the root of penury in my heart.
> Give me the strength lightly to bear my joys and sorrows.
> Give me the strength to make my love fruitful in service.
> Give me the strength never to disown the poor or bend my knees before insolent might.
> Give me the strength to raise my mind high above daily trifles.
> And give me the strength to surrender my strength to thy will with love. (52)

9) 피천득은 1932년 상하이에 유학하고 있을 때 병으로 한때 요양원에 묵었다. 그때 황해도 출신 간호사인 유순이가 "타고르의 〈기탄잘리〉를 나에게 읽어줄 때도 있었다"(『인연』, 160)고 적었고 "내가 좋아하는 타고르의 〈기탄잘리〉의 한 대목이 있습니다. '저의 기쁨과 슬픔을 수월하게 견딜 수 있는 그 힘을 저에게 주시옵소서'"(「기도」, 『인연』, 295)라고 썼다.

관심도 이와 무관하지 않을 것이다. 금아는 다음과 같이 번역하였다.

이것이 주님이시여, 저의 가슴속에 자리잡은 빈곤에서 드리는 기도입니다.
기쁨과 슬픔을 수월하게 견딜 수 있는 그 힘을 저에게 주시옵소서
저의 사랑이 베풂 속에서 열매 맺도록 힘을 주시옵소서
결코 불쌍한 사람들을 저버리지 않고 거만한 권력 앞에 무릎 꿇지 아니할
힘을 주시옵소서
저의 마음이 나날의 사소한 일들을 초월할 힘을 주시옵소서
저의 힘이 사랑으로 당신 뜻에 굴복할 그 힘을 저에게 주시옵소서

그리고 영문학을 전공한 시인 박희진은 그 시를 아래와 같이 번역하였다.

주여, 이것이 님에게 드리는 내 기도입니다 ― 이 마음속 궁색의 뿌리를 치
고 또 치십시오.
내 기쁨과 슬픔을 조용히 참고 견딜 힘을 주십시오.
내 사랑이 님을 섬김에 풍성하게 열매 맺도록 힘을 주십시오.
가난한 사람을 업신여기거나 오만한 권력 앞에 무릎을 꿇는 일은 결코 없
도록 힘을 주십시오.
이 마음을 나날의 하찮은 일들 위에 높이 초연케 할 힘을 주십시오.
그리고 내 힘이 애정을 품고 님의 뜻에 복종하도록 힘을 주십시오.

피천득의 번역과 박희진의 번역의 비교는 첫 행부터 두드러진다. 박희
진의 행은 직역에 가깝지만 피천득의 행은 매우 자연스럽다. 마지막 행도
마찬가지이다. 피천득은 시적이고 박희진은 산문적이다.

4. 산문 번역

1) 『셰익스피어의 이야기들』

19세기 영국의 수필가인 찰스 램은 『엘리아의 수필(*Essays of Elia*)』(1820~1823)로 유명하다. 램은 1808년 그의 누나 메리 램과 함께 『셰익스피어의 이야기들(*Tales from Shakespeare*)』을 써서 전 세계 베스트셀러가 되었고, 그 이듬해 『영국 극시인들의 예문』을 발간해 16세기 엘리자베스조 극들에 대한 관심을 고조시켰다. 금아에게 어떤 대담자가 "한국의 찰스 램"이라는 말이 있다 했더니 금아가 "찰스 램이 영국의 피천득"이라고 농담했다는 이야기에 관해 물었다. 피천득은 그런 말을 한 기억은 없지만 한국의 국민 수필가로 "자긍심"을 가지고 있다고 대답했다(송광성, 46). 피천득은 그의 수필 「찰스 램」에서 자신을 같은 수필가인 램에게 투사시키고 있다.

그는 오래된 책, 그리고 옛날 작가를 사랑하였다. 그림을 사랑하고 도자기를 사랑하였다. 작은 사치를 사랑하였다. 그는 여자를 존중히 여겼다. 그의 수필 「현대에 있어서의 여성에 대한 예의」에 나타난 찬양은 영문학에서도 매우 드문 예라 하겠다.

그는 자기 아이는 없으면서 모든 아이들을 사랑하였다. 어린 굴뚝 청소부들도 사랑하였다. 그들이 웃을 때면 램도 같이 웃었다. 그는 일생을 런던에서 살았고, 그 도시가 주는 모든 문화적 혜택을 탐구하였다. 런던은 그의 대학이었다. 그러나 그는 런던의 상업면을 싫어하였다. 정치에도 전혀 관심이 없었다. 자기 학교, 자기 회사, 극장, 배우들, 거지들, 뒷골목 술집, 책사(册肆), 이런 것들의 작은 얘기를 끝없는 로맨스로 엮은 것이 그의 「엘리아의 수필」들이다.

— 『인연』(193)

피천득은 8 · 15 해방 후 서울대학교 예과 교수가 되었다.[10] 어떻게 찰스 램의 『셰익스피어의 이야기들』을 교재로 택했는가에 대해 한 대담에서 다음과 같이 말했다.

예과에 이제 선생으로 갔는데 뭘 가르쳐야 할지 정해지지도 않았어. 도서관에 들어가보니까 램의 『셰익스피어 이야기』가 있더라고. 아무튼 내 눈에 띈 게 그거야. … 그래서 『셰익스피어 이야기』를 학생들에게 가르쳤어. 그런데 예과에서 그걸 쓴다니까 서울의 학교에서 죄다 그걸 쓰더군. … 그런데 그걸 가르친 게 나로서는 이로운 점도 조금 있었어. 내용이 어려운 것도 아니었고.

— 석경징과의 대담, 327

---

10) 피천득은 1945년에서 1년간의 서울대학교 예과 교수 시절에 대해 한 대담에서 다음과 같이 회고한 바 있다: "내 일생에 제일 행복한 시절이 그 예과 일년이었어. 그때도 월급은 많지 않고 그랬지만. 가르치러 들어갔을 때 학생들이 옷은 아주 남루하게 입었지만 눈빛을 보든지 뭘 하는 걸 보든지 아주 똑똑했어"(석경징과의 대담, 326).

피천득은 그 후 문교부지정 번역도서로 1953년 이 책을 번역하여 출간하였다. 먼저 그의 「역자 서문」을 읽어보자.

쉑스피어의 이야기들은 영국 최대 극시인 쉑스피어, Shakespeare(1564~1616)가 쓴 37편 극 중에서 20편을 추려 영국 유명한 수필가 찰스 램, Charles Lamb(1775~1834)과 그의 누님, 메리, Mary(1764~1847)가 이야기체로 풀어서 옮긴 것들이다. 원전(原典)의 맛을 과히 손상시키지 아니하고 산문으로 옮기는 데 있어 이렇게 잘 된 것은 없다. 1808년 이 책이 출판된 후 영국 가정마다 이 책이 없는 집이 별로 없고 소년 소녀들이 애독하여 옴은 물론 일반 어른들도 원전은 못 읽어도 이 책은 읽어 왔다. 그리고 이 이야기들은 장래 원전을 읽는데도 도움이 된다. 이 번역의 원본은 런던 Ward, Lock & Co판(版)이다.

피천득은 이 책 원서 목차의 차례를 바꾸었다. 원서에는 『폭풍우(The Tempest)』가 맨 앞에 들어가 있는데 번역본에는 『햄릿(Hamlet)』을 맨 앞에 실었다. 어떤 원칙으로 목차의 순서를 바꾸었는지 알 길은 없으나 자신이 좋아하는 순서가 아닐까 하는 생각이 든다. 여기에 『햄릿』에서 금아 번역의 일부를 원문과 함께 제시한다.

자기 생명이 몇 분 못 남았다는 것을 각오한 햄릿이 자기가 들고 있는 칼날 끝을 자세히 살펴보니 그 끝에 독약이 좀 남아 있으므로 맹호같이 숙부에게 뛰어들어 그 가슴에다 칼을 쿡 박아 버리었다. 이리하여 햄릿은 아버지의 혼령에게 약속하고 맹세하였던 복수를 완수하게 된 것이다. 햄릿은 자기 몸이 죽어가는 것을 감각하면서, 이 때까지 자초지종(自初至終)을 목격한 친구 호레이쇼에게 그는 죽지 말고 (호레이쇼가 왕자와 동행하기 위해서 자결하려 하므로) 남아 있어서 햄릿의 사적을 널리 선포하도록 해 달라는 부탁을 남기고 마침내 절명하고 말았다. (22)

번역이 매끄럽고 자연스럽다. 앞서 지적한대로 한국 독자들을 위해 쉽고 자연스러운 한국말로 번역한다는 금아의 번역원칙이 잘 지켜지고 있다.

『폭풍우』 부분을 보면 1969년에 나온 『산호와 진주－금아 시문선』(일조 각)에 피천득이 책 전체의 제사(題詞)로 쓴 구절(1막 2장)이 보인다. 이 책의 제사에서 이 셰익스피어 극의 제목을 『태풍』으로 바꾸었다. 여기 번역 본을 소개한다.

"아 젊으니 어서 나하고 저리로 갑시다. 미란다 양에서 당신의 그 잘생긴 모습을 보여 들여야 된다는 명령을 받고 내가 모시려 온 것입니다. 자 나를 따라 오세요" 하고 나서 그는 노래를 부르기 시작하였다.

다섯 길도 더 깊은 바다 밑에 그대의 아버지 누어 계신다;
그의 뼈는 산호로 변했고:
본래 그의 눈들은 진주가 되었네:
그의 몸은 하나도 슬어 없어지지 않고,
단지 바다 속에서 변화를 입어서
그 어떤 값지고도 이상스런 물건들이 되어 버렸네.
바다 선녀들은 그대 아버지를 위한 조종(弔鐘)을 울리니:
들으라! 나는 지금 종소리를 듣는다. － 땡, 땡, 종소리. (30)[11]

---

11) 이 부분에 대한 원문은 아래와 같다.

Full fathom five thy father lies:
Of his bones are coral made:
Those are pearls that were his eyes:
Nothing of him that doth fade,

1969년 제사로 사용한 구절은 1953년의 산문식 번역보다 훨씬 시적으로 압축되었다.

> 깊고 깊은 바다 속에 너의 아빠 누워 있네
> 그의 뼈는 산호 되고 눈은 진주 되었네 (에어리얼의 노래)

몇 개 작품 이름 번역도 살펴보자. "*Much Ado About Nothing*"은 『공연한 소동』으로, "*The Comedy of Errors*"는 『쌍둥이의 희극』으로, "*Measure for Measure*"는 『푼수대로 받는 보응』으로 번역되었다. 여기에 참고로 피천득이 목차에서 매긴 순서대로 셰익스피어 극 20개의 제목을 모두 소개한다. 괄호 속의 숫자는 출간된 연도이며 필자가 장르별 명칭을 붙였다.

1. 『햄릿(*Hamlet*)』(1601, 위대한 비극)
2. 『폭풍우(*The Tempest*)』(1611, 후기 로맨스)
3. 『여름밤의 꿈(*A Midsummer Night's Dream*)』(1595, 최고 희극)
4. 『겨울이 말하는 이야기(*The Winter's Tale*)』(1610, 후기 로맨스)
5. 『공연한 소동(*Much Ado about Nothing*)』(1598, 최고 희극)
6. 『마음에 드시는대로(*As You Like It*)』(1599, 최고 희극)
7. 『베로나의 두 신사(*The Two Gentlemen of Verona*)』(1592, 초기 희극)
8. 『베니스의 상인(*The Merchant of Venice*)』(1596, 최고 희극)
9. 『리아 왕(*King Lear*)』(1605, 위대한 비극)

But doth suffer a sea—change

Into something rich and strange.

Sea—nymphs hourly ring his knell:

Hark! now I hear them, Ding—dong, bell. (6)

10. 『씸벨린(*Cymbeline*)』(1609, 후기 로만스)

11. 『맥베스(*Macbeth*)』(1606, 위대한 비극)

12. 『결과가 좋은 일은 만사가 다 좋다(*All's Well That Ends Well*)』(1602, 문제극)

13. 『말광냥이 길드리기(*The Taming of the Shrew*)』(1593, 초기 희극)

14. 『쌍둥이의 희극(*The Comedy of Errors*)』(1593, 초기 희극)

15. 『푼수대로 받는 보응(*Measure for Measure*)』(1604, 문제극)

16. 『열두째밤 혹은 당신의 마음대로(*Twelfth Night; or What You Will*)』(1601, 최고 희극)

17. 『아테네에 사는 티몬(*Timon of Athens*)』(1607, 비극적 에필로그)

18. 『로미오와 쥬리엣(*Romeo and Juliet*)』(1595, 습작기 비극)

19. 『타이어 왕자 페리클스(*Pericles, Prince of Tyre*)』(1607, 후기 로만스)

20. 『오셀로(*Othello*)』(1604, 위대한 비극)

셰익스피어가 쓴 35편의 극 중에서 선택된 위의 20편을 살펴보면 찰스 램과 메리 램의 낭만주의적 경향이 다분히 반영되어 있다. 셰익스피어 극의 중요한 장르인 역사극(Histories)이 한 편도 포함되지 않은 것을 보면 알 수 있다. 셰익스피어 극의 출판연대와 장르적 명칭은 해롤드 블룸(Harold Bloom) 교수의 『셰익스피어 – 인간성의 발명(*Shakespeare: The Invention of the Human*)』(1998)의 분류법에 의거했다.

피천득의 셰익스피어 순례는 그의 소네트 154편 전편 번역과 더불어 마감된다. 피천득의 영원한 문학적 우상인 셰익스피어론을 소개하며 이 부분을 끝내고자 한다. 피천득이 셰익스피어 문학의 핵심을 제시하고 있어 좀 길지만 인용한다.

우리는 그를 통하여 수많은 인간상을 알게 되며 숭고한 영혼에 부딪치는 것이다. 그를 감상할 때 사람은 신과 짐승의 중간적 존재가 아니요, 신 자체라는 것을 느끼게 된다.

그는 나를 몰라도 나는 언제나 그의 이야기를 들을 수 있다. 이런 점에서 그는 세대를 초월한 영원한 존재이다. 그의 이야기를 듣는 데는 노력이 요구된다. 그러나 큰 돈이 드는 것도 아니요, 부자연한 웃음을 웃어야 하는 것도 아니다. … 셰익스피어는 때로는 속되고, 조야하고, 수다스럽고 상스럽기까지 하다. 그러나 그 바탕은 사랑이다. 그의 글 속에는 자연의 아름다움, 풍부한 인정미, 영롱한 이미지, 그리고 유머와 아이러니가 넘쳐흐르고 있다. 그를 읽고도 비인간적인 사람은 적을 것이다. 〈한여름밤의 꿈〉〈마음에 드시는 대로〉〈템페스트〉 같은 극을 좋아하는 사람은 마음이 나빠도 한도가 있는 것이다.

민주 국가의 지도자가 되려는 사람들은 모름지기 셰익스피어를 읽어야 할 것이다. 콜리지는 그를 가리켜 "아마도 인간성이 창조한 가장 위대한 천재"라고 예찬하였다. 그 말이 틀렸다면 '아마도'라는 말을 붙인 데 있을 것이다.

― 「셰익스피어」, 『인연』(175~7)

작가로서 피천득의 셰익스피어 찬양은 결코 헛된 과장이 아닐 것이다. 16세기 후반부터 17세기 초에 이르기까지 르네상스와 종교개혁에서 근대 계몽주의로 넘어가는 길목의 문명의 전환기와 현대 초기 영어형성의 과도기에서, 윌리엄 셰익스피어는 실로 언어의 마술사이며, 나아가 시공간을 초월하는 인간성의 보편성을 가장 다양하고 구체적으로 창조한 위대한 시인, 극작가, 발명가, 사상가이기 때문이다. 앞으로 셰익스피어가 금아에게 끼친 영향을 비교문학적으로 논구해보는 일도 금아 문학을 더 잘 이해하기 위해서 바람직한 일일 것이다.

2) 단편소설 번역 – 마크 트웨인, 나다니엘 호돈 외

피천득은 94세 되던 해 단편소설 번역집 『어린 벗에게』(2003)를 펴냈다. 피천득은 산문시 「어린 벗에게」를 서문격으로 앞세우고 1930~40년대 번역한 단편소설 6편을 모두 모았다. 그 내용은 아래와 같다.

1. 마크 트웨인, 「하얗게 칠해진 판장」(『톰 소여의 모험』에서 일부 발췌, 『주간 소학생』 56호(1948년)에 실림)
2. 윌리엄 사로얀, 「아름다운 흰말의 여름」(『주간 소학생』 68호, 1949년에 실림)
3. 나다니엘 호돈, 「석류씨」(『어린이』 12권 제1~2호, 1934년 1월, 2월에 실림)
4. 작자 미상, 「거리를 맘대로」(『주간 소학생』 6호, 1946년 3월 18일에 실림)
5. 알퐁스 도데, 「마지막 공부」(『주간 소학생』 67호, 1948년에 실림)
6. 나다니엘 호돈, 「큰 바위 얼굴」(미발표)

피천득은 이 번역집 앞에 붙어있는 「책을 내면서」에서 그 취지를 다음과 같이 적고 있다.

> 이 책에 실린 글들은 우리에게 친숙한 외국 작품들입니다. 나는 이 아름다운 이야기들을 어린 벗들에게 들려주고 싶어 아주 오래 전에 이 작품들을 우리말로 옮겼습니다. (5)

이 단편소설 번역집의 제목인 『어린 벗에게』는 그의 산문시 「어린 벗에게」에서 그대로 가져온 것이다. 그는 여기에 수록된 아름다운 단편소설(또는 장편의 일부)을 따로 묶은 이유를 어린이나 어른이나 "아이들의 순수함을 닮고 싶다는 소망을 가지고 아이처럼 살려고 노력"(「책을 내면서」)하게 만들기 위함이었다고 밝혔다.

피천득은 아마도 일제 강점기의 어두운 역사와 척박한 삶의 현장에서 어린아이들이 겪는 고통을 마음속에 그리며 모든 역경을 뚫고 다시 솟아오르는 모습을 상상했던 것 같다. 그 산문시의 일부를 읽어보자.

그러나 어린 벗이여, 이 거칠고 쓸쓸한 사막에는 다만 혼자서 자라는 이름 모를 나무 하나가 있습니다. 깔깔한 모래 위에서 쌀쌀한 바람을 맞으며 자라는 어린 나무 하나가 있습니다.

어린 벗이여, 기름진 흙에서 자라는 나무는 따스한 햇볕을 받아 꽃이 핍니다. 그리고 고이고이 내리는 단비를 맞아 잎이 큽니다. 그러나 이 깔깔한 모래 위에서 자라는 나무는, 쌀쌀한 바람을 맞으며 자라는 나무는, 봄이 와도 꽃 필 줄을 모르고 여름이 와도 잎새를 못 갖고 가을에는 단풍이 없이 언제나 죽은 듯이 서 있습니다.

그러나 벗이여, 이 나무는 죽은 것은 아닙니다. 살아있는 것입니다. 자라고 있는 것입니다. 가을도 지나고 어떤 춥고 어두운 밤, 사막에는 모진 바람이 일어, 이 어린 나무를 때리며 꺾으며 모래를 몰아다 뿌리며 몹시나 포악을 칠 때가 옵니다.

나의 어린 벗이여, 그 나무가 죽으리라고 생각하십니까. 아닙니다. 그때 이상하게도 그 나무에는 가지마다, 부러진 가지에도 눈이 부시도록 찬란한 꽃이 송이송이 피어납니다. (7~8)

이 산문시는 어쩌면 어려서 부모님을 모두 잃고 홀로 남은 금아 피천득의 애달프고 힘든 삶의 여정을 그린 게 아니었을까 생각해본다.

이제는 피천득의 단편소설 번역 중 나다니엘 호돈의 「큰 바위 얼굴」을 직접 음미해보자. 번역한지 거의 반세기가 지났음에도 불구하고 아직도 글이 자연스럽고 살아있는 듯하다.

> 그는 눈물 어린 눈으로 그 존엄한 사람을 우러러 보았다. 그리고 그 온화하고 다정하고 사려 깊은 얼굴에 백발이 흩어져 있는 모습이야말로 예언자와 성자다운 모습이라고 혼자서 생각하였다.
>
> 저쪽 멀리, 그러나 뚜렷이 넘어가는 태양의 황금빛 속에 높이, 큰 바위 얼굴이 보였다.
>
> 그 주위를 둘러싼 흰구름은 어니스트의 이마를 덮고 있는 백발과도 같았다. 그 광대하고 자비로운 모습은 온 세상을 포용하는 듯하였다.
>
> 이 순간, 어니스트의 얼굴은 그가 말하려던 생각에 일치되어, 자비심이 섞인 장엄한 표정을 지었다.
>
> 그 시인은 참을 수 없는 충동으로 팔을 높이 들고 외쳤다.
>
> "보시오! 보시오! 어니스트야말로 큰 바위 얼굴과 똑같습니다."
>
> 모든 사람들은 어니스트를 쳐다보았다. 그리고 그 안목 있는 시인의 말이 사실인 것을 알았다.
>
> 예언은 실현되었다. 그러나 할 말을 다 마친 어니스트는 시인의 팔을 잡고 천천히 집으로 돌아가면서, 아직도 자기보다 더 현명하고 착한 사람이 큰 바위 얼굴 같은 용모를 가지고 쉬 나타나기를 마음속으로 바라는 것이었다.
>
> ─「큰 바위 얼굴」(159~60)[12]

---

12) 이 부분의 원문은 다음과 같다: "His eyes glistening with tears, he gazed reverentially at the venerable man, and said within himself that never was there an aspect so worthy of a prophet and a sage as that mild, sweet, thoughtful countenance, with the glory of white hair diffused about it. At a distance, but distinctly to be seen, high up in the golden light of the setting sun, appeared the Great Stone Face, with hoary mists around it, like the white hairs around the brow of Ernest. Its look of grand beneficence seemed to embrace the world. At that moment, in sympathy with a thought which he was about to utter, the face of Ernest assumed a grandeur of

피천득은 중학교 국어 교과서에도 실렸던 이 단편소설에 대해 "비록 소박하고 평범한 사람일지라도 착한 행위와 신성한 사랑을 행하며, 끊임없는 자기 탐구를 행하여, 마침내는 말과 사상과 생활이 일치되는 것이 진실로 위대한 것"(『어린 벗에게』, 120)이라고 적고 있다. 피천득은 이 단편소설의 주인공에게서 피천득 자신이 평소에 최고의 경지라고 생각하던 말과 생각과 삶의 일치를 찾아낸 것이다.

다음으로 피천득이 "이 작품은 아빠 없이 엄마와 함께 어렵게 살아가는 한 아이가 주위 아이들의 놀림과 학대에 맞서 당당하게 자라나는 과정을 그린 이야기"(92)라고 소개한 작자 미상의 「거리를 맘대로」를 살펴보자.

> 나는 행길을 천천히 걸어갔습니다. 꼭 쥔 그 작대기를 뒤에다 감추고, 그 아이들 앞으로 가까이 갔습니다. 나는 무서워서 숨도 쉬지 못하였습니다. "저 놈이 또 저기 나왔구나!" 그들이 가까이 왔습니다. 나는 무서운 김에 그 작대기로 막 후려쳤습니다. 한 아이 또 한 아이, 머리를 작대기로 여지없이 후려갈겼습니다. 내 눈에는 눈물이 나고 이는 악물어지고 무서움은 내 힘을 솟을 대로 솟게 하였습니다. 나는 때리고 후려갈기느라고 돈과 종잇장을 땅에 떨어뜨렸습니다. 아이들은 아이구 소리를 지르고 머리를 붙들고서 나를 놀란 눈으로 흘끔흘끔 보면서 사면으로 흩어져버렸습니다. 나는 숨이 차 헐떡거리면서 서 있었습니다. 그 아이들을 보고 어서 와서 덤벼 보라고 욕을 하였습니

---

expression, so imbued with benevolence, that the poet, by an irresistible impulse, threw his arms aloft and shouted, "Behold! Behold! Ernest is himself the likeness of the Great Stone Face!" Then all the people looked, and saw that what the deep · sighted poet said was true. The prophecy was fulfilled. But Ernest, having finished what he had to say, took the poet's arm, and walked slowly homeward, still hoping that some wiser and better man than himself would by and by appear, bearing a resemblance to the Great Stone Face"(1184).

다. 나는 달아나는 그 놈들을 쫓아갔습니다. 그 아이들의 부모들이 나와서 나를 혼내려고 하였습니다. 내 일생 처음으로 나는 어른들에게 소리를 질렀습니다. 나에게 성가시게 하면 그들마저 두들겨 줄 테다라고 야단을 하였습니다. 나는 마침내 사오라고 적어 준 종이 조각과 돈을 집어 가지고 식료품 가게로 갔습니다. 내가 돌아오는 길에 나는 언제나 대항할 수 있게 그 작대기를 견주고 왔습니다. 그러나 길에는 한 아이도 보이지 않았습니다. 그날 밤부터 나는 그 거리를 맘대로 걸어 다닐 수가 있게 되었습니다.

– 「거리를 맘대로」(100~3)

여기에서 우리는 끼니도 제대로 해결하지 못하고 엄마와 가난하게 살고 있는 한 소년이 주위 아이들의 갈취와 폭행을 지속적으로 당하다가 엄마의 격려에 힘없다고 못살게 구는 아이들을 오히려 혼내주고 당당히 독립해 가는 소년의 모습을 선명히 볼 수 있다. 이 번역집에 실려 있는 대부분의 이야기들이 어려움을 견뎌내고 꿋꿋하게 성장하거나 나중에 훌륭한 사람이 되는 모습들이 그려져 있다. 이런 이유 때문에 피천득은 1940년대 어린이잡지에 번역해서 발표한 것을 한참 후인 2000년대에 들어 다시 그 이야기들을 모아서 펴낸 것이다. 이 이야기들은 아직도 어린이와 어른들이 함께 읽을 수 있는 우리 시대를 위한 고전이다.

5. 번역과 창작의 상보관계

지금까지 피상적으로나마 금아 피천득의 번역시 몇 편과 산문 번역작업을 통해 그의 번역문학가적 면모를 살펴보았다. 그의 번역은 영문학자나 교수로서보다 모국어인 한국어의 혼과 흐름을 표현할 수 있는 탁월한 능력을 가진 토착적 한국 시인으로서의 번역이다. 그는 『내가 사랑하는 시』의 「서문」에서 밝힌 것처럼 자신의 번역방법과 목적에 충실하였다고 볼 수 있다. 금아는 자신이 영시를 가르치거나 시 창작하는 과정과 번역작업을 분리시키지 않았다. 금아 선생이 필자가 대학시절에 수강한 영미시 강의에서도 학생들에게 강조한 것은 낭독(읽기), 암송, 그리고 번역이었다. 나아가 금아는 번역작업을 자신의 문학과 깊게 연계시켰을 뿐만 아니라, 번역을 부차적인 보조작업으로 보지 않고 "문학행위"[13] 자체로 보

---

13) 영문학자이며 시인으로 다수의 한국 시를 영어로 번역한 바 있는 고(故) 김영무 교수는 이에 대해 다음과 같이 말한다: "번역은 모국어의 영역을 끊임없이 넓혀주는 작업이며, 번역은 모국어가 새로운 낱말을 창조하는 일을 거들어 주고, 모국어의 문법적, 의미론적 구

았다.

한국 현대문학사에서 개화기 때부터 시작된 다양한 서양의 번역시는 외국 문학으로만 그대로 남는 것이 아니다. 아니 남을 수 없다. 번역물은 우리에게 들어와서 섞이고 합쳐져서 새로운 창조물로 거듭 태어나는 것이다. 피천득의 번역시는 한국 독자들이 "우리나라 시를 읽는 것처럼 자연스러운 느낌"이 들게 하고 "쉽게 재미있게 번역"되어 한국 문학에 새로운 토양을 마련하였다. 다시 말해 다른 역자들의 것과 비교하자면 그의 번역시는 번역투를 거의 벗어나 한국어답게 자연스럽고 서정적이다. 또한 글자만 외국어에서 한글로 바뀌었지 원작시의 영혼(분위기와 의미)이 그대로 살아 있다고 볼 수 있다. 한 걸음 더 나가서 유종호가 말하는 "홀로서기 번역"이다. 이것이 번역문학가로서 피천득의 가치이며 업적이다.

피천득의 번역작업의 배후에는 금아가 15세 무렵부터 읽고 심취했던 "일본 시인의 시들 그리고 일본어로 번역된 영국과 유럽의 시들"이 있고 그 후에는 애송했던 "김소월, 이육사, 정지용 등"이 있었다(『내가 사랑하는 시』, 9). 그는 황진이가 남긴 시 몇 편을 세계문학사상 최고로 평가하고 있다. 그의 이러한 면모를 볼 때 피천득의 번역작업은 고전 한국 시 전통뿐 아니라 현대 한국 시 전통과도 맞닿아 있다고 볼 수 있다.

앞으로 번역문학가로서 피천득에 대한 접근은 그의 문학세계 전체와의 관계 속에서 이루어져야 하며, 특히 그의 번역시들과 자신의 창작시편들

조에 영향을 주어서 모국어가 언어적으로나 개념적으로 더욱 풍성한 것이 되도록 도와준다. … 문학이 언어의 특수화된 기능이듯이, 번역도 문학의 특수화된 기능이다. 여기서 결정적으로 작용하는 것이 번역자의 창의력이다"(140, 145).

과의 형식과 주제의 양면에서 비교문학의 방법으로 연계시켜야 할 것이다. 다시 말해 그의 번역시와 창작시는 밀접한 관계를 가지고 있다. 금아는 자신의 외국 시 번역작업을 자신의 시 창작의 훈련과 연습과 연계시켰다. 그러나 김소월(金素月, 1902~1934)의 경우처럼 시 창작작업의 "부산물"로 간주하지 않았고, 번역작업과 번역시 자체의 독립적인 가치를 인정하였다.[14] 더욱이 그의 번역시에 대한 논의에 있어서 좀 더 많은 번역시들을 포괄적으로 동시에 구체적으로 논의하기 위해서는 원시와의 상호 관련성 등 비교문학의 여러 방법들을 개입시켜야 할 것이다. 금아의 번역시를 하나의 새로운 한국 시로 접근하기 위해서 비교 비평적 방법과 번역이론 적용 등 우리에게 남은 과제가 아직도 적지 않다.

그러나 피천득의 외국 시 번역작업이 한국 토착화에만 중점을 둔 것은 물론 아니다. 금아는 번역시 선집 『내가 사랑하는 시』의 서문에서 각 국민문학의 타자성을 초월하여 이미 양(洋)의 동서를 넘나드는 문학의 보편성 문제를 제기한 바 있다. 지방적인 것(the local)과 세계적인(the global)인 것이 통섭하는 "세방화(世方化, glocalization)"시대를 가로질러 타고 넘어가는 새로운 세계시민주의(cosmopolitanism)적 현상을 금아는 직시하고 있었다. 모국어인 한국어는 물론 중국어(고전 한문 포함), 일본어 그리고 세계어인 영어에도 탁월한 능력을 보인 금아 선생은 외국어 소양과 번역을 통

---

14) 김소월의 번역작업과 시 창작 사이의 영향관계에 대해서 김욱동 참조(236 이하). 이재호 『장미와 무궁화』도 참조(86 이하). 이와 관련하여 에즈라 파운드는 영역시집인 『중국(Cathay)』을 펴냈다. 파운드는 "해석적 번역(interpretive translation)"을 논하면서 번역작업을 창작하는 시인으로 성장하기 위한 방식으로 이해했다(200).

해 그의 보편문학으로써의 세계문학을 꿈꾸었다고 볼 수 있다. 번역은 이미 언제나 인류문명사에서 가장 중요한 문명이동과 문화교류의 토대가 된 소통의 방법이었다. 이러한 번역이라는 이름의 소통이 없었다면 인간 세계는 결코 지금처럼 전지구화(세계화)를 이룩해내지 못했을 것이다. 이런 시각에서 우리는 금아 선생의 외국어 시와 산문 번역작업을 한국 번역 문학사의 맥락에서 본격적으로 재조명해야 할 것이다.

제 6 장
금아 문학의 유산

종달새는 하늘을 솟아오를 때 가장 황홀하게 보인다.

　　　　　　　　　　　　　　　－「여성의 미」, 『인연』(43)

숲 새로 흐르는 맑은 시내에
흰 돛 단 작은 배 접어서 띄우고
당사실 닻줄을 풀잎에 매고
노래를 부르며 기다렸노라

버들잎 늘어진 푸른 강 위에
불어온 봄바람 뺨을 스칠 때
젊은 꿈 나루에 잠들여 놓고
피리를 불면서 기다렸노라

　　　　　　　　　　　　　　　－「꿈 1」, 『생명』(46)

나는 아름다움에서 오는 기쁨을 위하여 글을 써왔다. 그리고 그 기쁨을 나누기 위하여
발표하였다. 시나 수필이나 다 나의 어제와 오늘 복된 시간의 열매들이다.

　　　　　　　　　　　　　　　－「신판을 내면서」, 『금아문선』

누구나 큰 것만을 위하여 살 수는 없다. 인생은 오히려 작은 것들이 모여 이루어지는 것
이다.

　　　　　　　　　　　　　　　－「멋」, 『인연』(226)

1. 금아 문학의 "보편성"
정(情), 인(仁) 그리고 온유(溫柔)

문학은 작가가 찾아낸 구체적 이미지와 만든 이야기들이 작가들의 일정한 수사와 기법을 통해 구성된 허구의 세계이다. 또한 그것은 작가가 세계에서 발견한 보편적이고 추상적인 진리와 아름다움을 표현하는 언어예술로 독자들에게는 기쁨과 교훈과 지식을 줄 수 있다. 금아 피천득이 품은 문학의 모체가 그의 수필 「순례」에 들어있다.

문학은 금싸라기를 고르듯이 선택된 생활 경험의 표현이다. 고도로 압축되어 있어 그 내용의 농도가 진하다. 짧은 시간에 우리는 시인이나 소설가의 눈을 통하여 인생의 다양한 면을 맛볼 수 있다. … 사상이나 표현 기교에는 시대에 따라 변천이 있으나 문학의 본질은 언제나 정(情)이다. 그 속에는 "예전에도 있었고 앞으로도 있을 자연적인 슬픔 상실 고통"을 달래 주는 연민의 정이 흐르고 있다. … 나는 작은 놀라움, 작은 웃음, 작은 기쁨을 위하여 글을 읽는다. 문학은 낯익은 사물에 새로운 매력을 부여하여 나를 풍유(豊裕)하게 하여 준다. 구름과 별을 더 아름답게 보이게 하고 눈, 비, 바람, 가지가지의 자연 현상을 허술하게 놓쳐 버리지 않고 즐길 수 있게 하여 준다.

― 『인연』(269~70, 274)

피천득에게 문학의 본질은 정(情)이다. 우리 문화에서 정이란 다양한 의미와 기능을 가진다. 넓은 의미에서 금아는 "인간미", "인정미", "센티멘탈(sentimental)" 등으로 다양하게 표현한다. 그렇다면 금아의 정의 원류는 어디서 오는가? 무엇보다도 그것의 근원은 동양적이다. 피천득은 영문학을 오랫동안 폭넓게 공부하고 가르쳤으며 기독교 경전인 『성경』을 많이 읽었으나 1930년대 중반에는 일본과의 전쟁으로 혼란에 빠진 중국 상하이에서 귀국하여 승려가 될 수도 있다는 생각으로 일 년 동안 금강산에 머물면서 「유화경」, 「법화경」을 공부한 경력으로 보아 피천득 작품을 자세히 읽으면 기독교의 사랑의 가르침과 불교의 "대자대비(大慈大悲)" 사상이 깊이 들어있음을 알 수 있다. 그러나 이 자리에서는 금아 사유의 동양적 뿌리만 간략히 살펴보자.

우선 피천득 문학의 정(精)사상은 같이 살아가고 만나면서 여러 가지 인연을 만들 수밖에 없는 사람의 선(善)함에 대한 믿음, 나아가 사람에 대한 연민의 정, 즉 사랑에서 나온 것이다. 동아시아 공맹(孔孟)사상의 핵심은 인애(仁愛)다. 그것은 내가 아닌 타인들을 향한 어진 마음과 사랑의 마음을 가지는 "타자적 상상력"이다. 어려서 한학을 깊이 공부했던 금아는 거대하고 추상적이고 난해한 담론으로 시작하지 않고 유교의 대성인 공자처럼 보통사람들의 일상적 삶에서 출발하는 리얼리스트였다. 금아는 정(情)을 인간 최고의 미덕으로 삼고 부드러운 인간미를 강조했던 휴머니스트였다. 인과 정은 모두 관용, 소통, 사랑, 돌봄의 다른 말이다. 금아는 일찍 부모를 여의어서 그런지는 모르지만 어려서부터 박절한 세상을 애조의 정감으로 바라다보는 "잘 우는 아이"였고 "눈물이 많은 사람"이었다. 사서삼경의 하나인 『맹자(孟子)』의 공손추(公孫丑) 상(上)에서 맹자는 "사람마다 모두 차마 남에게 잔학하게 굴지 못해 하는 마음이 있다"(222)고 말했다. 그 이유는 다음과 같다.

> 사람들이 어린아이가 우물에 빠지려고 하는 것을 졸지에 보게 되면 다들 겁이 나고 측은한 마음이 생기는데, 그것은 그 어린아이의 부모와 친교를 맺으려고 하기 때문도 아니고, 동네 사람들과 벗들로부터 칭찬을 받으려고 하기 때문도 아니고, 그 아이가 지르는 소리가 역해서 그러는 것도 아니다. 이런 것에서부터 살펴보다면 측은해 하는 마음이 없는 사람은 인간이 아니고, 부끄러워하는 마음이 없는 사람은 인간이 아니고, 사양하는 마음이 없는 사람은 인간이 아니고, 시비를 가리는 마음이 없는 사람은 인간이 아니다. 측은해 하는 마음은 인의 단서이고, 부끄러워하는 마음은 의의 단서이고, 사양하는 마음은 예의 단서이고, 시비를 가리는 마음은 지의 단서다. 사람들이 이 네 가지 단서를 지니고 있는 것은 그들이 사지를 가진 것과도 같다. (223)

맹자는 그 유명한 사단설(四端說)을 설명하는 자리에서 "측은해 하는 마음은 인(仁)의 단서(惻隱之心 仁之端也)"라고 말했다. 맹자는 계속해서 다음과 같이 인간의 본성에 대한 "성선설(性善說)"을 주장하였다.

> 물에는 정말 동서의 구분도 없고 상하의 구분도 없나? 사람의 성이 선한 것은 마치 물이 아래로 내려가는 거와도 같네. 사람치고 선하지 않은 사람은 없고, 물치고 아래로 내려가지 않은 물은 없네. 이제 물을 쳐서 뛰어오르게 하

면 사람의 이마를 넘어가게 할 수 있고. 밀어서 보내면 산에라도 올라가게 할 수 있으나 그것이 어찌 물의 성이겠나? 외부의 힘으로 그렇게 하는 것일쎄. 사람은, 선하지 않은 짓을 하게 만들 수 있는데 그 성 역시 물의 경우와 같이 외부의 힘으로 그렇게 되는 걸세. (16~7)

사람이 원래 선, 불선의 구분 없이 착하지만 불선의 행위를 하는 것은 외부의 힘이 선한 본성에 영향을 미쳐 억누르기 때문이라는 것이다.

이러한 성선(性善)철학은 피천득의 정의 문학과 자연스럽게 연결된다. 문학을 통해 사람들이 정(情)의 마음을 가지고 타자에 대해 이해하고 배려하고 사랑하게 된다. 그래서 공자(孔子)는 『논어(論語)』 "위정(爲政)"편에서 말한다.

선생님께서 말씀하셨다. "시 삼백 편을 한 마디로 뭉뚱그린다면 그것은 생각에 사특함이 없다는 것이다." (子曰: 詩三百, 一言以蔽之, 曰: "思無邪") (20)

그래서 공자는 옛날부터 자신의 시대에까지 널리 퍼져있던 3000여 편의 시중에 311편만을 골라 사서삼경의 하나인 『시경(詩經)』을 편찬하였을 것이다. 우리가 시를 읽는 이유는 마음을 사악하게 먹지 않기 위함이다. 여기서 마음에 사악함을 먹지 않음이란 사람들과 사회에 대해 어진 마음 즉 사랑하는 마음을 가지는 것이다. 공자는 『논어』의 "안연(顏淵)"편에서 제자 번지(樊遲)가 공자사상의 핵심인 "인(仁)"에 대해 물었을 때 그것은 "사람을 사랑하는 것이다[愛人]"라고 대답하지 않았던가(171). 어진[仁] 마음은 동행하는 사람을 사랑하는 것이다. 다시 말해 함께 "나란히" 더불어 사는 것이 아니겠는가? 금아의 시 「축복」을 보자.

나무가 강가에 서 있는 것은
얼마나 복된 일인가요
나무가 되어 **나란히** 서 있는 것은
얼마나 복된 일일까요

새들이 하늘을 나는 것은
얼마나 기쁜 일일까요

새들이 되어 **나란히** 나는 것은
얼마나 기쁜 일일까요

— 『생명』(43, 고딕체는 필자의 것)

어질 인(仁)자는 서로 의지하며 더불어 살 수밖에 없는 사람 인(人)자의 형상에다 그런 사람이 두 명 있을 때의 모습(仁 = 人 + 二)이다. 위 시에서 나무는 서 있는 것 자체가 복된 일이다. 그러나 두 그루의 나무가 "나란히" 서 있다면 그것은 더 큰 복이 아니겠는가? 새가 하늘을 나는 것은 기쁨이다. 그러나 두 마리 새가 "나란히" 난다면 더 큰 기쁨이 된다. 이것은 모두 커다란 "축복"이다.

피천득은 앞서 인용한 수필 『순례』에서 문학이 "낯익은 사물에 새로운 매력을 부여하여 나를 풍유하게 하여 준다."고 말했다. 공자는 "양화(陽貨)" 편에서

자네들은 어찌하여 시를 배우지 아니하는가? 시는 감흥을 불러일으킬 수 있으며, 풍속의 성쇠를 살필 수 있게 하며, 사람과 잘 어울릴 수 있게 하며, … 새와 짐승과 초목의 이름을 많이 알게 해 준다. (小子 何莫學夫詩? 詩, 可

以興, 可以觀, 可以群 … 多識於鳥獸草木之名) (246)

공자는 시를 공부하는 것이 모든 것의 시작임을 "태백(泰伯)"편에서 잘 설명하고 있다.

선생님께서 말씀하셨다: "먼저 시를 배우고 예로써 입신하고 음악에서 완성할 것이다."(子曰: 興於詩 立於禮 成於樂) (108)

인간들이 모여 사는 사회에서 최고의 경지는 모두가 조화롭고 즐겁게 사는 것이 아니겠는가? 시는 인간으로 하여금 선을 좋아하고 악을 미워하는 마음을 갖게 한다는 것이 공자의 핵심적인 시교(詩教)사상이다. 이것을 토대로 사람들은 겸손하게 서로 양보하는 정신인 예(禮)의 경지로 나갈 수 있다. 이상세계인 낙(樂)의 세계는 시(문학)와 예(도덕)가 이루어진 후에 올 수 있다.

문학을 창작하거나 읽는 마음은 결국 어린이의 마음으로 돌아가 그것을 유지하는 것이다. 인간이 어린아이에서 성장하여 성인이 되고 노인이 되는 것은 어떤 의미에서 생명체의 원초적 상태로부터 어쩔 수 없이 멀어지는 다시 말해 부패하고 경직화되는 과정이 아닐까? 그래서 19세기 낭만주의 시인인 워즈워스가 "어린아이는 어른의 아버지"라고 노래하지 않았던가? 금아는 94세 되던 해에 나이 들수록 어린아이가 되어야 함을 다음과 같이 쓰고 있다.

사람이 나이가 들수록 어린이와 똑같아진다는 말이 있습니다. 참으로 진실입니다. 한 해 한 해 나이 먹으면서 인생을 어떻게 살아야 하나 생각하다 보면 바로 순수한 아이 같은 마음으로 살면 된다는 해답을 얻기 때문입니다. 그리고 그 아이들의 순수함을 닮고 싶다는 소망을 가지고 아이처럼 살려고 노력하게 되기 때문입니다.

— 『어린 벗에게』(4~5)

피천득은 1940년대에 어린이들을 위해 잡지에 번역하여 실었던 단편소설들을 2003년에 다시 모아 『어린 벗에게』란 책을 출간하였다. 문학은 우리를 영원히 부패하지 않고 싱싱하게 생명력을 유지하게 하는 "힘"이다. 이것이 영원히 늙지 않는 5월의 소년 금아 문학의 보편성이다. 이것이 바로 문학의 염원이며 꿈이며 이상이 아니겠는가? 피천득 문학이 우리에게 줄 수 있는 것이 무엇인가? 금아 문학의 열매는 소박한 삶에서 비추는 단순미, 어린이의 마음에서 스며 나오는 순수성, 작은 것들의 기쁨 그리고 맑은 서정성에서 솟아나오는 일종의 숭고미일 것이다. 척박한 시대를 위한 인생사용법 또는 무미건조한 생활을 위한 인생요리법 아니 무엇보다도 즐길 것은 별로 없고 참을 것은 많은 이 세상을 생명력 있고 지혜롭게 살아가는 방법을 피천득은 우리에게 제시한다.

정(情)이나 어질 인(仁)에 대해 지금까지 이야기한 이 모든 말의 결과는 한마디로 압축하면 사랑이다. 사랑은 이웃과의 상호 관계구축이다. 사랑에 대한 아름다운 노래를 피천득이 좋아했던 영국 낭만주의 시인 셸리가 불렀다.

1
시냇물은 강물과 합치고
　그리고 강물은 다시 바다와 합치네.
하늘의 바람은 영원히
　달콤한 정서와 섞이네.
이 세상 어느 것도 홀로일 순 없네.
　모든 것은 하늘의 섭리로
서로서로의 존재 속에서 합치네.
　나는 어찌 그대와 못 합친단 말인가? －

2
산들이 높은 하늘과 입맞춤하고
　파도가 서로서로를 포옹하는 것을 보라.
어느 누이꽃도 용서받지 못하네.
　그대의 오빠꽃을 저버린다면.
그리고 햇살은 대지를 포옹하고
　달빛은 바다에 입맞춤하네.
이 모든 입맞춤이 무슨 소용 있으리?
　만일 그대가 나에게 입맞춤하지 않는다면.

　　　　　　　　－「사랑의 철학」, 『세상 위의 세상들』(139)

　사랑은 "만남"에서 시작된다. 만남이 없다면 아무런 인연도 없다. 옷깃
만 스쳐도 인연이라 하지 않는가? 피천득의 시 「만남」이 있다.

　그림 엽서 모으며
　살아왔느니

쇼팽 들으며
살아왔느니

겨울 기다리며
책 읽으며 –
고독을 길들이며
살아온 나

너를 만났다
아 너를 만났다.

찬란한 불꽃
활짝 피다 스러지고

찬물 같은 고독이
평화를, 다시 가져오다.

— 『생명』(129~30)

만남은 모든 생명의 시작이고 지속이고 보증이고 완성이다.[1] 모든 이야

---

1) 생명은 주체와 타자 사이의 상보관계라는 일본 시 한 편을 소개한다.

생명은
자기 자신만으로는 완결이 안 되는
만들어짐의 과정.

꽃도
암꽃술과 수술로 되어있는 것만으로는

기와 사건은 다양한 종류의 만남이 없다면 불가능하다. 만남은 기억과 역사의 처음이자 마지막이다. 그러나 만남은 언제나 각 주체들의 상호적인 관계를 만들어낸다. 여기에서 주체들이 상대에게 가지는 마음과 태도가 중요하다. 다시 말해 대화나 교류를 위한 공감적 상상력이 필요하다. 여기서 공감적 상상력은 연민, 어짐(仁), 사랑에 다름 아니다. 부처의 "대자대비(大慈大悲)", 공자의 인애(仁愛), 예수의 사상도 모두 돌봄과 배려를 위한 타자적 상상력에서 온 것이다.

1910년생인 피천득은 어려서부터 유학을 배웠고, 젊은 시절에는 금강산 장안사에서 불경을 공부했으며, 1930년대 상하이 대학교에서 영문학을 공부하고 영어 성서를 읽었다. 그의 문학작품에는 상당수의 성서에서의 인유(引喩)를 볼 수 있다. 그렇다면 피천득의 『인연』은 간추린 불경이고 현대판 논어이고 세속적인 성서라고 하면 지나친 상상력의 발로이겠지만 그의 문학에는 종교적 상상력이 충만하다고 볼 수 있다.

불충분하고

벌레나 바람이 찾아와
암꽃술과 수술을 연결하는 것.

생명은 제 안에 결여를 안고
그것을 타자가 채워주는 것.

(요시노 히로시, 「생명은」, 장회익 지음, 『공부도둑』, 325~6에서 재인용)

2. 금아 문학 평가의 문제

어느 시대 어떤 문인도 특정 시공간에서 활동하기 때문에 문인은 자신의 시대를 초월하는 보편적 강점이나 장점이 있지만 어쩔 수 없이 약점이나 한계를 지닐 수밖에 없을 것이다.

피천득의 절친한 친구 윤오영은 그의 『수필문학 입문』에서 여러 편의 수필들을 예로 들며 논의하는 자리에서 수필 「장미」가 "깨끗하고 향기로운 수필"이며 "간결하고 섬세한 솜씨"를 보인다고 높이 평가하면서도 "어딘가, 실감이 절실하지 못한 아쉬움이 있다"(35)고 지적하였다. 윤오영은 같은 책 다른 곳에서 피천득 수필의 장점은 "정서의 솔직한 구체화와 농도 있는 성구(成句)의 사용"이라고 말하면서 "피천득은 소년소녀의 문학같이 곱고 아름다울 뿐이다. 사실 피천득의 글은 그 곱고 정서적임으로 해서 많은 독자를 가지고 있다. 그러나 그것은 차라리 그의 약점이다."(150)라고 평했다. 윤오영이 말한 요지는 금아 수필이 청소년 문학같이 "곱고 아름다울" 뿐이라 길고 넓은 의미를 담기에는 문제가 있다는 것처럼 들린다. 이런 솔직한 평가는 어느 정도 사실일 수도 있지만 피천득 문학을 전체적으로 조망하는 요약이 될 수는 없다. 피천득 문학이 아동문학이나 청소년문학처럼 들리는 것은 하나의 전략에 불과하며 그의 문학사상을 구현하는 하나의 방식일 뿐이다. 금아의 궁극적인 목표는 보편성이다. 아동문학, 청소년문학, 중년문학, 노년문학은 궁극적으로 그 특정 대상에 목표를 둘 수는 있지만 어찌 따로 구분할 수 있겠는가? 모든 문학은 하나이다. 서울로 가는 여러 가지 방식의 하나일 뿐이다. 최근 소설과 영화에서 일대 선풍을 일으켰던 해리포터 시리즈가 과연 어린이 · 청소년들만의 것이었던가? 그 작가가 채택한 마법세계 도입은 답답한 현실에서 환상과 상상력을 일으키는 데 매우 효과적이다.

중문학자이며 수필가인 차주환은 피천득의 특징을 시와 수필을 함께 쓸 수 있는 점으로 보고, 금아 시의 산문성을 논의하면서 흥미롭게도 피천득이 시작을 계속하지 않은 이유를 다음과 같이 적고 있다.

> 자기 인생과 문학이 시라는 문학 형식으로 결실되기에는 걸맞지 않음을 느껴서였으리라 추측된다. 그의 시는, 동시와 소년시와 성인시의 갈피를 뚜렷이 가려잡기 힘든 단계에 놓여 있어 성숙한 지성인의 서정이 서술성과 이지를 토대로 하여 펼쳐지기에는 적합하지 않음을 감지한 데 기인하지 않았나 싶어진다. (169)

차주환은 자신의 "이러한 추측이 피천득 씨의 시를 낮게 평가함을 의미하지는 않는다."라고 말하고 있지만 그는 자신의 입장을 솔직하게 표현한다. 그러나 여기에서 사실관계를 정리해보면 피천득은 산문(수필)쓰기는

60세를 전후로 일찍이 절필하였으나, 시는 2000년 이후까지도 간혹 썼다. 차주환도 피천득의 시가 성숙한 성인의 인지수준에 미치지 못하는 것 같다고 느끼는 것 같다.

한 가지 예를 더 들어보자. 이상, 피천득, 안함광 등 2010년으로 탄생 100주년을 맞이하는 문인들을 기념하는 한국작가회의와 교보재단에서 주최한 모임이 있었다. 여기에서 평론가 이태동은 피천득의 수필을 논의했는데, 그는 피천득의 수필문학가로서의 업적과 그 위상을 정확하게 짚어내고 있으며 그 한계에 대해서도 분명히 지적한다.

> 피천득은 수필이란 문학 장르를 맨 처음 창안한 미셸 몽테뉴와는 달리 수필의 대상(對象)과 범위를 축소해서 일상적인 삶을 주로 다루고 있기 때문에 작은 것의 아름다움을 평범한 삶 가운데서 발견하는 기쁨은 있지만, 프리즘과 같이 다양한 스펙트럼을 지닌 폭넓은 도덕적인 삶을 그려내지 못했다. 그의 수필을 정전(正典)의 전범(典範)으로 사용해서 글을 쓰고 있는 오늘날의 많은 수필가들이 큰 문학적 성과를 얻지 못하는 이유도 신변에 일어나는 일을 서정적으로만 표현하는 범주를 크게 넘지 못하기 때문이다. 개인적 에세이라고 해서 주제를 너무 작은 것에만 고착시킬 필요는 없다.(64)

이태동의 이런 평가가 얼핏 정확한 것처럼 보이는 것도 사실이다. 그러나 그는 피천득 문학의 핵심이 "작은 것의 아름다움을 평범한 삶 가운데서 발견하는 기쁨"이라고 제대로 보면서도 그 자체로 피천득 문학의 성과를 제한하는 자기모순을 보이고 있다. 피천득 문학이 거대하고 많은 것만을 추구하는 시대에 우리에게 끊임없이 감동을 주고 하나의 대안을 제시하는 요소가 있다면 그것은 바로 진부하고 평범한 일상생활에서 부서지기 쉬운 작은 것들의 아름다움을 발견해내어 우리에게 보여준다는 점이다. 이것만이라도 성공적으로 이루었다면 그 작가는 자신의 소임을 다한 것이다. 작가들이 모두 천의 마음을 가진 셰익스피어처럼 다양하고 역동적인 천재성을 지닌 시인, 작가들이 될 수 있겠는가? 우리는 작가 피천득에게 피천득이 할 수 있는 것만을 요구할 수 있다. 서점에 가서 호미와 낫을 찾을 것인가? 이태동은 "치열한 사색과 명상, 방대한 양의 독서 결과"로 높은 경지에 이른 몽테뉴를 거명하면서 피천득이 그에 미치지 못함을 말한다. 그것은 평론가 이태동의 문학적 취미나 기호일 뿐이다. 몽테뉴와 피천득은 시대와 국적만큼이나 아주 다른 작가이다. 이렇게 수평적으로 비교·대조하는 것은 잘못이다. 몽테뉴가 시대에 충실한 너무나도 프랑스적인 에세이스트였다면, 피천득은 식민제국주의와 이념 전쟁의 와중에서 지속할 수 있는 삶의 방식을 사유한 20세기의 한반도적인 시인, 수필가였다. 몽테뉴가 피천득이 될 수 없듯이 피천득은 몽테뉴가 될 수 없다. 우리나라 고려 의종과 명종 때 문인 임춘(林椿)의 말을 들어보자

> 그러므로 학자는 다만 자기의 재주를 따라서
> 자기가 하기 쉬운 곳으로 나아갈 따름이요
> 반드시 강제로 모사하여 그 천질을 잃지 않는 것이
> 역시 하나의 중요한 일이라 생각됩니다.
> (然則 學者 但當隨 其量 以就所安而己 不必牽强橫寫 失其天質 亦一要也)
>
> (김경수, 93)

학자도 자기의 기질과 재주를 따라야만 대성할 수 있는데 작가는 더 이

상 말할 나위도 없다.

많은 사람들이 "작은 것은 아름답다"를 신조로 삼고 있는 금아 피천득의 글에 현실성이 없다고 말하며 오늘날과 같이 다양하고 복잡한 시대에 지나친 단순화와 서정화는 문학의 사회성을 약화시킨다고 금아의 문학을 평가 절하한다. 우선 금아 자신의 말을 들어보자.

> 어떤 사람들은 내가 쓴 수필을 보고 사회성이나 철학성이 부족하다는 지적을 하기도 했는데, 그것은 일견 맞는 말이면서 틀린 말이기도 합니다. 왜냐하면 사회성이나 철학성을 담는 것은 수필이 아닌 다른 장르, 이를테면 비평의 분야라고 믿고 있기 때문입니다. 사실 순수한 서정이 담긴 글과 사회성이 깃든 글들은 서로 상치하는 게 아니라 우리 사회에 모두 필요한 것들입니다.
> ─「서문 : 시와 함께한 나의 문학인생」, 『내가 사랑하는 시』(10)

다음으로 우리가 금아의 문학에서 쉽게 오해하는 것은 그의 작품의 표면적인 단순성과 용이성이다. 우리는 형식과 주제의 단순성과 용이성에 속아 넘어가는 대신에 우리 시대와 문명의 복잡성과 난해성을 풀어줄 단서를 찾아야 한다. 복잡하고 난삽한 것만이 깊이 있고 의미 있는 시라는 오해는 잘못된 것이다. 복잡하고 난해한 것은 그와 유사한 이론으로 풀어내려고 하면 오히려 더 혼란에 빠질 수 있다. 그의 말을 더 들어보자.

> 내가 시와 수필에서 가장 중요하게 생각하는 것은 순수한 동심과 맑고 고매한 서정성, 그리고 위대한 정신세계입니다. 특히 서정성은 세월이 아무리 흘러도 변하지 않는 것입니다. 나는 시와 수필의 본령은 그런 서정성을 창조하는 데 있다고 생각합니다. 그래서 나는 수필도 시처럼 쓰고 싶었습니다. 맑

은 서정성과 고매한 정신세계를 내 글 속에 담고 싶었습니다. 나는 글을 쓰면서 늘 그 경지를 지향했지만, 지금 생각해보면 그 경지에는 이르지 못하고 지금 여기에 이른 것 같습니다.

– 앞의 책(10~11)

금아 문학의 서정주의 전략은 단순히 미학적 차원에 머무는 것이 아니다. 그것은 윤리적, 문화사적 차원으로 확대 심화된다. 작고 사소한 것이 모든 것의 시작이기 때문이다. 피천득은 2000년 초 자신의 문학의 뿌리를 논하는 한 강연에서 자신의 신념을 다시 한 번 천명하였다.

> 훌륭한 작가는 자연과 인생의 아름다움을 깊이 있고 정묘(精妙)하게 묘사하여 독자들에게 늘 새로운 감명을 준다. 늘 새로운 아름다움을 찾아낸다는 뜻이 아니라, 평상적인 아름다움에서도 새로운 의미와 감동을 찾아낸다는 뜻이다.
>
> 작가는 자연과 인생의 아름다운 면만이 아니라 추한 면도 함께 다루어야 한다는 견해가 있는 줄로 안다. 그러나 나는 문학의 내용이 주로 아름다움으로 채워지기를 바란다. 슬픔이나 고통도 얼마든지 문학의 내용이 될 수 있지만 비운(悲運)에 좌절하지 않는 인간 본연의 의지(意志)와 온정(溫情)이 반드시 그 밑바탕이 되어야 한다.
>
> – 「숙명적인 반려자」, 『내 문학의 뿌리』(357~8)

개인적인 것이 정치적인 것이다. 금아가 태어난 1910년부터 2007년에 별세하기까지 많은 개인적 슬픔과 엄청난 역사적 사건들 속에서 그의 문학적 전략은 직접적으로 참여하고 개입하는 방식이 아니었다. 어떤 의미에서 그는 순수한 문학적 방식에 따라, 다시 말해 제국주의 식민지시대와 후기 자본주의 물신(物神)의 시대를 타고 넘어가는 길을 택하였다. 그것이

머리말에서 필자가 언급한 "금아 현상"의 방식이다.

금아 선생은 21세기의 신자유주의 경제제일주의의 무한경쟁시대에 문학이 무시되는 상황을 안타깝게 생각하였다.

> 요즘은 과거에 비해 사람들이 시를 많이 읽지 않습니다. 큰 서점을 빼고는 시집을 파는 서가 자체가 없는 서점들이 많다고 들었습니다. 요즘의 시대가 먹고 사는 게 너무나 힘들고 경쟁이 치열하기 때문이라는 생각이 들기도 합니다. 남을 누르고 이겨야 살 수 있는 세계에서 시는 사실 잘 읽히지 않습니다. 하지만 이럴수록 오히려 시를 가까이 두고 읽어야 할 필요가 있습니다. 시는 영혼의 가장 좋은 양식이고 교육입니다. 시를 읽으면 마음이 맑아지고 영혼이 정갈해집니다. 이것은 마른 나무에서 꽃이 피는 것과 같은 일입니다.
>
> — 『내가 사랑하는 시』(13)

이 시점에 지적되어야 할 것은 금아가 주장하는 "시인의 자존심"이다. 금아는 이것을 "시인으로서의 자신을 긍정하고 현실 앞에서 고고함을 지키는 것을 의미"한다고 말한다. 시인은 권력 앞에서도 당당하고 자신의 이익 앞에서도 의연해야 한다. 그렇다면 자존심을 가진 시인이란 게 무엇인가? 금아가 말하는 시인의 자존심은 정의를 위해 불의와 싸우는 정치와 혁명의 투쟁이라기보다 거의 종교적 상상력과 연계되고 있다.

> 진정한 시인은, 가진 것이 많은 사람의 편, 권력을 가진 사람의 편에 서는 것이 아닙니다. 진정으로 위대한 시인은 가난하고 그늘진 자의 편에 서야 하고 그런 삶을 마다하지 않아야 합니다.
>
> — 앞의 책(12)

금아 피천득은 한반도에서 일본 제국주의의 억압과 수탈의 통치가 정점을 치닫던 1930년 중반부터 작품 활동을 그만두었다. 그는 친일로 전향해 곡학아세(曲學阿世)하는 많은 문인들과 거리를 두고 자신을 지키기 위해 문단을 떠났다. 그의 말을 직접 들어보자.

> 내가 만 20세가 되던 해인 1930년에 쓴 짤막한 시「서정소곡」이 당시의 문예지『신동아』에 발표되었다. 그 후 나는 몇 년 동안 시를 계속 써서 신문이나 잡지에 발표를 해 오다가 중단하였다. 그것은 솔직히 말해서 일본 제국주의에 대한 내 나름의 소극적인 저항이었다. 그때의 내 심정은, 나라를 일제에게 빼앗겼는데 시는 써서 무얼 하느냐는 것이었다. 이때부터 해방이 되던 때까지 나는 절필(絶筆)을 하였고, 금강산 등지에 은거하면서 불자(佛子)가 되려고도 하였다.
>
> — 「숙명적인 반려자」,『내 문학의 뿌리』(356)

필자가 본서 2장에서 밝혔듯이 1930년대 초 등단한 피천득은 어떤 문예잡지나 문단계파에도 속하지 않고 1945년 일제의 굴레에서 벗어나 해방될 때까지 붓을 꺾고 어떤 글도 쓰지 않았다. 피천득은 격변의 전란기시대에 불운한 지식인이었다. 햄릿의 처절한 절규처럼

> 이 세상(시대)은 엉망이구나, 저주받은 상황이여,
> 나는 이 시대를 바로세우기 위해 태어났는가. (1막 5장)

피천득은 대한제국이 제국주의 일본에 의해 식민지로 병합된 1910년 8월 29일 직전인 5월에 태어나 10세 이전에 부모님을 모두 잃었다. 그 후 1927년 다행히 당대 최고의 지식인 작가였던 춘원 이광수를 만나 중국 상

하이로 망명성 유학길에 올라 영문학 공부를 하면서 10년 가까이 그곳에서 지내는 동안 도산 안창호를 일생의 스승으로 모시면서 흥사단원이 되었다. 1937년 졸업과 동시에 귀국하였으나 당시 일제의 눈엣가시였던 흥사단원이었기에 요주의 시찰인물인 "불령선인"이 되어 변변한 직장도 구하기 어려웠다. 피천득은 1930년대 초에 이미 「동광」, 「신동아」, 「신가정」의 잡지를 통해 시와 수필로 문단에 등단했지만 소극적이나마 일제에 항거하기 위해 붓을 내려놓았다.

피천득의 방식은 적극적 저항인 투쟁은 아니었다. 본인도 고백했듯이 그런 행동파적 실천 행위는 본인의 기질상 맞지 않았다. 그는 소극적 저항으로 절필했으나 아마도 기도를 했을 것이다. 피천득은 기도를 통해 "간절한 소망"을 표현했을 것이다. 금아는 「기도」라는 짧은 수필에서 "내가 좋아하는 타고르의 「기탄잘리」의 한 대목이 있습니다. '저의 기쁨과 슬픔을 수월하게 견딜 수 있는 그 힘을 저에게 주시옵소서.'"(『인연』, 295)라고 적고 있다. 여기에 길이에도 불구하고 타고르의 기도 전문을 인용한다.

> 하나님이시여,
> 위험으로부터 벗어나게 해달라고 기도하지 말게 하옵시고,
> 위험에 처하여도 겁을 내지 않게 해 달라고
> 기도하게 하옵소서.
>
> 고통 속에서 벗어나게 해달라고 기도하지 말게 하옵시고,
> 고통 속에 처하여도 그 고통을 이길 수 있는
> 용기를 달라고 기도하게 하옵소서.

인생의 싸움터에서 협조자를 찾게 해 달라고
기도하지 말게 하옵시고,
인생과 싸워서 이길 스스로의 힘을 달라고
기도하게 하옵소서.

근심스러운 공포 속에서 구원해 달라고
기도하지 말게 하옵시고,
공포와 싸워 이길 용기를 달라고 기도하게 하옵소서.

겁쟁이가 되고 싶지 않습니다. 도와주십시오.
너무너무 제가 기쁘고 성공했을 때만
하나님이 저를 도와주신다고 생각하게 마옵시고,
매일매일 제가 슬프고 괴롭고
남이 저를 핍박하고 제가 배고플 때
하나님이 제 손목을 꽉 잡고 계시다는 것을 믿게 하옵소서.

피천득은 타고르처럼 일제 식민지생활에서 주변적 삶의 위험, 고통, 싸움, 공포로부터 벗어나는 힘과 지혜를 달라고 기도했을 것이다. 그러던 중 감격의 해방을 맞았다. 그는 이 감격을 "시"와 "수필"로 남겼다.

그때 그 얼굴들. 그 얼굴들은 기쁨이요 흥분이었다. 그 순간 살아 있다는 것은 축복이요 보람이었다. 가슴 여는 희망이요, 천한 욕심은 없었다. 누구나 정답고 믿음직스러웠다. 누구의 손이나 잡고 싶었다. 얼었던 심장이 녹고 막혔던 혈관이 뚫리는 것 같았다. 같은 피가 흐르고 있었다. 모두 다 '나'가 아니고 '우리'였다.

녹두꽃 향기에
정말 피었나 만져 보고
아, 이름까지 빼앗기고 살던 때

'새야 새야 파랑새야'
눈 비벼 봐도 들리는 노래
눈 비벼 봐도 정녕 들리는 노래
갇혔던 새 아니던들
날으는 마디마디
파란 하늘이 그리 스몄으리

꿈에서라도 이런 꿈을 꾼다면
정녕 기뻐 미칠 터인데
나는 멍 – ㅇ 하니 서 있고
눈물만이 눈물만이 흘러나린다.

— 「1945년 8월 15일」, 『인연』(300~1)

피천득의 삶과 문학의 매력은 동양과 서양이라는 옷감으로 만든 아름답게 접힌 "주름" 속에 있다. 이 주름 속에서 우리는 금아의 글의 문향(文香)을 맡을 수 있다. 피천득은 중국 고전시인들 도연명, 두보, 이백의 한시를 좋아했고,[2] 셰익스피어의 시와 극, 영미 낭만주의 시들, 20세기 일본 낭만파의 짧은 시들, 그리고 1920~30년대 만해 한용운, 소월 김정식, 정지용, 노산 이은상의 민족적 서정주의 시를 많이 읽고 영향을 받았다.

---

2) 한시(漢詩)가 한국 현대시인들에게 끼친 영향에 대한 일반 논의로는 김종길 참조(103~23).

여기에서 피천득의 문심(文心)에는 독특한 예술적 배합이 일어났다. 서양의 열정적인 낭만주의에 경도된 감정과 언어가 동양의 고아한 고전주의에 의해 절제의 묘를 얻었다. 한시의 정형성, 하이쿠의 단형성도 한몫 거들고 있는 듯하다. 피천득 문학의 속살은 말림이 없는 밋밋한 단색치마가 아닌 접힘의 다홍색 주름치마의 기운이 감돈다. 다홍색이나 겉으로 화려하게 드러나지 않고 속에서 풍요롭게 스며 나온다. 금아의 목소리는 조용히 깔려있는 다양한 목소리들이 은근히 조화를 이루고 있다. 이것이 금아 문학의 풍취와 고아함의 비밀이다.

이와 더불어 피천득 문학에 대한 필자의 궁극적인 접근은 중용적이다. 피천득의 문학은 서정의 세계로 기울기도 했으나 현실의 삶의 현장을 떠나는 예술지상주의적 문학중심주의에 빠지지 않았고 일상의 사소한 것들에 매여있지만 그렇다고 현실문제 해결에 골몰하기만 하는 이념중심의 현실주의적 문학을 주창하지도 않았기 때문이다. 따라서 필자의 접근이 정태적인 중립이라기보다는 오히려 좀 더 역동적인 대화라고 해야 옳을 것이다. 필자는 피천득 문학이 결국은 형식과 주제, 예술과 이념, 현실과 이상, 실재와 외양을 타고 넘어가는, 필자가 즐겨쓰는 표현으로 부둥켜 안고 뒹굴다가 다시 일어나 "포월(匍越)"하는 달콤한 꿈도, 쓰디 쓴 현실도 아닌 몽상(夢想)인 "중간지대"의 어느 곳에 자리 잡고자 할 것이라고 믿는다. 문학은 궁극적으로 중간세계를 지향하는 것이 아닐까? 그러나 오늘날 문학적 기호와 유행은 이러한 미지근한 회색지대가 설자리를 쉽게 허락하지 않는 듯하다. 어느 쪽이든 선명한 입장을 보이지 않으면 질 나쁜 기회주의자일 뿐이다.

피천득이 20대 초반에 도산 안창호가 이끄는 흥사단 단원이 되었을 뿐 그 이후로는 어떤 정치적 단체에도 가입하거나 활동하지 않았던 점은 여기에서 그 시사점을 준다. 피천득은 살아있을 동안 어려서부터 직접 만나서 배웠던 두 사람의 스승이 있었다. 그중 한 사람은 도산 안창호이다. 상하이와 미국 등지에서 자주독립을 주창했던 도산이 언제나 한탄했던 점은 독립운동단체 동지들 간의 분열과 반목이었다. 도산 선생이 1938년 세상을 떠나자 피천득은 진정한 애국자가 사라짐에 너무나 슬퍼하고 애도했다. 피천득의 나이 29세였다. 피천득이 일생 문학적 스승으로 모셨던 한국 근대문학의 건설자인 춘원 이광수는 일제 말기에 작가로서의 민족적 절개를 지키지 못하고 친일파의 앞잡이로 살다가 6 · 25 한국전쟁 때 납북되어 그곳에서 죽었다. 피천득은 춘원이 친일행각 이전에 돌아가셨더라면 얼마나 좋았을까하고 안타까워했다. 피천득의 나이 41세였다.

이런 상황 아래서 피천득의 선택은 분명해 보인다. 피천득은 결코 햄릿처럼 현실에서 관념적인 사색만 하는 사람도 아니었고 동시에 돈키호테처럼 역사를 향해 행동하고 실천하는 사람도 아니었다. 피천득에게 잘못이 있다면 작가로서 교수로서 현실과 사회에 일정한 미적 거리를 둔 것이었을 것이다. 그러나 미증유의 민족적 대변혁기에 한반도에서 태어나 살았던 피천득은 시대의 아픔과 문명의 질병을 온 몸으로 품고 거의 1세기를 살았던 "역사적 인간"이었다. 필자는 이러한 혼란기 한가운데에서 피천득의 선택을 최대한 존중해야 할 것이라고 생각한다.

그러나 피천득 문학에 대한 한국 문학계의 기술(記述)이나 평가는 매우 인색하다. 수필장르에 관해서는 많은 언급이 있으나 시 부문에 대해서는 거의 없고 번역문학가로서의 금아의 업적에 대한 언급도 별로 없다. 정통 한국 문학사 또는 한국 현대시사 등에서 피천득의 시나 수필에 대한 언급은 없다. 몇 가지 이유를 생각해본다면, 첫째 가장 큰 이유로는 피천득이 어떤 동인지 활동이나 유파에 참여하지 않았기 때문이리라. 한국의 문단 상황을 볼 때 피천득처럼 나 홀로 독립적으로 작품 활동을 하는 문인에 대해서는 별다른 관심을 가지지 않는 듯하다. 둘째 이유로는 작품의 수가 매우 적다는 데 있으리라. 시의 경우 짧은 서정시들이 100여 편에 불과하고 수필의 경우도 주로 소품으로 100여 편이 있을 뿐이다. 피천득이 문학을 "금싸라기를 고르듯이 선택된 생활 경험의 표현"이며 "고도로 압축되어 있어 그 내용의 농도가 진하다."(「순례」, 『인연』, 269)고 언명한 걸 볼 때 작품수가 적은 것은 어쩌면 당연한 결과일 것이다. 또 다른 이유로는 피천득이 시와 수필 두 장르로 작품을 써서 어느 한 쪽에 전념하지 않았기 때문이리라. 두 장르에서 작품 활동을 하는 문인에게는 한국 문단이 비교적 많은 관심을 보이지 않는 경향을 볼 때 만일 피천득이 시나 수필 중 한 분야에만 전념했다면 어땠을까 하는 생각마저 든다.

또 다른 이유는 피천득이 수필장르에서 많이 읽히고 논의되기 때문에 그를 주로 수필가로 분류하기 때문일 것이다. 그러나 시, 소설, 희곡, 비평의 정통장르만 인정하려는 순수주의로 인해 학계에서 수필장르는 주변부 장르로 무시된다는 점도 간과할 수 없다. 나아가 피천득의 시적 활동 역시 그 성과가 적지 않은데도 불구하고 학계나 문단에서 별다른 주의를 기울이지 않는 이유는 피천득의 시가 시대를 거슬러 너무 서정적이고 비역사적이라는 오해나 편견 때문일 것이다. 끝으로 한국 문학계나 문단이 번역문학에 대한 응분의 주의를 기울이지 않는 현실에서 번역문학가로서 피천득에 대한 논의는 전무한 상황이다.

피천득의 시에 대한 평가는 이미 김우창, 윤삼하, 석경징, 권오만, 이창국, 김영무, 이만식 등에 의해 이루어졌다. 이중에서 2010년 6월에 있었던 "피천득 선생 탄생 100주년 기념 세미나"에서 발표한 권오만의 평가를 살펴보자. 권오만은 피천득의 시 「비 개고」, 「후회」, 「국민학교 문 앞을 지날 때면」, 「붉은 악마」를 자세히 분석 · 평가한 다음, 피천득의 "시 작품들은 분명히 그의 수필 작품들에 못지 않은 상큼한 매력"을 간직하고 있으나 "선생의 그 작품들이 우리 시문학사에서 차지하는 위치는 다른 시인의 작품들과 선명하게 구별되어 보이지"(19~20) 않는다고 평가한다. 금아의 서정시들이 동시대 시인들인 김소월, 정지용 등의 작품과 확연히 구별되는 변별적 특성이 부족하다는 뜻이다.

수필 영역에서는 평가가 매우 긍정적이다. 피천득 수필에 대한 상세한 분석과 감상을 한 바 있는 수필가 김정빈은 피천득의 수필 「5월」을 최고의 걸작으로 평가하고 있다.

> 수필 「오월」은 불과 353자 밖에 되지 않는 짧은 글이다. 그러나 그것은 시(詩)이며, 소설이며, 아픔을 숨기고 긍정을 노래하는 인생의 드높은 찬가이다. … 금아 선생의 「오월」 같은 글은 내가 아는 한 우리의 글, 중국의 글, 나아가 셰익스피어의 문장에도 없다. 이 글로써 선생은 천하에 '금아'는 오직 금아 한 사람임을 드러내고 있는 것이다. (24~5)

이와 같은 피천득 수필에 대한 최고의 찬사가 지나치다고 보기는 어렵다. 바로 이런 점이 우리들로 하여금 끊임없이 금아 수필을 읽도록 이끄는 힘의 원천이기 때문이다.

또 다른 수필가 손광성은 한국 수필문학사에서 피천득의 위상을 높게 평가한다.

> 한국 현대문학의 역사를 100년으로 잡는다면 한국 현대 수필의 역사도 통상 그렇게 보아야 할 것이다. 그러나 '문학다운 문학으로서의 수필'이라는 면에 초점을 맞춘다면 한국 현대 수필의 역사는 훨씬 짧아질 수밖에 없다. … 에세이를 '문학적 에세이(literary essay)'와 '비문학적 에세이(nonliterary essay)'로 구분하는데, 수필은 통념상 전자, 즉 '문학적 에세이'에만 국한된다. 수필이 문학의 하위 개념이라면 문학성을 획득하지 않은 글을 수필이라고 부를 수 없다는 이유에서다. …
>
> 나도향의 「그믐달」은 20년대 후반에, 김진섭의 「백설부」는 1939년에, 그리고 이양하의 수필은 40년대에 나왔다. 한국 현대 수필이 예술성을 획득하여 수필로서의 확고한 자리를 굳힌 것은 1959년에 나온 피천득의 『금아시문선』에 이르러서다.
>
> — 손광성, 「머리말」, 『한국의 명수필 2』(4~5)

여러 종류의 한국대표수필선집에 피천득의 수필이 언제나 최소한 3~4편이 소개되는 것을 보면 이 사실이 증명된다고 하겠다.

한국 문단에서 번역문학가로서의 피천득의 활약은 눈부시다. 양으로 보나 질로 보나 주목하지 않을 수 없다. 특히 그의 셰익스피어 소네트 154편 전편 한국어 번역은 최고의 걸작이며 생존시에 당연히 번역문학상 감이었다.

3. 세계시민주의 시대에 금아 문학의 가능성

금아는 언제나 자신의 문학적 시선을 전지구적 차원으로 확대한다. 동서양 고금을 막론하고 모든 문학은 같은 것을 목표를 한다고 주장하며 "세계문학"의 가능성을 논의한다.

> 이 책 속에는 유럽 시인의 시도 있고, 일본, 중국, 인도 시인의 시도 들어 있습니다. 사실 높은 차원의 시는 동서를 막론하고 엇비슷합니다. 모두가 순수한 동심과 고결한 정신, 그리고 맑은 서정을 가지고 있으니까 말입니다.
>
> ─ 『내가 사랑하는 시』(12~3)

세상의 모든 위대한 문학은 공통적으로 "순수한 동심", "고결한 정신" 그리고 "맑은 서정"을 가지고 있다고 보아야 한다. 독일의 대문호 괴테(1749~1832)도 같은 맥락에서 요한 에커만과의 대화에서 중국 소설을 읽은 경험을 예로 들며 처음으로 "세계문학"의 가능성을 논하였다.[3]

---

3) 이보다 조금 뒤인 1848년 발표한 「공산당 선언」에서 마르크스와 엥겔스도 세계화 시대를

"이 사람들이 생각하는 것, 행동하는 것 그리고 느끼는 것은 거의 우리와 똑같지. 그래서 곧 그들도 우리와 같다는 것을 느끼게 되네. 다만 그들에게 있어서는 모든 것이 한층 더 명쾌하고 순수하고 그리고 윤리적이지. 그들은 모든 것이 이성적이고 시민적이면서도 또 격정적이네. 그러나 시적인 비약은 볼 수 없어. 그러므로 나의 〈헤르만과 도로테아〉나 리처드슨의 영국 소설과 비슷한 점이 많지. 한가지 다른 점은 그들에게 있어서는 외적 자연과 인간의 영상이 언제나 공존하고 있다는 것일세 … 시는 인류의 공유재산이라는 것, 또한 어느 시대 어디에서도 수없이 많은 인간들이 있는 곳에서 탄생하고 있다는 것을 나는 요사이 더욱더 확실하게 깨닫게 된다네. 어떤 시인이 다른 시인보다 어느 정도 더 좋은 것을 창작했다고 하더라도, 그것은 다른 작품들보다 좀 더 오래 표면에 떠 있을 뿐이네. 그 이상의 의미를 가질 수는 없는 것이야. … 그러나 사실 우리 독일인들은 우리 자신의 환경과 같은 좁은 시야에서 빠져나가지 못하면 아주 쉽게 현학적인 자만에 빠지게 되지. 그러므로 나는 즐겨 다른 나라 국민에게 눈을 돌리고 있고, 또 누구에게나 그렇게 할 것을 권하고 있어. 오늘날에는 국민문학이란 것이 큰 의미가 없어. 이제 세계문학의 시대가 시작되고 있지. 그러므로 우리 각자는 이런 시대의 도래 촉진을 위해 노력을 다하지 않으면 안 되네. 그러나 우리가 외국 문학을 존중할 때에도 특별한 것에 집착하여 그것을 모범으로 삼아서는 안 된다네."

　　　　　　　　　　　　　　　　　　　　　　　　　　　　 — 에커만, 『괴테와의 대화』(231, 233)

이런 맥락에서 우리는 금아 문학의 "보편성"을 논해볼 수 있다.

예견하면서 "세계문학"의 도래를 점친 바 있다: "오래된 지방적이고 국가적인 고립과 자족 대신에 우리는 국가들의 보편적인 상호 독립성을 위한 다방면의 교류를 가진다. 그리고 물적 생산에서와 같이 지적인 생산에서도 마찬가지이다. 개별국가들의 지적인 창조물들은 공동의 재산이 된다. 국가적인 일방성과 편협성은 점점 불가능해지고 수많은 국가적이고 지방적 문학들로부터 하나의 세계문학이 생겨난다" (11).

금아 피천득은 20세기 초중반기 동북아시아에서도 보기 드문 국제인 또는 세계인이었다. 제국주의 일본 강점기에 강제로 일본어를 배우고 일본어로 번역된 서구의 문학작품을 읽었다. 1926년부터 1937년까지의 중국 상하이 유학은 금아를 국제무대에 발을 들여놓게 하였다. 1920년대, 30년대 빠르게 근대화의 과정을 걷고 있던 상하이는 일본을 포함한 서구열강 제국들 세력의 각축장이 되어 조계지라는 치외법권지대를 만들어 외국인들이 자유롭게 활동할 수 있었다. 당시 대한민국임시정부 본부의 독립운동 활동도 프랑스 조계지에서 수행되었다. 금아 선생은 미국 감리교 계통의 고등학교를 다녔고 후장대학 예과와 영문학과에서 미국인 교수들에게 심도 있는 영작문교육과 영문학 교육을 받았다. 아마도 금아 선생은 그 당시 영어, 중국어, 일본어를 비교적 자유롭게 사용할 수 있었을 것이다. 그는 고전 중국 문학 뿐 아니라 당대 중국 문학도 상당량 읽었을 것으로 추정된다. 금아는 상하이의 국제화 맥락에서 언어와 문화의 세계화를 이미 경험하였다. 사상과 종교 면에서 금아는 다양하게 독서하고 공부하였다. 기독교 계통학교라 『성경』도 수시로 읽었을 것이다. 1932년 상하이사변으로 일시 귀국 중에는 금강산에 들어가 거의 1년간 머무르면서 「법화경」과 「유마경」을 읽었다.

중국 문학자 차주환은 「피천득의 수필세계」에서 금아 문학의 (세계적) 보편성을 "고도의 문학 가치"에서 찾고 있다.

> 피천득 씨의 경력으로 보아, 그는 문학 가치가 높은 수필작품을 내놓을 수 있는 충분한 수련을 쌓았음을 알게 된다. 한국의 전통적인 문학에 대한 이해를 바탕으로 하여 일본과 중국의 문화와 생활을 경험적으로 터득하였고, 구미 각국의 예술과 문학에 침잠하여 그 정수를 파악한 처지에서 영미 문학을 전공한

학자의 생애를 영위하였으니, 그가 써낸 수필이 고도의 문학가치를 드러낼 소
지가 마련되었으리라는 것은 상식적으로도 짐작이 갈 만한 일이다. (168)

차주환은 여기에서 피천득의 문학이 "고도의 가치"를 지니고 있다고 보
았다. 이것은 금아 문학의 세계화를 시도할 때 중요한 초석이 될 수 있을
것이다. 금아 문학이 더 연구되고 영어 등의 언어로 제대로 번역된다면
세계 사람들이 금아의 글에 보편적 공감을 표할 것이다.

금아는 특별히 동서고금의 시가를 두루 좋아했고 영향을 받았으며 새
롭게 자신만의 창작세계를 펼쳤다. 금아의 문학세계를 비교세계문학적
시각으로 논의하고 연구해볼 필요도 적지 않다. 금아 문학의 보편성을 삼
각형의 그림으로 그려보자.

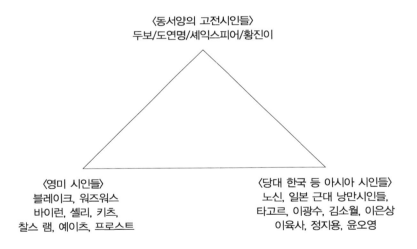

⟨동서양의 고전시인들⟩
두보/도연명/셰익스피어/황진이

⟨영미 시인들⟩
블레이크, 워즈워스
바이런, 셸리, 키츠,
찰스 램, 예이츠, 프로스트

⟨당대 한국 등 아시아 시인들⟩
노신, 일본 근대 낭만시인들,
타고르, 이광수, 김소월, 이은상
이육사, 정지용, 윤오영

피천득의 문학 독서와 습작활동은 1920~30년대라는 매우 특수한 시
대의 상황 속에서 이루어졌으며 금아는 동서고금의 다양한 작가시인들

의 영향을 받아들이면서도 "영향의 불안"에서 벗어나 자기 것을 찾아가는 "강한" 시적 감수성을 지니고 있다고 하겠다. 금아의 글은 언제 어디서든지 오랜 기간 깊은 사유에서 나온 농축된 표현과 정제된 사상이 쌓여있는 상상력의 저수지(바다)이다. 깊은 바다 속에서 오래 숙성된 그의 글은 진주와 산호로 바뀌어 누구에게나 공감을 불러일으킬 수 있는 보편화된 문학으로 우리 앞에 다가왔다. 스피노자의 기하학적 사유를 닮은 과격한 단순미, 정형성이 가져오는 혼을 울리는 진실성(박진성), 가슴을 적시는 서정성은 금아 문학이 보편성을 획득하게 만드는 요소들이다.

결국 금아가 지향하는 문학은 세계시민주의 시대의 문학이다. 이 시대에 가장 필요한 문학은 타자적 상상력을 가진 문학이다. 타자적 상상력을 가진 문학이란 금아 선생이 시종일관 주장한 정(情)의 문학에 다름 아니다. 그는 아무리 적이라도 관용을 보이고 공감하는 힘을 보여주는 것이 진정한 문학이라고 강조한다. 금아는 1975년 1년 먼저 명예퇴직하고 딸네 집이 있는 보스턴으로 가서 미국 독립전쟁의 발생지 콩코드라는 작은 마을을 방문했다. 크고 뾰족한 기념비를 보고 애국을 노래한 에머슨의 시 「콩코드 찬가」를 읽으면서도 피천득의 가슴을 흔든 것은 한 때 그들의 적이었던 영국 병사를 위해 세운 작은 비석이었다. 그의 수필 「콩코드 찬가」를 읽어보자.

여기에는 적에 대한 적개심은 조금도 없고 오히려 동정이 깃들어 있다. 또한 감격하게 하는 것은 그 기념비 가까이 놓여 있는 영국 병사들을 위한 조그마한 비석이다. 여기에도 미국 국민의 아량과 인정미가 흐르고 있다. 작은 그 비석에는 다음과 같은 말이 씌어 있다.

영국 병사의 무덤

그들은 3천 마일을 와 여기서 죽었다
과거를 옥좌 위에 보존하기 위하여
대서양 건너 아니 들리는
그들의 영국 어머니의 통곡 소리

— 『인연』(303~4)

여기에서 피천득이 말하는 "아량"과 "인정미"는 정(情)에서 나오는 것이
다.[4]

피천득은 1970년 국제 PEN클럽 한국 본부 주관으로 서울에서 열렸던
국제 PEN대회에서 "동서문학의 해학"이란 대주제 아래 「현대사회에서의
해학의 기능」이란 글을 발표했다. 금아는 해학(유머)에 대해 한용운의 시
한 편을 예로 들면서 다음과 같이 언명하였다. 길지만 인용한다.

---

[4] 18세기 스코틀랜드의 도덕철학자로, 유명한 『국부론(*The Wealth of Nations*)』(1776)을 써서
자유방임주의적 자본주의 이론을 만들어낸 아담 스미스(Adam Smith)는 당시 도덕 철학의
주류였던 인간 본성(human nature)연구에서 출발하여 공감적 상상력 이론을 구축한 『도덕
감정론(*The Theory of Moral Sentiment*)』(1759)을 출간했다. 이 책에서 스미스는 본격 자본주
의가 도래할 것을 예견한 듯 그 이전에 모든 인간은 도덕적으로 감정(감성)을 계발해야 한
다고 주장하면서 인간이 본성적으로 가진 연민과 동정에 대해 다음과 같이 지적한다. "인
간이 아무리 이기적이라 상정하더라도 인간의 본성에는 분명 이와 상반되는 몇 가지 원리
들이 존재한다. 이 원리들로 인해 인간은 타인의 운명에 관심을 가지게 되며, 단지 그것을
지켜보는 즐거움밖에는 얻을 것이 없다 하더라도 타인의 행복을 필요로 한다. 연민(pity)
과 동정(compassion)은 이런 원리를 바탕으로 하고 있는 감정이다. 타인의 비참함을 목격하
거나 또는 그것을 아주 생생하게 느끼게 될 때, 우리는 이런 감정을 느낀다"(『도덕 감정론』
27). 여기에서 우리는 스미스의 연민이나 동정론은 공자의 인애(仁愛), 맹자의 성선설(性善
設), 나아가 피천득의 정(情)론과 놀랄 정도로 유사함을 알 수 있다.

해학이란 흔히 쓰이는 말이지만 잘못 쓰이는 경우가 종종 있다. 해학은 기지처럼 재치를 부리거나 재빠르지 않으며 풍자처럼 비평적이거나 잔인하지 않다. 해학은 기지처럼 말이 날카롭지 않으며 풍자처럼 뼈가 들어있지도 않다. 유우머에는 튀는 불꽃도 불과 같은 따가움도 없다. … 유우머에 악취미란 없다. 위트는 남을 보고 웃지만 유우머는 남과 함께 웃을 때 우리는 친근감을 갖는다. 유우머는 다정하고 온화하며 마음을 너그럽게 달래주고 관대하고 동정적이다. 유우머는 인간의 행동을 통찰한 데서 온다. 훌륭한 유우머는 작가가 인간의 행동을 이해와 동정을 갖고 바라볼 때에 얻어지는 것이다. … 여기서, 탁월한 현대시인이며 우국지사였던 한용운의 시 한 편을 참조하여 보자.

빗긴 볕 소등에
피리 부는 저 아이야

너의 소 일 없거던
나의 근심 실어주렴

싣기야 어렵지 않지만
부릴 곳이 없노라.

피리 부는 아이에게 간청하는 말 속에도 마음의 여유를 보이는 유우머가 깃들어 있다.

현대문학에는 상징이나 의식의 흐름 등이 있고 무엇보다도 암담하고 냉혹한 현실의 묘사가 다분히 있다. 낭만적인 감상, 우울한 표정을 띤 사실주의에도 싫증이 난 우리는 과거 어느 때보다 문학에서 해학의 필요를 절실히 느낀다. 현대는 긴장, 불안, 강박관념, 초조, 폭력, 잔인의 시대이다. 현대는 메카니즘, 컴퓨터, 비인간화의 시대이다. 큰 도시에서도 사회의 억압에 눌려 군중은 마치 겁에 질린 양들처럼 쫓기고 있다. … 항상 너그럽고 동정에 어린 유우머에 대한 이해성을 조장시킴으로써 작가는 현대사회에 "아름다움과 밝은 지혜"를 가져올 수 있다. 만일 모든 사람들이 — 특히 사회의 지도자들이 — 이런 문학을 읽어 유우머를 이해하는 마음을 터득한다면 불필요한 비극, 사회적인 모순, 국가간의 충돌 — 이런 것들이 현저히 감소될 것이다. 해학은 인간에 주어진 하나의 혜택이다. 현대문학이 해학을 더욱 중시한다면 인류는 좀 더 밝은 세상을 맞이할 수 있을 것이다. (146, 148)

현대사회에서 해학(유머)의 기능과 필요성에 대한 피천득의 견해는 그의 삶과 문학과도 밀접하게 관계를 맺고 있으며, 그의 문학사상을 잘 드러낸다. 그의 말과 글이 항상 조용하고 은근하고 온화한 것은 위트(재치)의 재빠름이나 풍자의 날카로움에서 오는 것이 아니다. 이러한 기본 태도는 피천득 문학의 핵심인 "정(情)" 또는 다른 말로 "센티멘탈("감성", sentimental)"과도 깊은 연관성을 가진다고 볼 수 있다.

타자적 상상력을 키우기 위해서 동일자인 주체의 유머는 관용, 공감, 사랑이 정(情)으로 이어지는 통로이다. 나와 타자인 대상, 객체인 그것, 또는 그 사람과 "비교(比較)"를 하는 일이다. 비교는 세계화(전지구화) 시대의 새로운 사유와 작업방식이다. 비교는 "세계화(globalization)"의 첫 단계인 "지방화(localization)"를 활성화하기 위한 것이다. 그것은 '글로컬(glocal)'의 문화윤리이다. 다시 말해 지방문화의 주체성이 있으면서 세계화가 이루어져야 각 문화의 대화적인 다양성을 유지하며 하나의 역동적이고 조화로운 통일성을 이룰 수 있다. 각 지방문화들이 서로에게 대등하게 영향을 주고받는 관계수립이 중요하다. 다시 말해 각 주체들 사이의 생태학적 관계가 형성될 때 진정한 세계화가 가능하다. 이때 강한 문화가 약한 문화를 통합해서는 안 된다. 문화가 다양성이라는 탄력성과 대화성을 잃으면 단일화되어 지탱 가능성이 오히려 약해진다. 따라서 오늘 가장 필요한 문화윤리학이 바로 비교학이다. 비교는 서로 간의 우열을 가리기 위한 것이 아니라 서로의 유사성과 차이성을 밝혀내어 상대방과의 차이성을 존중하고 융복합시키려는 노력이다.[5]

피천득의 예를 따라 우리도 그가 좋아했던 많은 시인 작가들과 그 작품들을 금아의 작품들과 비교하는 작업이 필요하다.[6] 가령 황진이와 피천득 비교, 정지용과 피천득 비교, 노신과 피천득 비교, 셰익스피어의 소네트와 피천득의 서정시 비교, 윤오영과 피천득의 수필 비교, 프로스트와 피천득 시 비교[7] 등의 작업들이 가능할 것이다.[8] 이러한 비교세계문학적 방

---

[5] 금아 선생은 1972년 당시 제자인 심명호 현재 서울대 명예교수와 공동연구로 60쪽이 넘는 장편의 연구논문 「영미의 Folk Ballad와 한국서사민요의 비교연구」를 발표한 바도 있다.

[6] 금아 선생은 수필 「찰스 램」에서 램을 매우 좋아해서 크게 호평하였다. 그러나 고아한 수필가 차주환은 램과 금아의 수필을 비교하며 금아의 수필이 한 수 위라고 다음과 같이 말한다: "램의 수필을 읽어보면 … 좀 수다스러울 정도로 요설(饒舌)적이어서 경박하고 치졸하게 여겨지는 구석이 없지 않다. 피천득 씨의 수필은 램과 방불한 점이 없지 않지마는 짜임새나 언어의 절제를 통해 램의 약점을 극복하였고, 풍부한 학식과 다양한 견문이 뒷받침된 깊은 지성이 그가 사용한 말들에 각기 적의한 무게를 안배하여 둔탁함과 경박함을 모면하게 만들었다" (차주환, 171).

[7] 피천득이 매우 좋아하였고 보스턴에서 직접 만난 미국의 현대시인 로버트 프로스트와 피천득의 관계에 대해 영문학자이며 평론가인 이태동은 "피천득이 프로스트가 자연과 더불어 사는 검소한 자연시인이란 점을 나타내며 그의 시 속에서 동양예술이 지니고 있는 여백의 미학을 지적한 것도 그가 추구해왔던 예술적 목적과 일치하기 때문일 것이다"(7)라고 지적하였다.

[8] 최근 영문학자이며 시인인 이만식은 "한국 문학사에서 피천득의 위치를 자리매김"(26)하기 위해 "수필처럼 시를 쓰면서 삶의 모습을 적나라하게 드러냈던 하나의 대표적인 시인"(25)인 천상병의 시 「귀천」과 피천득의 시 「이 순간」을 비교한 바 있다. 이러한 일련의 작업들을 통해 한국 문학계에서 피천득 문학의 재평가를 논의해 볼 수 있을 것이다.

법은 금아 문학의 보편성을 점검하고 세계시민주의 시대의 문학으로서의 가능성을 가늠할 수 있는 첫 단계가 될 것이다. 여기에서 보편성의 가능성이 확인된다면 금아의 시와 수필들을 영어뿐 아니라 중국어, 프랑스어 등 주요 외국어로 번역하여 외국의 일반 독자들에게 알릴 필요가 있다. 나아가 금아 문학에 관한 연구 소개 글이나 논문들을 외국어로 번역하여 외국의 문학계와 일반 독자들에게 제공해야 할 것이다. 형식이나 기법이나 내용이나 주제에 있어 금아 문학이 번역을 통해 제대로 소개된다면 현대 한국의 어떤 시인 작가들보다 보편성을 충실히 확보할 수 있으리라 본다. 이 쉽지 않은 모든 작업들은 남겨진 우리들에게 맡겨진 과제일 것이다.

삶의 기술학(技術學)을 향하여

해어진 너의 등을 만지며
꼬이고 말린 가죽끈을 펴며
떨어진 장식을 맞춰도 본다

가을 서리 맞은 단풍이
가슴에다 불을 붙이면
나는 너를 데리고 길을 떠난다

눈 위에 달빛이 밝다고
막차에 너를 싣고
정처 없는 여행을 떠나기도 하였다

늙었다 – 너는 늙었다
나도 늙었으면 한다
늙으면 마음이 가라앉는단다

— 「나의 가방」, 『생명』(115)

나의 생활을 구성하는 모든 작고 아름다운 것들을 사랑한다. 고운 얼굴을
욕망 없이 바라다보며, 남의 공적을 부러움 없이 찬양하는 것을 좋아한다. 여
러 사람을 좋아하며 아무도 미워하지 아니하며, 몇몇 사람을 끔찍이 사랑하
며 살고 싶다. 그리고 나는 점잖게 늙어 가고 싶다.

— 「나의 사랑하는 생활」, 『인연』(222~3)

이 자리는 피천득의 삶을 정리하는 곳은 아니지만 어떤 설명이나 해설보
다 그 자신의 시와 수필 속에 그의 삶의 모습이 잘 드러나 있다. 우선 그의
시 「생명」을 보자.

> 억압의 울분을 풀 길이 없거든
> 드높은 창공을 바라보라던 그대여
> 나는 보았다
> 사흘 동안 품겼던 달걀 속에서
> 티끌 같은 심장이 뛰고 있는 것을
>
> ...
>
> 살기에 싫증이 나거든
> 남대문 시장을 가보라던 그대여
> 나는 보았다
> 사흘 동안 품겼던 달걀 속에서
> 지구의 윤회와 같이 확실한
> 생(生)의 생의 약동을!

— 『생명』(68~9)

피천득은 생명에 대한 외경을 현실 위의 공간인 "드높은 창공"뿐만 아

니라 삶의 역동적인 현장인 "남대문 시장"에서도 느낀다. 피천득의 생명의 시학은 막 세수한 싱싱한 얼굴인 5월 속에 있다. 나아가 그는 품겨진 달걀 속에서 "지구의 윤회"인 "생의 약동"을 볼 수 있다. 그의 생명예찬은 봄비가 온 뒤 개울 속에서 힘차게 뛰며 봄을 맞이하는 "잉어"와 같다.

피천득은 20세기 벽두부터 한반도를 둘러싸고 숨가쁘게 돌아가는 척박한 역사와 개인적으로 고단한 현실 속에서도 강인한 생명력과 희망의 원리를 가지고 삶을 유지하고 지탱하면서 거의 1세기를 살아남았다. 이런 모습이 그의 산문시 「어린 벗에게」에서 잘 나타난다.

> 가을도 지나고 어떤 춥고 어두운 밤 사막에는 모진 바람이 일어, 이 어린 나무를 때리며 꺾으며 모래를 몰아다 뿌리며 몹시나 포악을 칠 때가 옵니다. 나의 어린 벗이여, 그 나무가 죽으리라고 생각하십니까, 아닙니다. 그때 이 상하게도 그 나무에는 가지마다 부러진 가지에도 눈이 부시도록 찬란한 꽃이 송이송이 피어납니다. 그리고 이 꽃빛은 별 하나 없는 어두운 사막을 밝히고 그 향기는 멀리멀리 땅위로 퍼져갑니다.
>
> — 『생명』(40)

어려서 일찍이 부모를 여의고 외롭고 춥게 살아오면서 생긴 피천득의 몸과 마음의 상처(scar)는 끈질긴 생명력을 가진 어린 벗의 "별(star)"로 변형되었다. 피천득은 이러한 삶의 고난 속에서 굽어질 때도 있었지만 결코 변절하거나 포기하여 부러지지 않았다. 피천득의 일상적 삶의 모습이 수필 「나의 사랑하는 생활」에 잘 나타나 있으나 여기서는 다시 반복하지 않을 것이다.

금아의 삶의 후반부는 고요한 호수이다. 그는 인생의 황혼기에 접어들

면서 자신의 삶을 자주 반추하기 시작했다. 노년의 첫머리에서 어느 정도
의 안정을 이룩하고 공자가 말하는 근심하지 않는 "불우(不憂)"의 경지에
이르렀다..

> 너는 이제 무서워하지 않아도 된다. 가난도 고독도 그 어떤 눈길도
>
> 너는 이제 부끄러워하지 않아도 된다. 조그마한 안정을 얻기 위하여 견디
> 어온 모든 타협을
>
> 고요히 누워서 네가 지금 가는 곳에는 너같이 순한 사람들과 이제는 순할
> 수밖에 없는 사람들이 다 같이 잠들어 있다
>
> — 「너는 이제」, 『생명』(74)

　노년에 이른 이제 모든 두려움과 비겁함에서 벗어나는 자유함과 해방
감이 있지 않은가? 그러면서도 금아는 수필 「술」에서는 술도 마시지 못하
고 살아온 자신을 안타까워한다.

> 　남의 이야기를 써 놓은 책들을 읽느라고 나의 일생의 대부분을 허비하였
> 다. 남이 써 놓은 책을 남에게 해석하는 것이 나의 직업이다. 남의 셋방살이
> 를 하면서 고대광실을 소개하는 복덕방 영감 모양으로 스물다섯에 죽은 키츠
> 의 『엔디미온』 이야기를 하며, 그 키츠의 죽음을 조상(弔喪)하는 셸리의 『애도
> 네이스』 같은 시를 강의하며 술을 못 마시고 한다.
>
> — 『인연』(267~8)

　문학하는 사람이 술도 못 마시느냐고 금아 선생이 얼마나 핀잔을 들었을

까 짐작이 간다. 그래도 포도주 한 잔을 따라놓고 그 향기를 즐겼던 금아는 술에 취하지 않고 시의 성령인 문향(文香)에 취했던 사람이 아니었을까?

금아는 시 「고백」에서 젊음과 멀어지면서 늙어가는 것에 대한 아쉬움을 토로하고 있다.

> 정열
> 투쟁
> 클라이맥스
> 그런 말들이
> 멀어져 가고
>
> 풍경화
> 아베 마리아
> 스피노자
> 이런 말들이 가까이 오다
>
> 해탈 기다려지는
> 어느 날 오후
> 걸어가는 젊은 몸매를
> 바라다본다
>
> — 『생명』(132)

금아는 나이가 들면서 차분하게 갖추어야 할 것을 준비하며 "해탈"을 기다리지만 아직도 젊은 꿈으로 미련을 완전히 버리지 못한다. 그러나 늙어감에 대해 슬퍼하거나 허무한 마음은 품지는 않는다. 시 「나의 가방」에서 금아는 자신의 오래된 가방을 만져보며 "늙었다 — 너는 늙었다/나도 늙었으면 한다/늙으면 마음이 가라앉는단다"(『생명』, 115)고 자신을 위로한다.

금아는 수필 「송년(送年)」에서 지나간 삶에 대한 치열한 자기반성을 하기도 한다.

> 나는 반세기를 헛되이 보내었다. 그것도 호탕하게 낭비하지도 못하고, 하루하루를, 일주일 일주일을, 한 해 한 해를 젖은 짚단을 태우듯 살았다. 민족과 사회를 위하여 보람 있는 일도 하지 못하고, 불의와 부정에 항거하여 보지도 못했고, 그렇다고 학구에 충실치도 못했다. 가끔 한숨을 쉬면서 뒷골목을 걸어오며 늙었다.
>
> — 『인연』(315~6)

그러면서도 금아는 "젊어, 정열에다 몸과 마음을 태우는 것과 같이 좋은 게 있으리오마는, 애욕·번뇌·실망에서 해탈되는 것도 적지 않은 축복이다. 기쁨과 슬픔을 많이 겪은 뒤에 맑고 침착한 눈으로 인생을 관조하는 것도 좋은 일이다."(『인연』, 316)라고 늙었지만 순순히 받아들이는 이순(耳順)의 나이가 된 자신을 위로한다.

젊은 날에 대한 기억과 아쉬움은 어쩔 수 없는 것이겠지만 금아는 거기서 멈추지 않았다. 인생은 정말 육십부터일지도 모른다. 공자가 말하는 종심소욕 불유구(從心所欲 不踰矩)의 나이인 70세가 되어 쓴 시 「이 봄」을 읽어보자.

> 봄이 오면 칠순(七旬)
> 고목(古木)에 새순이 나오는 것을

들여다보고 또 들여다본다

연못에 배 띄우는 아이같이
첫나들이 나온 새댁같이
이 봄 그렇게 살으리라

— 『생명』(119)

70세의 나이지만 "마음 내키는 대로 행하여도 규범을 벗어나지 않으니" 아이같이 새댁같이 새롭게 고목나무에 꽃을 피우리라. 이렇게 "봄"같이 살다보면 늙음의 축복도 있지 않겠는가?

회갑 지난
제자들이 찾아와
나와 같이 대학생 웃음을 웃는다
내 목소리가 예전같이 낭랑하다고
책은 헐어서 정들고
사람은 늙어서 오래 사느니

— 「장수(長壽)」, 『생명』(123)

이런 것들이 "젊은이들을 품으며(小者懷之)"(『논어』 공야장 편) 오래 사는 스승의 작은 기쁨들이며 하나의 특권이리라. 참으로 부러운 노년의 여유로운 생활이다.

피천득은 1978년 타계한 한 고매한 학자의 생애를 회고하는 글인 「어느 학자의 초상」을 썼다. 서울대학교와 성균관대학교에서 고전문학을 가르쳤던 "어느 학자"는 바로 장익봉 선생이었다.

그는 적은 생활비 외에는 돈에 욕심이 없었고 지위욕은 물론, 명예욕도 없었다. 불의와 부정과는 조금도 타협하지 못하였다. 중학교 때 독립 만세를 부르다가 일본 경찰의 칼자루에 맞아 상처를 입은 일도 있었다. … 그는 섬세한 정서와 높은 안목을 가진 학자로 일생을 책과 같이 살았다. 칠순이 넘도록 독신으로 살다가 간 그는 책을 애인과 같이 아내와 같이 사랑하였다. 종교와 철학에 관한 지식이 심오하고, 그리스 문학, 이탈리아 문학, 불문학, 영문학, 서구 문학 전반에 걸쳐 그렇게 자세히, 그렇게 정확히 아는 분이 우리나라에 또 있는지 나는 모른다. … 그는 여러 사람을 사귀지는 않았으나 몇몇 친구와는 수십 년을 두고 두터운 정을 맺어 왔다. … 그의 생애가 우리 문화에 얼마나 기여하였는지는 모르겠다. 그러나 이 시대에 그렇게 순결한 존재가 있었다는 사실만으로도 우리에게는 큰 축복이라 하겠다.

— 『인연』(208~11)

피천득은 이 학자가 높은 지식과 순결한 삶에도 불구하고 학술적 업적이나 글을 남기지 않은 것을 안타깝게 생각하였지만 곡학아세가 판치는 혼탁한 시대에 그 존재만으로 "큰 축복"이라고 위안을 삼았다. 그들의 시대는 요즘처럼 교수들이 학술논문을 많이 생산하는 시기가 아니었기에 그만의 문집이나 일기라도 남겼을 수는 있었을 것이다. 얼마간의 시와 수필과 번역을 남긴 피천득은 여기서 그 친구를 아쉬워하며 자신의 학자생활을 그의 생활과 동일시하고자 한다. 여기서 우리는 장익봉 교수와 피천득 교수의 삶이 매우 유사한 것을 볼 수 있다. 유유상종(類類相從)이라는 말이 있듯이 우리는 동질성을 보일 때 애착을 갖게 되고 상대방에 관해서는 글을 더 잘 쓸 수 있다. 다시 말해 피천득의 학자생활을 총정리해볼 때, 그 수필의 몇 부분만 바꾸면 그 글이 "학자로서의 피천득의 초상"이 되지 않을까 생각해본다.

피천득에게 기억과 회상은 지속적인 삶을 위한 장치이다. 역사는 기억과 망각의 투쟁이다. 피천득의 삶의 역사는 언제나 기억이다. 더 좋은 것을 많이 기억해내면 나쁜 것들이 들어설 자리가 적어진다. 과거를 되새김질하여 나오는 작고 아름다운 삶의 파편들은 물고기 비늘처럼 싱싱하다. 피천득에게 유치원 시절은 회상의 보고이며 생명력의 저수지이다. 수필 「찬란한 시절」의 한 구절을 읽어보자.

> 이름도 잊고 얼굴도 기억에 없지마는 나와 제일 정답게 놀던 아이가 있었다. 그 아이의 양말이 조금 뚫어졌던 것이 이상하게도 생각난다.
> 그 아이는 지금 어디서 사는지, 아마 대학에 다니는 따님이 있는 부인이 되었을 것이다. 그러나 내 기억 속에 사는 그는 영원한 다섯 살 난 소녀이다.
> 유치원 시절에는 세상이 아름답고 신기한 것으로 가득 차고, 사는 것이 참으로 기뻤다.
> 아깝고 찬란한 다시 못 올 시절이다.
>
> — 『인연』(122)

어린 시절을 찬란하게 바라볼 수 있는 것도 피천득의 축복받은 재능이다. 회상의 힘은 삶의 힘에 다름 아니다. 고단한 시대를 살아가더라도 작고 아름다운 순간들을 소중히 여기고 노년에 이르러 다시 기억하는 것은 영원회귀의 비결이다. 피천득은 "작은 놀라움, 작은 웃음, 작은 기쁨"(「순례」, 『인연』, 274)을 사랑하였다.

수필 「외삼촌 할아버지」에서 피천득은 "한문을 가르쳐 주시고", "호두, 잣, 이름 모를 향기로운 과실, 이런 것들로 속을 넣은 중국 월병을 사다 주셨"던 외삼촌 할아버지와의 추억을 그리워하였다. 어린 시절 피천득에게 "연, 팽이, 윷, 글씨 쓰는 분판" 같은 것들도 만들어 주셨고 "얼음을 깨고 물을 길어다가 나를 위하여 정성을 들이셨"던 할아버지를 피천득은 나이가 들어서도 "겨울에 찬물이 손에 닿을 때가 아니라도 가끔" 생각한다 (『인연』, 148~51). 피천득은 오래 전 사소하고 일상적일 수도 있는 일들을 확대시켜 추억으로 채색하고 감사로 글을 쓰면서 기쁨을 느끼며 살아가는 지혜로운 영원히 늙지 않는 소년이다. 일상적인 것을 신기한 것으로, 오래된 것을 생생하게, 또한 기이한 것을 친근한 것으로, 놀라운 것을 기쁨으로 만들어 따분하고 지루해지는 삶을 언제나 살아서 생동감 있게 만드는 희귀한 지혜와 능력을 가졌다. 그래서 피천득은 자신만의 삶의 비밀을 우리에게 알려준다.

> 과거를 역력하게 회상할 수 있는 사람은 참으로 장수를 하는 사람이며, 그 생활이 아름답고 화려하였다면 그는 비록 가난하더라도 유복한 사람이다.
> 예전을 추억하지 못하는 사람은 그의 생애가 찬란하였다 하더라도 감추어 둔 보물의 세목(細目)과 장소를 잊어버린 사람과 같다. 그리고 기계와 같이 하루하루를 살아온 사람은 그가 팔순을 살았다 하더라도 단명한 사람이다. 우리가 제한된 생리적 수명을 가지고 오래 살고 부유하게 사는 방법은 아름다운 인연을 많이 맺으며 나날이 적고 착한 일을 하고, 때로 살아온 자기 과거를 다시 사는 데 있는가 한다.
>
> ― 「장수(長壽)」, 『인연』(90)

우리에게 과거의 기억과 회상은 역사의식의 원천이기도 하다. 과거는 그대로 지나가버린 시간이 아니다. 그것은 언제나 되살아나 다시 살 수 있는 잠재된 세계이다. 과거는 현재의 어머니이다. 과거는 기억과 회상이라는 재생장치를 통해 다시 생각되어지고 다시 쓰일 수 있다. 아무리 슬프고 고통스러웠던 과거라도 소금처럼 시간에 오래 절여 다시 발효시키면 오늘을 위한 새로운 기쁨과 즐거움의 원천으로 부상할 수 있다. 이런 의미에서 과거는 현재이며 나아가 미래이다. 인간의 노후에 자주 찾아오는 치매현상은 무서운 공포이고 끔찍한 비극이다. 과거와 기억이 말살된 삶이란 결코 상상할 수 없는 일이다. 그것은 결국 죽음이란 망각이기 때문이다. 우리가 살아있다는 건 회상이라는 작동을 통해 과거를 현재에 되살리고 미래를 위한 부활의 문으로 활짝 열어두는 게 아닐까? 피천득은 이런 점을 시로 아름답게 노래하고 있다.

> 햇빛에 이슬 같은
> 무지개 같은
> 그 순간 있었느니
>
> 비바람 같은
> 파도 같은
> 그 순간 있었느니
>
> 구름 비치는
> 호수 같은
> 그런 순간도 있었느니
>
> 기억만이
> 아련한 기억만이
> 내리는 눈 같은

안개 같은

- 「기억만이」, 『생명』(134~5)

기억을 통해 과거를 다시 사는 것은 단순한 향수적 감상이나 호고(好古)의 취미가 아니다. 그것은 "영원회귀(eternal recurrence)"라는 문학이 언제나 지향하는 생명의 근원을 향한 하나의 깃발이며 푯대이다.

금아 선생은 자신이 "노대가(老大家, 그랜드 올드 맨)"는 아니더라도 "호호옹(好好翁, 졸리 올드 맨)"이 되겠다고 그의 수필 「송년」에서 다짐했다. 그러나 금아 선생은 작고 사소한 것들 중에서 아름다움을 찾아낸 "작은 거인(little big man)"임에 틀림없다. 그는 자신의 서정적 숭고미를 가진 문학에서 남들이 견주기 어려운 독보적인 영역을 개척하여 확고하게 자리를 잡았다. 금아의 후속세대인 우리가 그를 쉽게 따르거나 닮기는 쉽지 않다. 마치 셰익스피어를 제아무리 잘 모방한다 해도 비슷한 것은 가짜가 되듯이 흉내 내는 아류(亞流)가 될 수밖에 없다. 그는 우리가 넘어서기에는 너무나 "강한" 사람이다. 이것이 금아 피천득이 한국 문학 나아가 동양 또는 세계 문학사에 남을 수 있는 최소한의 조건이다.

그러나 그의 삶과 생활은 무엇보다도 우리가 따라 하기에 어려울 것 같다. 20세기 역사의 소용돌이 속에서 조실부모한 그는 여러 전쟁의 전환기와 혁명의 변혁기를 거의 한 세기 동안 몸으로 통과하면서 단순과 소박, 용서와 사랑, 절제와 승화라는 삶의 기본적 원리들 사이에서 균형과 조화를 잃지 않은 보기 드문 거의 종교적 경지의 실천적 생활인이었다. 금아 선생은 삶과 문학을 일치시키려고 무척이나 노력하였다. 흔히 아는 것을 실천하는 것을 "지행합일(知行合一)"이라 하고 말과 행동이 일치할 때 "언행일치(言行一

致”라 한다. 믿음과 행동을 일치시키는 것을 “신행일치(信行 致)”라고 하는데 주체적 삶의 현장에서 그대로 실천하는 것은 지극히 어려운 일이다.[1]

금아 선생의 경우 그의 말과 아는 것과 행위가 하나가 되는 “언지행합치(言知行合致)”의 경지가 어느 정도 이루어지고 있다. 문학사를 다 뒤져보아도 문학과 삶을 일치시키며 살아가는 사례를 찾아보기가 쉽지 않다. 바로 이 점이 금아 선생이 우리에게 감동을 주는 부분이다. 이것은 대학교 수직도 거부하고 평생을 렌즈를 깎으며 조용히 살았던 16세기 화란의 놀라운 혁신의 철학자 스피노자와 한국 근대사에서 가장 정직하고 뛰어난 민족지도자 도산 안창호 선생의 절대적 영향의 결과일 것이다. 이것이 삶과 문학에서 금아 피천득이 우리에게 남겨놓은 유산이자 문제이다. 앞서 프롤로그에서 필자가 제시한 “금아 현상”이라는 유산과 그 문제를 어떻게 사유하고 실천할 것인가가 우리에게 남겨진 과제이다.

끝으로 금아가 수필집 『인연』 마지막에 실은 수필과 시집 『생명』 끝에서 두 번째에 배치한 시 한 수를 제시하며 결론을 대신하고자 한다. 다음은 마지막 수필 「만년」의 끝부분이다.

하늘에 별을 쳐다볼 때 내세가 있었으면 해 보기도 한다. 신기한 것, 아름다운 것을 볼 때 살아 있다는 사실을 다행으로 생각해 본다. 그리고 훗날 내 글을 읽는 사람이 있어 ‘사랑을 하고 갔구나’ 하고 한숨지어 주기를 바라기도

---

[1] 수필가 김정빈도 같은 생각을 표명한 적이 있다: “수필가가 된 나는 금아 선생님께 편지를 썼는데, 얼마 뒤 칠순을 넘긴 선생께서 직접 잡지사에 찾아와주셨다. … 선생과의 만남은 글을 읽고 사람을 상상했던 나로 하여금 사람을 보며 글을 상상하는 즐거움을 더해주었다. 사람과 글의 일치를 나는 선생에게서 처음으로 느꼈다”(234).

한다. 나는 참 염치없는 사람이다.

- 『인연』(320)

금아의 시 「너」는 경기도 광주군 모란 공원묘지, 그의 묘소 앞에 세워진 시비(詩碑)에도 쓰여 있다. 이 시는 금아의 일생을 요약한 묘지명이다.

눈보라 헤치며
날아와

눈 쌓이는 가지에
나래를 털고

그저 얼마동안
앉아 있다가

깃털 하나
아니 떨구고

아득한 눈 속으로
사라져 가는
너

- 『생명』(136)

○   ○

피천득은 정통교리적 의미에서 기독교인은 아니었지만 만년에 천주

교 서울 반포교구 김대관 주임신부의 강력한 추천을 통해 세례를 받았
다. 피천득의 세례명은 그가 좋아했던 프란치스꼬(성 아시스의 프란시스,
1181~1226)이다. 피천득은 평신도 성자(聖者), 즉 가장 인정미 있는 성인
(聖人)이 아니었을까. 여기서 성 프란시스의 기도를 들어보자.

> 오 주여!
> 저로 하여금 주님의 평화의 도구로 삼아 주소서.
> 미움이 있는 곳에 사랑을 주고
> 악행을 저지르는 자를 용서하며
> 다툼이 있는 곳에는 화목케 하며
> 잘못이 있는 곳에 진리를 알리고
> 회의가 자욱한 곳에 믿음을 심으며
> 절망이 드리운 곳에 소망을 주게 하소서.
>
> 또한, 어두운 곳에는 주님의 빛을 비춰며
> 슬픔이 쌓인 곳에 기쁨을 전하는 사신이 되게 하소서.
>
> 위로 받기 보다는 먼저 위로하고
> 이해 받기 보다는 먼저 이해하며
> 사랑 받기 보다는 사랑하게 해주소서.
>
> 우리는 줌으로써 받고
> 자기를 버려 죽음으로써
> 영생을 누리기 때문입니다. (127)

피천득의 시와 수필작품을 관통하는 사상은 정(情)과 인(仁)을 통한 "사

량"의 수고로 얻을 수 있는 "평화"로, 그의 문학은 우리들의 인생사용법에 관한 구체적인 지침서이다. 작년에 세상을 떠난 소설가 박완서 선생도 금아의 수필집 『인연』을 언제나 책상 위에 가장 잘 보이는 곳에 놓아두고 수시로 읽으면서 어지러운 마음을 가라앉히고 마음의 평화를 찾았다고 고백하지 않았던가?

　피천득이 우리에게 남기고 간 문학은 높이 솟아오르는 종달새이고, "생명"의 물이 날마다 샘솟는 맑은 샘터이며, 관계들이 아름답게 엮이고 "인연"들이 춤추는 무도장이다. 언제나 운동력 있는 "생명"의 힘과 아름다운 작은 "인연"들이 빚어내는 서로 "사랑"하는 세상이 바로 금아 피천득의 문학세계가 아니겠는가? 필자는 이제 어린이들이 부르는 예수님을 찬양하는 노래를 개작하여 피천득의 서정적인 문심(文心)을 표현해 본다.

　　　피천득의 마음은 고요한 연못
　　　달밤에 벌어지는 매화잎처럼
　　　우리들을 다정히 불러주어요
　　　우리들을 다정히 불러주어요

　　　피천득의 마음은 높은 하늘
　　　봄 하늘 노래하는 종달새처럼
　　　우리들도 모두 다 품어주어요
　　　우리들도 모두 다 품어주어요

　　　피천득의 마음은 깊은 바다
　　　산호와 진주들이 가득함같이

기쁨으로 우리 소원 기도해주어요
기쁨으로 우리 소원 기도해주어요

[후기]

프롤로그에서 이미 언명했듯이 필자의 이 졸저(拙著)는 기껏해야 앞으로 나올 금아 피천득 문학에 대한 좀 더 본격적인 연구의 마중물이나 불쏘시개에 불과하다. 현 단계에서 피천득 문학 연구의 바람직한 방향으로는 첫째 "인연"의 종교적 함의, "생명"의 철학, "사랑"의 윤리학에 대한 깊은 사유와 다양한 연구이다. 둘째, 어린이와 여성 이야기가 자주 나오기 때문인지는 몰라도 피천득 문학이 단순한 서정주의나 순박한 천사주의로 치부하려는 유혹을 물리치기 위하여 그의 서정문학 배면에 보이지 않는 역사의식과 현실성을 드러내보이는 구체적 작업이다. 셋째로 한국문인으로 영문학자로서 피천득이 좋아하고 공부했던 한국문인을 포함한 동서양 시인 작가들과의 관계를 비교문학적으로 논구해 보는 일이다. 끝으로 창작과 문학 번역작업을 통해 동서양 문학을 아우르고자 하는 금아 피천득 문학의 보편성에 토대를 둔 세계문학으로서의 가능성을 모색하는 일이다. 이러한 과제들이 결코 용이한 작업들은 아니다. 그러나 이 과제들은 한국문학사에서 금아 피천득이 적절하게 자리매김을 받기 위한 최소한의 문제제기이며 의제제출이 될 것이다.

▪▪▪ 참고문헌

1차 자료

피천득, 「편지」(소곡삼편(小曲三篇)), 『동광』(1931년 9월호). 31.

_____, 「무제(無題)」(소곡삼편(小曲三篇)), 『동광』(1931년 9월호). 31.

_____, 「기다림」(소곡삼편(小曲三篇)), 『동광』(1931년 9월호). 31.

_____, 「불을 질러라」(시), 『동광』(1932년 5월호). 12.

_____, 「은전 한 닙」(장편소설), 『신동아』(1932년 5월호). 109.

_____, 「『노산 시조집』을 읽고」(3회 연재), 『동아일보』(1932년 5월 15일~18일).

_____, 「선물」(소곡(小曲)), 『신동아』(1932년 6월호). 119.

_____, 「가신 님」(소곡(小曲)), 『신동아』(1932년 6월호). 119.

_____, 「부라우닝 부인(夫人)의 생애와 예술」(해설논문), 『신가정』(1933년 1월 창간
　　　호). 66~99.

_____, 「상해대전 회상기」(수필), 『신가정』(1933년 2월호). 104~107.

_____, 「만나서」(시), 『신가정』(1933년 2월호). 133.

_____, 「눈바래치는 밤의 추억」(수필), 『신동아』(1933년 5월호). 141.

_____, 「엄마」(수필), 『신가정』(1933년 5월호). 48~49.

_____, 「엄마의 아기」(동시), 『신가정』(1933년 5월호). 72.

_____, 「이 마음」(시조), 『신가정』(1933년 4월호). 136.

_____, 「기다리는 편지」(수필), 『신동아』(1933년 10월호). 90~91.

_____, 「시조구수(時調九首)」(시조), 『신동아』(1933년 10월호). 122~123.

_____, 「영국 여류시인 크리스티나 로세티」(해설논문), 『신가정』(1933년 11월호).
     132~137.

_____, 「무제(無題)」(시조3수), 『신동아』(1933년 12월호). 187.

_____, 「호외」(시), 『신가정』(1933년 12월호). 110~111.

_____, 「편지사람」(시), 『신가정』(1934년 1월호). 176~177.

_____, 「우리 애기」(시), 『신가정』(1934년 1월호). 182.

_____ 역, 「석류씨」(나다니엘 호돈 단편소설), 『어린이』(1934년 1~2월호).

_____, 「나의 파잎」(시), 『신동아』(1934년 2월호). 142~143.

_____, 「유치원에서 오는 길」(동요), 『신가정』(1935년 4월호). 70~71.

_____, 「아가의 슬픔 – 옛날 엄마를 생각하며」(동요), 『신가정』(1935년 6월호). 68.

_____, 「아가의 근심 – 죽은 엄마를 생각하며」(동요), 『신가정』(1935년 6월호). 69.

_____, 『서정시집』, 상호출판사, 1947.

_____ 역, 「거리를 맘대로」(작자 미상 단편소설), 『소학생』 6호(1946년 3월).

_____ 역, 「하얗게 칠해진 담장」(『톰 소여의 모험』 일부), 『소학생』 66호(1948년 4월).

_____ 역, 「마지막 공부」(알퐁스 도데 단편소설), 『소학생』 57호(1948년 5월).

_____ 역, 「아름다운 흰말의 여름」(윌리엄 사로얀 단편소설), 『소학생』 68호(1949년
     6월).

_____ 역, 「큰 바위 얼굴」(나다니엘 호돈 단편소설), 발표지, 발표연도 미상.

_____, 「로세티의 애가」, 『성균』 3호(1950년 4월).

_____, 「To Robert Frost」, 『영어영문학』 3호(1956년 5월호). 170~173.

_____ 역, 「깊은 맹세」(W. B. 예이츠 시), 『펜』 2권 4호(1956년 5월호).

_____, 「미국 문단의 근황」, 『새벽』 3권 3호(1956년 5월호). 105~107.

_____ 역, 『쉑스피어의 이야기들』(찰스 램 외 저), 대한교과서, 1957.

_____, 「Sonnet 시행」, 『대학신문』(서울대, 1958년 4월 2일).

_____, 「영국 인포오멀 · 에세이」, 『자유문학』 3권 6호(1958년 6월). 74~76.

_____, 『금아시문선』, 경문사, 1959.

_____, 「빅토리아 조의 규수 시인 : 영어영문학 편록(片錄)」, 『사상계』 8권 3호(1960년 3월호). 274~278.

_____, 「스타인벡 작 『하늘의 목장』(심명호 역)(서평). 『중대신문』(1960년 3월 11일). 4면.

_____, 「J. A. 프루프록의 연가－시 분석」, 『현대사상강좌 4』, 동양출판사, 1960. 405~420.

_____ 외, 「도산을 말한다」(좌담회), 『새벽』(1960년 11월호). 30~38.

_____, 「셰익스피어 소네트」, 『현대문학』(셰익스피어 탄생 400주년 기념 특집) 10권 4호(1964년 4월호). 26~27.

_____, 『산호와 진주－금아 시문선』, 일조각, 1969.

_____, 「현대 사회에서의 해학의 기능」, 『동서 문학의 해학』(제37차 세계작가대회 회의록), 국제PEN클럽 한국본부, 1970.

_____ 외, 「영미의 Folk Ballad와 한국 서사 민요의 비교연구」, (심명호와 공동연구), 『연구논총』 제2집, 서울대학교 교육회, 1972.

_____, 『셰익스피어의 쏘네트 시집』(정음문고 106), 정음사, 1975.

_____, 『수필』(범우에세이선 17), 범우사, 1976.

_____, 「윤오영 그 인간과 문학」, 『수필문학』 제5권 7호(1976년 7월호). 54~57.

_____, 『금아시선－피천득 시집』, 일조각, 1980.

_____, 『금아문선－피천득 수필집』, 일조각, 1980.

_____, 『피천득 시집』, 범우사, 1987.

_____, 『생명』, 동학사, 1993.

_____, 『삶의 노래－내가 사랑한 시·내가 사랑한 시인』, 동학사, 1994.

_____, 「민족사의 전개와 초기 영문학－피천득 선생을 찾아서」(석경징 교수와의 대담), 『안과 밖』 제3호(1997년 하반기). 310~339.

_____, 『꽃씨와 도둑』(작은 시집), 샘터, 1997.

_____ 역, 『어린 벗에게』(마크 트웨인, 나다니엘 호손 外 단편소설), 여백, 2003

_____ 외, 『대화－90대, 80대, 70대, 60대 4인의 메시지』(김재순과의 대담), 샘터, 2004.

_____, 「숙명적인 반려자」, 『내 문학의 뿌리』, 문학의 집 서울 편, 도서출판 답게,

2005. 351~358.

_____, 「교사와 영어 그리고 길교장 선생님」, 『길영희선생 추모문집』, 길영희선생 기
　　　념사업회 편, 법문사, 2005.

_____, 『인연』(금아 피천득 문학전집 1), 샘터, 2008.

_____, 『생명』(금아 피천득 문학전집 2), 샘터, 2008.

_____ 역, 『내가 사랑하는 시』(금아 피천득 문학전집 3), 샘터, 2008.

_____ 역, 『셰익스피어 소네트 시집』(금아 피천득 문학전집 4), 샘터, 2008

_____, 「서문－시와 함께 한 나의 문학인생」, 『내가 사랑하는 시』, 샘터, 2008.

_____, 『수필』, 범우사, 2009.

Pi, Chyun-deuk. *A Flute Player: Poems and Essays*. Seoul; Samhwa. Publishing Co., 1968.

_____. *A Skylark: Poems and Essays*. Seoul: Samtoh, 2001.

2차 자료

강전섭, 「황진이론」, 『한국문학작가론』, 나손선생추모논총간행위원회 편, 현대문학
　　　사, 1991. 452~464.

권영민, 「비판적 도전과 창조적 실험: 문학과 식민지 근대의 초극 양상」, 『2010년 탄생
　　　100주년 문학인 기념문학제 심포지엄 자료집』, 한국작가회의, 2010. 4. 1.

권오만, 「금아 시의 금빛 비늘－피천득 선생의 시세계」, 『피천득 선생 탄생 100주년
　　　기념 세미나 자료집』, 국제 펜클럽 한국본부, 2010. 6. 4.

김경수, 『한국 고전 비평－자료 및 해제(신라－고려)』, 중앙대출판부, 1995.

김병철 편, 『세계문학 논저서지 목록 총람 1895~1985』, 국학자료원, 2002.

_____ 편, 『세계문학 번역서지 목록 총람 1895~1987』, 국학자료원, 2002.

_____, 『한국 근대 번역 문학사 연구』, 을유문화사, 1975.

김상배, 「피천득의 수필세계」, 『국문학논집』 제13집, 단국대학교, 1989. 323~329

김수근 편, 『한국잡지개관 및 호별 목차집』, 중앙대출판부, 1973.

김영무, 「문학 행위로서의 번역」, 『현대 비평과 이론』 제11호(1996년 봄여름 호).

_____, 「작고 이름 지울 수 없는 멋의 시」, 『산호와 진주와 금아－피천득을 말한다』,

김요섭 외 저, 샘터, 2003. 57~67.

김요섭 외, 『산호와 진주와 금아-피천득을 말한다』, 샘터, 2003.

김우창, 「작은 것들의 세계-피천득론」, 『궁핍한 시대의 시인-현대문학과 사회에
　　　관한 에세이』, 민음사, 1977. 245~254.

＿＿＿, 「피천득론-마음의 빛과 그림자로부터 시작하며」, 『피천득 시집』, 범우사,
　　　1987.

＿＿＿, 「날던 새들 떼지어 제 집으로 돌아오다.」, 『내가 사랑하는 시』, 피천득 외, 샘
　　　터 2008. 121~137.

＿＿＿, 「피천득 선생의 수필세계」, 『피천득 선생 탄생 100주년 기념 세미나 자료집』,
　　　국제 펜클럽 한국본부, 2010. 6. 4.

김욱동, 『근대의 세 번역가-서재필, 최남선, 김억』, 소명출판, 2010.

김윤식, 『한국 근대 문학사상사』, 한길사, 1990.

＿＿＿, 『이광수와 그의 시대』(1, 2), 솔, 2008.

＿＿＿ 외, 『우리문학 100년』, 현암사, 2001.

김윤식 · 김현, 『한국문학사』, 민음사, 1996.

김재남 역, 『셰익스피어 전집(3訂)』, 을지서적, 1995.

김재순, 「아름다운 인연, 잊을 수 없는 인연」, 『대화-90대, 80대, 70대, 60대 4인의
　　　메시지』, 피천득 외, 샘터, 2004. 8~65.

김재영, 「이광수 초기 문학론의 구조와 와세다 미사학(美辭學)」, 『이광수 문학의 재
　　　인식』, 문학과사상연구회, 소명출판, 2009.

김정빈, 『인생은 작은 인연들로 아름답다』, 샘터, 2003.

김종길, 『시와 시인들』, 민음사, 1997.

김진석, 『초월에서 포월로』, 솔출판사, 1994.

김학주 편, 『시경(詩經)』, 명문당, 1973.

남기혁, 「현대시의 형성기-1931년~1945년」, 『한국현대시사』, 오세영 외, 민음사,
　　　2008. 151~210.

도연명, 김학주 역, 『신역 도연명』, 명문당, 2002.

동양고전연구회 역주, 『논어』, 지식산업사, 2002.

두보, 이원섭 역해, 『두보시선』, 현암사, 2003.

롱기누스, 김명복 역, 『롱기누스의 숭고미 이론』, 연세대출판부, 2010.

리어우판, 장동천 외 역, 『상하이 모던 - 새로운 중국도시문화의 전개 ; 1930~1945』, 고려대출판부, 2007.

밀러, J. 힐리스, 장경렬 역, 「경계선 넘기 - 이론번역의 문제」, 『현대비평과 이론』 8호(1994년 가을겨울호).

박영의 편, 『실용 한 - 영 불교용어사전』, 도서출판 홍법, 2010.

박완서, 「서문 - 피천득 선생님을 기리며」, 『수필』, 범우사, 2009.

백 철, 『신문학사조사』(백철문학전집 4권), 신구문화사, 1968.

석경징, 「피천득의 시세계 - 진실의 아름다움」, 『생명』, 샘터, 2008. 138~150.

_____, 「민족사의 전개와 초기 영문학 - 피천득 선생을 찾아서」(대담), 『안과 밖』 제3호(1997년 하반기).

_____, 「스승 피천득을 말한다」(대담), 『서울신문』(2011년 5월 14일).

성 프란시스, 「평화의 기도」, 『사랑의 교회 성도를 위한 기도집』, 사랑의 교회, 2011.

소대섭, 『불온한 경성은 명랑하다 - 식민지 조선을 파고든 근대적 감정의 탄생』, 웅진지식하우스, 2011

손지봉, 「1920~30년대 한국문학에 나타난 상해(上海)의 의미」, 한국정신문화원 부속대학원 석사학위논문, 1988.

송건호, 『한국 현대 인물사론 - 민족운동의 사상과 지도노선』, 한길사, 1984.

손광성, 「금아 피천득 선생의 생애와 문학」(대담), 『에세이 문학』 제88호(2004년 겨울호). 33~53.

_____, 「피천득 선생의 생애」, 『피천득 선생 탄생 100주년 기념 세미나 자료집』, 국제 펜클럽 한국본부, 2010. 6. 4.

송 욱, 『문물의 타작』, 문학과지성사, 1978.

스피노자, 강영계 역, 『에티카』, 서광사, 1980.

심명호, 「영미의 FOLK BALLAD와 한국서사민요의 비교연구」(피천득과 공동연구), 『연구논총』 제2집, 서울대학교 교육회, 1972.

_____, 「총론 - 금아 피천득의 생애와 문학」, 『문학과 현실』 15호(2010년 겨울호). 5~10.

심재갑 편, 『영어로 읽는 길영희 논어총』, 개인출판, 2011.

아리스토텔레스, 김한식 역, 『시학』, 펭귄클래식 코리아, 2010.

양수명, 강중기 역, 『동서문화의 철학』, 솔, 2005.

엄영옥, 『정신계의 전사, 노신』, 국학자료원, 2005.

오세영 외, 『한국현대시사』, 민음사, 2008.

오증자, 「적당히 가난한 삶의 사랑」, 『산호와 진주와 금아―피천득을 말한다』, 김요
　　　섭 외, 샘터, 2003. 26~33.

요한 페터 에커만, 곽복록 역, 『괴테와의 대화』, 동서문화사, 2010.

윌리엄 버틀러 예이츠, 윤삼하 역, 『예이츠』, 혜원출판사, 1987.

유광종, 『연암 박지원에게 중국을 답하다』, (주)크레듀, 2007.

유종호, 「시와 번역」, 『문학이란 무엇인가』, 민음사, 1989.

유　협, 최동호 역편, 『문심조룡(文心雕龍)』, 민음사, 1994

윤삼하, 「보석처럼 진귀한 시」, 『마음의 빛으로 가득 찬 세상』, 사사연, 1995.
　　　266~271.

윤오영, 『수필문학입문』, 태학사, 2001.

_____, 정민 편, 『곶감과 수필』, 태학사, 2002.

_____, 「친우 피천득의 수필」, 『산호와 진주와 금아―피천득을 말한다』, 김요섭 외,
　　　샘터, 2003.

이경수, 「피천득의 시세계의 변모와 그 의미―시집출간현황과 개작의 양상을 중심으
　　　로」, 『금아 피천득 추모 5주기 기념 학술대회 자료집』, 중앙대, 2012. 5. 19.

이광수, 『이광수 전집』(1~10), 삼중당.

이기문 편주, 『역대 시조선』, 삼성문화재단, 1973.

이만식, 「순수하게 그리고 우아하게 강력한: 피천득의 시세계」, 『문학과 현실』 제15
　　　호(2010년 겨울호). 18~27.

이병기, 백철, 『국문학전사』, 신구문화사, 1991.

이선주, 「90에 엄마와 막내 딸 못 잊는 가난한 행복」(대담), 『한국논단』(1996년 12월
　　　호). 118~127.

이성호, 「순수의 의미를 일러주신 은사님」, 『석류의 마음』, 푸른사상, 2009.

이재호, 『장미와 나이팅게일―초오서에서 T.S. 엘리엇 시대까지』, 집현각, 1967.

_____, 『장미와 무궁화―영문학 산책』, 탐구당, 1983.

_____ 역, 『낭만주의 영시』, 탐구당, 1986.

이창국, 「시인 피천득」, 『문학비평이야기』, 한국문화사, 2004. 358~373.

_____, 「피천득: 수필가인가? 시인인가?」, 『문학과 현실』 제15호(2010년 겨울호).
    11~17.

_____, 「피천득과 번역」, 『금아 피천득 추모 5주기 기념 학술대회 자료집』, 중앙대.
    2012. 5. 19.

이창배, 「파운드의 한시 번역 시비」, 『포스트모던 시대의 문학의 위기』, 동국대출판
    부, 1999.

_____, 『시 이야기 - 시 읽기의 6가지 기초지식』, 태학사, 2005.

이태동, 「작은 것이 지닌 아름다움의 발견 - 피천득의 수필세계」, 『실험과 도전, 식
    민지의 심연』, 민음사, 2010.

임정옥, 「피천득의 수필 연구」, 고려대학교 석사학위논문, 2010.

장규식, 「근대문화의 확산과 대중문화의 출현」 『새로운 한국사 길잡이 下』, 한국사
    연구회 편, 지식산업사, 248~264.

장회익, 『공부도둑 - 한 공부꾼의 자기 이야기』, 생각의 나무, 2008.

정   민, 「피천득과 윤오영, 한국 수필의 새 기축(機軸)」, 『금아 피천득 추모 5주기 기
    념 학술대회 자료집』, 중앙대. 2012. 5. 19.

전형준, 『동아시아 시각으로 보는 중국문학』, 서울대출판부, 2004.

정정호, 「인연, 기억, 여림, 돌봄의 생태 윤리학 - 금아 피천득 수필문학과 종교적 상
    상력」, 『현대 비평과 이론』 14권(1997년 가을겨울호). 133~158.

_____, 「여행하는 이론/생성하는 번역」, 『팽팽한 밧줄 위에서 느린 춤을 - 생태학적
    탈근대론과 21세기 문화윤리학』, 동인, 2000.

_____, 「위험한 균형으로서의 창작 - 존 드라이든의 번역론」, 『문학 속의 인문학 -
    지혜의 문학을 위하여』, 한국문화사, 2009.

_____, 「번역문학가로서 금아 피천득의 재조명 - 번역시집 『내가 사랑하는 시』를 중
    심으로」, 『세계문학비교연구』 제33집, 세계문학비교학회, 2010. 51~80.

_____, 「피천득의 시의 생명의 노래와 사랑의 윤리학」, 『우리문학연구』 제31집, 우
    리문학회, 2010. 563~599.

_____, 「나의 영원 스승 금아 피천득 선생님」, 『영미문학교육』 제14집 2호 한국영미

　　　　문학교육학회, 2010년. 319~331.

정진권, 「떠남과 보냄의 미학－피천득 선생의 수필에 대하여」, 『산호와 진주와 금아
　　　　－피천득을 말한다』, 김요섭 외, 샘터, 2003. 184~213.

조동일, 『한국문학사상사 시론』, 지식산업사, 1982.

_____, 『한국문학통사 5』, 지식산업사, 1988.

_____, 『한국문학과 세계문학』, 지식산업사, 1991.

주요섭, 『사랑 손님과 어머니』, 혜원출판사, 1998.

주요한, 『불놀이』, 미래사, 1991.

_____ 편, 『안도산 전서』(증보판), 흥사단출판부, 1999.

차주환, 「피천득의 수필세계」, 『산호와 진주와 금아－피천득을 말한다』, 김요섭 외,
　　　　샘터, 2003. 166~183.

_____ 역, 『맹자』(上, 下), 명문당, 1973.

최영숙, 「피천득 수필문학 연구」, 『사림어문연구』 14호, 사림어문학회, 2001.
　　　　251~272.

최인호, 「밤하늘의 별, 모래밭의 진주 같은……－피천득 선생 수필집 『인연』을 읽
　　　　고」, 『산호와 진주와 금아－피천득을 말한다』, 김요섭 외, 샘터, 2003.
　　　　40~42.

타고르, 김병익 역, 『기탄잘리』, 민음사, 1974.

_____, 「고통을 이길 수 있는 용기를 주옵소서」, 『사랑의 교회 성도를 위한 기도집』,
　　　　사랑의 교회, 2011.

하정일, 「자율적 개인과 부르주아 결사로서의 민족－1910년대 이광수 문학론과 사
　　　　회사상을 중심으로」, 『이광수 문학의 재인식』, 문학사상연구회. 소명출판,
　　　　2009.

함석헌, 『뜻으로 본 한국역사』, 한길사, 2003.

황병국 편역, 『이조명인 시선』(을유문고 28), 을유문화사, 1969.

NIV 한영 해설 성경편찬위원회, 『개역개정 컬러 NIV 한영 해설 성경』, 아가페,
　　　　2010.

Anderson, George and William Buckler. Eds. *The Literature of England: An Anthology and a History*. Glenview, Il: Scott, Foresman and Company, 1967.

Bachelard, Bachelard. *The Poetics of Reverie: Childhood, Language and the Cosmos*. Trans. Daniel Russell. Boston: Beacon Press, 1969.

Bell, Daniel. "The return of the sacred? The argument on the future of religion." *British Journal of Sociology*. Vol. 28. No. 4. (December 1977): 419–49.

Benjamin, Walter. *Charles Baudelaire: A Lyric Poet in the Era of High Capitalism*. Trans. Harry Zohn. London: Verso, 1997.

Bloom, Harold. *The Anxiety of Influence: Theory of Poetry*. Oxford: Oxford UP, 1973.

_____, *Shakespeare: The Invention of the Human*. New York: Riverhead Books, 1998.

Boswell, James. *The Life of Johnson*. Ed R. W. Chapman. Oxford: Oxford UP, 1980.

de Certeau, Michel. *The Practice of Everyday Life*. Trans. S. Randall. Berkeley: U of California P, 1984.

Derrida, J. *Of Grammatology*. Trans. Gayatri Spivak. Baltimore: Johns Hopkins UP, 1976.

Frost, Robert. *Selected Poems of Robert Frost*. San Francisco: Rinehart Press, 1963.

Foucault, Michel. *Language, Conter-memory, Practice: Selected Essays and Interviews*. Ed. and Trans. Donald. F. Bouchard. Ithaca: Cornell UP, 1977.

Hawthorne, Nathaniel. *The Complete Novels and Selected Tales of Nathaniel Hawthorne*. Ed. Norman H. Pearson. New York Modern Library, 1965.

Jakobson, Roman. *Language in Literature*. Cambridge: Harvard UP, 1987.

Johnson, Samuel. *The Lives of the English Poets*. Ed. George B. Hill. (3 vols) New York: Octagon Books, 1967.

_____, *The Life of Richard Savage*. Ed. Clarence Tracy. Oxford: Clarendon Press, 1981.

Kinsley, James and George Parfitt. Eds. *John Dryden: Selected Criticism*. Oxford: Clarendon Press, 1970.

Lacan, Jacques. *Écrits: A Selection*. Trans. Alan Sheridan. London: Tavistock, 1977.

Lukacs, G. *Soul and Form*. Trans. Anna Bostock. Cambridge: The MIT Press, 1974.

Marx, Karl and F. Engels. *Marx and Engels: Basic Writings on Politics and Philosophy*. Ed.

Lewis S. Feuer. Gorden City: Anchor Books, 1959.

Miller, J. Hills. 「경계선 넘기－이론번역의 문제」(장경렬 역) 『현대비평과 이론』 8호 (1994년 가을, 겨울호)

Miner, Earl. *Comparative Poetics: An Intercultural Essay on Theories of Literature*. Princeton UP, 1990.

Montaigne, Michel. *The Complete Essays of Montaigne*. Trans. Donald M. France. Stanford: Stanford UP, 1965. Princeton: Princeton UP, 1978.

Pound, Ezra. *The Literary Essays of Ezra Pound*. Ed. T. S. Eliot. London: Faber and Faber, 1954.

Ryken, Leland et al Eds. *Dictionary of Biblical Imagery*, Downers Grove(Ill): IVP Academic, 1998.

Shakespeare, William. *Shakespeare's Sonnets*. Ed. Stephen Booth. New Haven: Yale UP, 1977.

Shelley, P. B. *Political Writings Including* "A Defence of Poetry." Ed. Roland A. Duerksen. New York: Appleton－Century－Crofts, 1970.

Smith, Adam. *The Theory of Moral Sentiments*(1759). D. D. Raphael and A. L. Macfie, eds. Oxford: Oxford UP, 1976.

Spinoza, Baruch. *A Spinoza Reader*. ED. Edwin Curley. Princeton: Princeton UP, 1994.

Tagore, Rabindranath. *Gitanjali: A Collection of Prose Translations Made by the Author from the Original Bengali with an Introduction by W. B. Yeats*. New York: Scribner, 1997.

Tintori, Leonetto and Millard Meiss. *The Paintings of the Life of St. Francis in Assisi*. New York: Norton, 1967.

Untermyer, Louis. *A Concise Treasury of Great Poems English and American*. New York: Simon and Schuster, 1961.

Welsh, Andrew. *Roots of Lyrics: Primitive Poetry and Modern Poetics*. Princeton: Princeton UP, 1978.

금아 피천득 연보

생 애	연 도	(한국)	(세계)
종로구 청진동에서 신상(紳商)이던 아버지 피원근과 서화(書畵)와 음악(音樂)에 능하던 어머니 김수성 사이에서 외아들로 태어남(5월 29일).	1910	한일 합방 조약 조인(8월 29일), 「거국가(去國歌)」, 도산(島山) 안창호(安昌浩) 국외망명. 안중근 의사 사형 집행.	영국 조지 5세 즉위. 신해혁명으로 청 왕조 몰락.
	1911	잡지 『소년』 폐간.	12월 외몽고 독립선언. 로알 아문센 남극 도착.
	1912	이승만 세계 감리교 대회가 열린 미국에 한국 대표로 참가.	손문 혁명정부 대통령 취임. 명치천황(明治天皇) 타계. 대정 천황(大正天皇) 즉위. 타이타닉호 대서양에서 침몰. 윌슨 미국 대통령 당선.
	1913	도산(島山) 안창호(安昌浩) 샌프란시스코에서 흥사단(興士団) 조직(5월 13일).	원세개 대통령 당선. 인도의 시인 타고르 동양 최초 노벨문학상 수상
	1914	호남선, 경원선 개통.	1차 세계대전 발발. 파나마 운하 개통.
	1915		아인슈타인 일반상대성 원리 발표.
부친 피원근 타계. 유치원 입학(동네 서당에서 한문공부도 병행하여 2년 동안 통감절요(通鑑節要) 3권까지 배움.	1916 (7세)	유관순 1916년 이화학당의 교비생으로 입학.	아일랜드 부활절 봉기 (Easter Rising).
	1917	한강 인도교 완공(10월). 춘원 이광수 소설 『무정』을 『매일신보』에 연재.	러시아 볼셰비키 혁명 발발(10월).

	1918	주간 문예지 『태서문예신보』 발간.	윌슨 민족자결주의 선언. 1차 세계대전 종전.
평안남도 강서에서 요양하시던 모친 김수성 타계. 제일고보 부속 소학교 입학.	1919 (10세)	고종 황제 서거(1월). 3·1 독립운동. 상해 임시정부 수립(이승만 국무총리).	국제연맹창설.
	1920	『조선일보』, 『동아일보』 창간. 문예지 『개벽』, 『폐허』 창간.	인도 간디가 영국에 대해 비폭력 불복종 운동 선언
	1922	문예지 『백조』 창간. (주요한의 산문시 「불놀이」 실림)	터키 공화국 수립. T. S. 엘리엇의 장시 「황무지」. 제임스 조이스 소설 『율리시스』 출간. 영국 BBC 방송국 설립.
제일고보 부속 소학교 4학년 때 검정고시에 합격. 2년 월반하여 서울 제일고보(경기고)에 입학. 당시 동아일보 편집국장 춘원 이광수가 영재고아인 피천득의 소문을 듣고 찾아와 자신의 집에서 3년간 유숙시키며 가르침(피천득은 그 비용으로 한 달에 쌀 두 가마니씩 제공). 상하이 후장대학교 출신 작가 현진건, 주요한, 주요섭, 이해랑 만남.	1923	아동잡지 『어린이』 창간(소파 방정환).	일본 관동대지진 발생. W. B. 예이츠 노벨문학상 수상.
당시 양정고 1학년이었던 친구 윤오영과 시작한 등사판 잡지 『첫걸음』에 시(詩) 발표.	1924	경성 제국대학교 예과(豫科) 개강.	프랑스 파리에서 제8회 하계 올림픽 개최. 중국 국민당과 공산당 제1차 국공합작(1924년 1월~1927년 4월).
	1925	조선 프롤레타리아 예술 동맹(KAPF) 발족.	러시아 스탈린 독재. 이탈리아 파시스트 무솔리니 내각 수립. 손문 사망.
이광수의 권유로 중국 상하이로 유학함. 토머스 한베리 공립학교(Thomas Hanbury Public School)에서 1929년까지 수학함.	1926	경성 방송국 설치. 6·10 만세운동(융희 순종 황제 국장 중). 종합지 『동광(東光)』 창간(흥사단의 주요한 발행인).	일본 유인천황(裕仁天皇) 즉위(소화(昭和) 시작).

	1927	신간회(新幹會) 조직. 부녀단체 근우회(槿友會) 조직.	도연명 서거 1500주년. 미, 영, 일 군축회의(제네바).
	1928	제1회 아카데미 수상작 전쟁영화 『Wings』 개봉.	장개석 국민당 정부 주석으로 취임.
상하이 후장 대학교(University of Shanghai) 예과 입학.	1929 (20세)	여의도 비행장 개설. 광주학생항일운동 사건.	뉴욕 주가 폭락. 세계 대공황 시작.
도산 안창호 선생에게 사사.	1930	한국독립당조직(상해)(11월 25일). 읍, 면, 도제 공포. 1930년 간도 5·30 봉기.	제1회 월드컵 대회. 개최국—우루과이.
후장 대학교 상과에 입학했다가 영문학과로 전과함. 『동광(東光)』(9월호, 주간: 주요한)에 소곡 3편 「편지」 「무제」 「기다림」 발표. 대학수업 중단하고 여러 차례 귀국하여 춘원 이광수 집에 유숙함.	1931	조선어학회. 신채호가 조선일보에 『조선상고사』 연재 시작. 종합지 『신동아』 창간(주요섭 주간).	에디슨 사망. 제1차 상하이 사변.
『신동아(新東亞)』 5월호에 장편(掌篇)소설 『은전 한 닢』이 실림. 첫 평론 「노산시조집을 읽고」가 『동아일보』에 실림(1932년 5월 15일~18일, 3회 연재). 같은 해 『신동아(新東亞)』 9월호에 최초의 수필 「장미 세 송이」 실림.	1932	상하이 홍커우 공원에서 윤봉길 의거(4월 29일). 조선소작 조정령 공포. 만주국 독립 선언. 한국 독립군과 중국군이 연합 쌍성보 전투에서 승리.	일본의 만주국 건국. 독일 공산당과 나치가 의회 다수(총 296석)를 차지.
『신가정』 1월호(창간호)에 「부라우닝 부인의 생애와 예술」 발표. 『신가정』 5월호에 첫 동시 「엄마의 아기」 발표. 『신동아(新東亞)』 10월호에 금아의 첫 시조 9수 실림.	1933	한국 예수교회 창립. 조선민속학회에서 『조선민속(朝鮮民俗)』 학술지 창간. 종합 여성지 『신가정(新家庭)』 창간(1월)	아돌프 히틀러 독일 총통 됨. 미국 금주법 해제. 메리언 쿠퍼와 어니스트 쇼드색이 함께 감독한 영화 『킹콩』 제작.
첫 단편소설 번역인 나타니엘 호돈의 「석류씨」가 소년소녀 잡지인 「어린이」(윤석중 주간)에 실림(제12권 제1호와 2호, 1934년 1월과 2월 2회 연재). 금강산 장안사에서 상월(霜月)스님에게 『유마경』과 『법화경』을 1년간 배움. 춘원 이광수가 금아(琴兒)라고 아호를 지어 줌.	1934	진단학회(震檀學會) 설립. 시인 김소월 타계.	국제 배드민턴 연맹 결성. 미국 통신법 제정.

『신가정』 4월호와 6월호에 동시 3편 발표.	1935	경복궁 산업 박람회.	필리핀 공화국 수립. 독일 재군비 선언.
	1936	손기정 베를린 올림픽 마라톤 우승. 일장기 말소 사건.	스페인 내란 발생. 영국왕 조지 6세 즉위. 중국작가 노신 사망.
상하이 후장 대학교 영문학과 졸업(졸업 논문 : W. B. 예이츠의 시). 서울 중앙 상업학교 교원.	1937	일본어 사용 강제. 수풍댐 건설 시작.	제2차 상하이 사변. 중일전쟁. 국공합작.
경성 TEXAS 석유회사 입사. 이 무렵 성북동 길영희 선생 댁에 하숙.	1938	도산 안창호 경성제대 병원에서 병사. 덕수궁 미술관 개관. 일제 지원병제도 실시. 조선어 교육 폐지. 일제국가총동원법.	미국 여성작가 펄 벅 노벨문학상 수상.
소설가 주요섭 부인의 중매로 임진호 씨와 결혼. 장남 세영 태어남.	1939 (30세)	문예잡지 『문장』, 『인문 평론』 창간. 국민징용령. 『조선일보』, 『동아일보』 폐간.	2차 세계대전 발발. W. B. 예이츠 별세.
	1940	창씨개명 시행. 『조선일보』, 『동아일보』 폐간.	이태리, 독일, 일본의 3 국 동맹 결성.
경성 대학 이공학부 도서관 사서로 일함 (해방 때까지).	1941	'한국 타이어' 회사 설립.	일본 진주만 습격. 태평양 전쟁 발발. 인도시인 타고르 별세. 버지니아 울프, 제임스 조이스 별세.
	1942	조선어학회 사건.	미드웨이 해전 발발.
차남 수영 태어남.	1943	수풍댐 제1기 공사 완료. 카이로선언(한국자주독 립결의).	무솔리니 실각. 카이로회담.
	1944	학병제 실시. 만해 한용운 사망.	노르망디 상륙작전(Operati on Overlord) 개시.
서울대학교 예과 영어과 교수. 인천중학교(6년제)에서 여러 차례 영어영 문학 특강.	1945	8 · 15 해방. 미 군정 수립. 이승만 귀국.	얄타회담. 독일, 일본 항복 선언. 2차 세계대전 종식. 국제연합(UN) 설립.

	1946	'국립 서울대학교 설립에 관한 법령' 공포(8월). '국립 서울대학교' 개교(10월)	파리강화회담. 미소공동위원회 설치. 인도 독립.
첫 시집 『서정시집』(상호출판사 주간: 주요섭) 간행. 딸 서영 태어남.	1947	공민증(公民證) 발행.	마샬 플랜(유럽부흥계획). 서윤복 보스턴 마라톤 대회 우승.
	1948	신채호 『조선상고사(朝鮮上古史)』 단행본으로 출간. 유엔 한국위원장 입국. 유엔 대한민국 승인. 대통령 이승만. 대한민국 정부 수립 선포.	간디 피살. UN 세계인권선언 채택. 이스라엘 공화국 건국. 유고슬라비아 티토 수상이 공산주의 독자 노선 선언.
	1949	백범 김구 암살.	NATO 창설. 중화인민공화국 수립. 주석 모택동.
	1950	북한 남침, 6 · 25 한국전쟁발발. 인천상륙작전. 납북된 춘원 이광수 북한에서 타계(추정).	맥아더 장군 유엔군 총사령관이 됨. 중공군 한국전 개입.
서울대학교 사범대학 교수 부임.	1951	1 · 4 후퇴. 자유당 발족.	호치민 하노이 대공세.
영어교과서 Our English Readers(동국문화사) 발간	1952	한국 최초 박사 6명 수여.	영국 엘리자베스 2세 즉위. 미국 수소폭탄 실험 성공.
휴전 환도 후 성균관 동재에 거주. 이후 이문동(경희대 근처)에 거주.	1953	6 · 25전쟁 휴전협정조인(7월 27일).	이집트 공화국 선포. 에베레스트 등정 성공. 윈스턴 처칠 노벨문학상 수상.
미국 국무성 초청으로 하버드대 방문 교수(1년간) 시인 로버트 프로스트(Robert Frost) 만남. 그의 시 「가지 않은 길」 번역(교과서에 실림).	1954 (44세)	학술원, 예술원 개원. 국제 펜클럽 한국 본부 발족. 한미방위조약 조인.	유네스코 민족위원회 발족.
	1955	미국 잉여농산물 구매협정.	아인슈타인 사망.

영어교과서 Evergreen Readers(동국문화사) 발간.	1956	경제부흥 5개년 계획 수립. 서울시 의회 첫 개회. 한미우호통상조약 체결. 어머니날(5월8일) 제정.	헝가리 부다페스트 반소 폭동. 나세르 수에즈 운하 국유화 선언.
『쉑스피어의 이야기들』(찰스 램 외 저) 한국 번역판 간행.	1957	최남선 타계. 문경 시멘트공장 준공.	러시아 세계 최초 인공위성 스푸트니크 1호 발사 성공.
	1958	KNA기 납북 사건. 국가보안법, 지방 자치법 개정안 통과.	후르시초프 소련 수상 취임. 드골 프랑스 대통령 취임.
『금아 시문선』(경문사) 출간.	1959	재일교포 북송 제1진이 니가타항(新潟港)을 출발.	소련의 우주로켓 달 도착.
	1960 (50세)	3·15 부정선거(이승만 대통령, 이기붕 부통령 당선). 4·19혁명. 이승만 대통령 하와이 망명. 윤보선 대통령 당선. 장면 내각 출범.	두보 서거 1200주기 쇼팽 탄생 150주년. 티베트인 20만 명 중공군과 교전. 소련 영공 침공한 미군기(U-2기) 격추 당함.
영어교과서 Mastering English 1, 2, 3(동아출판사) 간행.	1961	5·16 군사 혁명. 박정희 소장 최고회의 의장. 박정희-케네디 회담(미국 워싱턴).	미국 쿠바와 국교 단절. 소련 인공위성 스푸트니크 발사 성공.
	1962	농촌 진흥청 신설. 서울 광화문 우체국 개국. 정약용 탄생 200주년.	알제리 독립. 쿠바에서 소련 기지 철수.
서울대학교 대학원 영어영문학과 주임 교수(1968년까지)	1963	제5대 대통령 선거. 박정희 당선. 최초로 라면 판매 시작.	존 F. 케네디 대통령 피살. 워싱턴 대행진 마틴 루터 킹 목사 『나에게는 꿈이 있습니다』 연설함. 미국 시인 로버트 프로스트 사망.
	1964	한일 굴욕 외교 반대데모 전국 확산. 박정희 대통령 서독 방문. 한국군 월남 파병.	셰익스피어 탄생 400주년. 맥아더 원수 사망. 노벨문학상 장 폴 사르트르(수상 거부).

	1965	제2한강교 개통. 한일협정 조정. 이승만 하와이에서 사망.	중국 문화대혁명 시작. 베트남 전쟁 확대. T. S. 엘리엇 사망.
영어교과서 New Companion to English 총 6권 (삼화출판사)간행	1966	재일교포 법적지위 협정 발효.	중국, 마오쩌둥 지도하에 홍위병 100만 명 톈안먼 광장서 대규모 문화혁명.
	1967	스탈린의 외동딸 스베틀라나 인도에서 미국으로 망명.	3차 중동 6일 전쟁(아랍–이스라엘) 발발.
영문작품집 『플루트 연주자(A Flute Player)』 출간.	1968	향토 예비군 창설. 중학교 시험 추첨제 실시. 국민교육 헌장 선포.	인공위성 달 착륙 성공. 미국 해군정보함 푸에블로 호 원산 근해에서 북한에 피랍. 마틴 루터 킹 목사 피살. 소련 체코 침공. 프랑스 68학생혁명.
『산호와 진주—금아 시문선』(일조각) 출간. 미국의 여러 대학교에서 한국 문학, 문화 순회 강의.영국 BBC 초청으로 영국 방문.	1969 (59세)	경인고속도로 개통. 대한항공 여객기 납북. 교황 바오로 6세가 김수환 대주교를 추기경으로 임명.	미국 유인우주선 아폴로 11호 달 착륙. 소련 우주선 소유즈 6호 발사. 베트남 혁명가 호찌민 사망.
회갑기념 논문집 봉정식. 국제 PEN클럽 한국 대회 참석 발표.	1970	경부고속도로 개통.	영국시인 워즈워스 탄생 200주기. 닉슨 독트린 발표.
『삼화 콘사이스 영한사전』 (삼화출판사) (이종수 외 공저)	1971	가족찾기 남북적십자사 예비 회담. 도산공원 기공(서울 강남구 신사동)	방글라데시 공화국 수립.
	1972	남북공동성명(7·4공동성명). 통일주체 국민회의. 남북 조정위원회 첫 회담. 주요섭 사망.	닉슨 대통령 첫 중국 방문. 나카다구 대지진(3만명 사망). 미중 상해공동성명 발표.
문예월간지 『수필문학』에 「인연」 발표	1973	어린이 대공원 개원. 새 가정의례 준칙 시행.	월남 휴전협정 조인. 4차 중동전쟁 세계유류파동. 피카소 별세.

서울대학교 명예퇴직. 미국 여행.	1974	서울 낙성대 준공. 한글 전용교육. 육영수 여사 피살. 지하철 1호선 개통.	닉슨 대통령 워터게이트 사건으로 사임.
서울대학교 명예교수.	1975	여의도 국회의사당 준공. 영동고속도로 개통. 민방위대 발족.	찰스 램 탄생 200주년. 대만 장개석 총통 사망. 스페인 프랑코 총통 사망. 베트남 전쟁 종식.
수필집 『수필』(범우사), 번역시집 『셰익스피어 소네트 시집』(정음문고) 출간.	1976	수필가 윤오영 별세. 양정모 선수 몬트리올 올림픽 레슬링 금메달 획득. 초등학교 한자교육 부활 취소.	모택동 사망. 사인방 사건. 유엔 팔레스타인 건국 승인.
『산호와 진주』로 한국 수필문학 진흥회로부터 제1회 현대 수필문학 대상 수상.	1977 (68세)	의료보험제도 실시. 100억불 수출 달성.	등소평 복권. 베긴 이스라엘 수상과 사다트 이집트 대통령 평화회담 개최.
『인연』으로 제1회 독서대상 수상.	1978	세종문화회관 개관. 자연보호 헌장 선포.	미중 정식 외교관계 수립. 등소평 집권. 교황 바오로 2세 즉위.
「새싹 문화상」 수상	1979	주요한 타계. 차범근 서독 분데스리가 다름슈타트 프로축구단 입단. 박정희 대통령 피격, 사망.	이란 회교 공화국 임정 수립. 소련이 아프가니스탄 침공. 중국-베트남 전쟁.
『금아문선』, 『금아시선』(일조각) 출간.	1980	중·고생 교복 자율화 발표. 연좌제 해지. 광주 민주화운동. 전두환 대통령 취임. 컬러 TV 첫 방영.	미국 레이건 대통령 당선 이란-이라크 전쟁 발발.
	1981	언론기본법. 테레사 수녀 방한. 한석봉 천자문 초간본 발견.	스웨덴 여배우 잉그리드 버그만 사망. 사다트 이집트 대통령 피살. 미국 우주왕복선 콜롬비아호 발사. 살만 루시디 부커문학상 수상.

	1982	야간통행금지 전면해제. 부산 미국문화원 방화사건. 한국 프로야구 출범.	영국-아르헨티나 포클랜드 전쟁. 미국 영구인공심장 개발. 제1회 뉴델리 회의.
	1983	한국 여성개발원 발족. 아웅산 묘역 폭탄테러 발생.	소련 전투기 KAL기 격추.(사할린) 미국 유네스코 탈퇴.
	1984	88올림픽 고속도로 개통. 폰 카라얀 지휘-베를린 필하모닉 오케스트라 초청.	유럽공동체(EC)가 '유럽시민특별위원회' 설치.
『인연』 출판문화협회 청소년도서 선정.	1985	가락동 농수산물 시장 개장. 소고기 수입 개방	미하일 고르바초프 소련 공산당 서기장 당선. 스티브 잡스 Apple에서 쫓겨남.
『인연』 '사랑의 책 보내기' 도서 선정.	1986	교수연합 시국선언문 발표. 제10회 서울 아시안게임 개막. 외국산 담배 시판 시작.	마가렛 대처 영국 수상 방한. 오스트레일리아 백호주의(백인만의 호주) 포기 선언.
『금아 시선』(범우사) 출간.	1987	서울대 박종철 군 고문치사. 6·29 선언. 6월 민주항쟁. 강수연 베니스 영화제에서 『씨받이』로 여우주연상 수상.	소련 교회 활동 자유화 선언. 앨런 그린스펀 미국 연방준비제도 이사회 의장 선출됨.
	1988 (79세)	88서울 하계 올림픽 유치. 16년 만에 국정감사 재개.	조지 부시 미국 대통령 당선.(41대)
	1989	한국-헝가리 국교 수립 (공산권 국가 최초). 서울 롯데월드 완공.	중국 천안문사건 발생. 체코슬로바키아 벨벳혁명. 사무엘 베케트 별세.
『인연』 한국출판금고(출판진흥재단)권장도서 선정.	1990	노태우 대통령 '범죄와의 전쟁 선포. 제4대 대통령 윤보선 타계.	넬슨 만델라 석방. 남아프리카 공화국 흑인의 선거권 인정. 영국 최초 여수상 대처 여사 퇴진.

대한민국 문화예술상 은관문화훈장. 『피천득 시집』(범우사) 출간.	1991 (82세)	대구 개구리 소년 실종. 대한민국 국제연합 가입.	프랑스 자연사 박물관 개관. 걸프전 종전. 쿠웨이트 해방.
	1992	한-중 수교, 한국-베트남 수교. 마광수 교수 소설 「즐거운 사라」로 구속.	소련연방해체. 독립국가연합 탄생. LA한인지역 흑인 폭동 (4월 29일).
시집 『생명』(동학사) 출간.	1993	제14대 김영삼 대통령 취임. 금융실명제 실시. 제1차 대학수학능력시험 실시. 김영삼 대통령과 프랑스 미테랑 대통령의 정상회담.	우루과이라운드협정 체결. 북미 자유무역협정 체결.
최초 번역시집 『삶의 노래-내가 사랑한 시; 내가 사랑한 시인』(동학사) 출간.	1994	북한 김일성 주석 사망. 시민연대 발족. 성수대교 붕괴. 박경리의 대하소설 『토지』 완간.	이스라엘 요르단 평화협정체결. 일본 작가 겐자부로 노벨문학상 수상.
인촌(김성수)상 수상(시 부문). 문학의 해 조직위원회 자문위원.	1995	삼풍백화점 붕괴. 최초위성 무궁화1호 발사 성공. 국민학교→초등학교로 명칭 변경.	세계무역기구(WTO) 출범. 미국 우주왕복선 디스커버리호 발사.
수필집 『인연』, 번역시집 셰익스피어 『소네트시집』(샘터) 출간.	1996	2002년 월드컵 한, 일 공동개최 확정. OECD에 대한민국 가입. 백범 김구 암살용의자 안두희 박기서에 의해 살해. '서태지와 아이들' 공식 해체.	빌 클린턴 대통령 재선. 천문학자 칼 세이건 사망. 국제원자력기구(IAEA) 북한에 IAEA의 핵사찰 수용 촉구 결의문 채택.
미수(米壽)기념 『금아 피천득 문학전집』 (전5권)(샘터) 출간.	1997	김대중 대통령 당선. 북한 노동당 서기 황장엽 남한으로 망명.	영국 홍콩 중국에 반환.

	1998	한국 최초 여권 선언문 「여권통문(女權通文)」 발표 100주년. 국민의 정부 출범. 현대그룹과 북한 금강산 관광사업 계약 체결. 도산 안창호 기념관 개관.	일본 나가노 동계 올림픽 개막. 캄보디아의 독재자 폴 포트 사망.
제9회 자랑스러운 서울대인상 수상.	1999 (90세)	11월 18일부터 금강산 관광 시작. 복제소 영롱이 탄생.	포르투갈 마카오 중국에 반환.
	2000	6월 15일 6·15 남북 공동선언 발표. 김대중 대통령 노벨평화상 수상자 선정.	유고슬라비아의 슬로보단 밀로셰비치 정권 붕괴. MS사 Window 2000 출시.
영문판 시, 수필집(시 48수, 수필 51편) 『종달새(A Skylark)』(샘터) 출간.	2001	현대그룹 명예회장인 정주영 사망. 한일 정상회담 개최.	아리엘 샤론 이스라엘 총리 당선. 9·11 테러 발생.
『어린 벗에게』(번역단편소설집, 여백) 출간.	2002	한일 월드컵 공동개최 (한국 4강 진출). 서해교전. 김소월 탄생 100주년.	앙골라 반군 군대 해산으로 27년 앙골라 내전 종결. 미국 아프가니스탄 침공
『산호와 진주』(샘터) 출간.	2003	대구 지하철 화재. 노무현 대통령 취임. 참여정부 출범. 정지용 탄생 100주년	컬럼비아 우주왕복선 귀환 도중 미국 텍사스주 상공폭발.
	2004	KTX 개통.	고이즈미 준이치로 일본 총리 야스쿠니 신사 참배.
5월에 상하이 방문(70년 만에 방문).	2005	헌법재판소 호주제 헌법 불합치 선고. 마지막 황세손 이구 사망.	교토 의정서 발효. 이집트 첫 대통령 선거 실시.
『인연』 러시아어판(모스크바대학 한국학센터) 출간. 『피천득 수필집』 일어판(아루쿠 출판사) 출간.	2006	현대미술가 백남준 사망. 황우석 전 서울대 교수의 논문조작사건 수사 결과 발표	아베 신조 일본 총리 취임. 이탈리아 징병제 폐지.

금아(琴兒) 피천득(皮千得) 타계(5월 25일). 경기도 파주 모란 공원(예술인 묘역)에 안장. 잠실 롯데월드 3층 금아 피천득 기념관 개관.	2007 (98세)	1월 23일 대법원이 인민혁명당 사건 무죄 선고. 성균관대 입시문제 오류 지적한 교수의 석궁 테러 사건.	러시아 대통령 보리스 옐친 사망. 미국 앨 고어 노벨평화상 수상.
	2008	국보1호 숭례문 화재전소. 이명박 대통령 취임. 김수환 추기경 선종. 노무현 전대통령 자살로 서거 국민장. 김대중 대통령 서거 국장.	포브스 '2008년 세계 억만장자' 순위에서 워런 버핏 1위로 선정. 미국 버락 오바마 44대 대통령 당선. 미국발 금융위기.
	2009	한국최초위성 나로호 발사	이탈리아 라퀼라에서 G8 정상회담 개최.
금아 피천득 탄생 100주년 기념행사 (국제PEN클럽 한국본부 주최, 한국작가회의 주최 이상(김해경). 피천득 탄생 100주년 문학인 기념문학제. 제19차 세계 비교문학 대회에 피천득 세션). 부인 임진호 여사 별세(4월), 파주 모란 공원에 합장.	2010	밴쿠버 동계 올림픽 한국 5위 김연아 선수 금메달. 백령도 근해 천안함 침몰 46명 실종. 북한 연평도 폭격. KT가 통신위성 '올레1호' 발사 성공. 제19차 국제비교문학회 세계대회 개최(서울 중앙대).	아웅산 수치 여사 석방. Apple 태블릿형 컴퓨터 아이패드 미국에서 출시. 2010년 남아공 월드컵 개최.

■■■ **찾아보기**

■■■ **저자 약력**

정정호 鄭正浩

1949년 서울에서 출생하여, 인천중학교와 제물포고등학교를 졸업하였다. 서울대학교 영어교육과 및 같은 대학원 영어영문학과를 졸업하였으며, 미국 위스컨신(밀워키) 대학교에서 영문학 박사 학위를 취득하였다. 국제 PEN클럽 한국본부 전무이사, 중앙대학교 문과대학장 및 중앙도서관장, 2008년 서울 아시아 인문학자대회 준비위원장, 2010년 서울 국제비교문학회 세계대회 조직위원장, 한국 영어영문학회장, 한국 비교문학회장 등을 역임하였다.

현재 중앙대학교 인문대학 영어영문학과 교수, 한국 영미문화학회 회장으로 활동 중이다.

대표 저서로 『탈근대인식론과 생태학적 상상력』(1996) 『전환기시대의 대화적 상상력』(1997) 『현대 영미비평론』(2000) 『세계화시대의 비판적 페다고지』(2001) 『탈근대와 영문학』(2004) 『이론의 정치학과 담론의 비판학』(2006) 『공감의 상상력과 통섭의 인문학』(2009) 『해석으로서의 독서 – 영문학 공부의 문화윤리학』(2011) 등이 있다.

푸른사상 현대문학연구총서 **21**

산호와 진주─금아 피천득의 문학세계

인쇄 · 2012년 5월 25일 | 발행 · 2012년 5월 29일

지은이 · 정정호
펴낸이 · 한봉숙
펴낸곳 · 푸른사상
주간 · 맹문재 | 편집 · 김재호 | 마케팅 · 박강태

등록 · 1999년 7월 8일 제2-2876호
주소 · 서울시 중구 초동 42번지 아시아미디어타워 502호
대표전화 · 02) 2268-8706(7) | 팩시밀리 · 02) 2268-8708
이메일 · prun21c@hanmail.net / prun21c@yahoo.co.kr
홈페이지 · http://www.prun21c.com

ⓒ 2012, 정정호

ISBN 978-89-5640-921-4 93810
값 24,000원